威 尔 斯 科 幻 小 说 集

H. G. WELLS

[英]H.G.威尔斯/著　金光辉 徐新/译

MEN LIKE GODS

神秘世界的人

大连理工大学出版社

Dalian University of Technology Press

图书在版编目（CIP）数据

神秘世界的人／（英）赫伯特·乔治·威尔斯
(H. G. Wells) 著；金光辉，徐新译. — 大连：大连
理工大学出版社，2018.9（2020.7重印）

（重读经典·科幻大师作品集／许钧，吴文智主编.
威尔斯科幻小说集）

ISBN 978-7-5685-1425-5

Ⅰ．①神… Ⅱ．①赫… ②金… ③徐… Ⅲ．①科学幻
想小说－英国－现代 Ⅳ．① I561.45

中国版本图书馆 CIP 数据核字 (2018) 第 084817 号

神秘世界的人
SHENMI SHIJIE DE REN

大连理工大学出版社出版

地址：大连市软件园路 80 号　　　　邮政编码：116023
发行：0411-84708842　　邮购：0411-84708943　　传真：0411-84701466
E-mail：dutp@dutp.cn　　　URL：http://dutp.dlut.edu.cn
临沂圣贤印刷有限公司印刷　　　　大连理工大学出版社发行

幅面尺寸：130mm×185mm　　印张：10.375　　　字数：203 千字
2018 年 9 月第 1 版　　　　2020年 7 月第 2 次印刷

责任编辑：于建辉　田中原　　　　　责任校对：周　欢
封面设计：奇景创意

ISBN 978-7-5685-1425-5　　　　　　定价：36.00 元

本书如有印装质量问题，请与我社发行部联系更换。

目录

生命因阅读经典更精彩

——《重读经典·科幻大师作品集》序

记得在三年前，有几位记者朋友来我家，说要看我的藏书。我和他们说，我的书不是拿来藏的，是用来读的。书架是开敞式的，架上的每一本书都像我的朋友，我都触摸过，阅读过，与之交流过，大部分书上还留下了我写下的或长或短的心得与体会。我喜欢读哲学，因为哲学探究人何以为人；我也喜欢读历史，因为历史阐明人何以成其为人；我更喜欢读文学，因为文学给人启迪，指明人何以丰富人生。昆德拉在《不能承受的生命之轻》中有一句话，说人生"没有草图"。无论精彩与否，人生都只有一次，不能重来。那么，如何了解人生，领悟人生，创造人生，让有限的人生活出无限的精彩呢？

回望走过的人生之路，我发现自己命中与书有缘：读书，教书，译书，编书，写书，评书。人生之精彩，各有各的理解与领悟，况且在技术高度发展的今天，人生在现实世界与虚拟世界中仿佛拥有了丰富的双重性，导向了无限的疆域。我的生命之花的确因书而绽放。我爱书，尤其爱经典。经典不应该是供奉在殿堂里的"圣经"，而应在阅读、理解与阐释中敞开生命之源。经典是读出来的，常读常新，在阅读与阐释中生成永恒的生命之流。

因为爱经典，所以我读经典，译经典。我译过雨果的《海上劳工》，巴尔扎克的《贝姨》与《邦斯舅舅》，参加翻译过普鲁斯特的《追忆似水年华》，还翻译过已然成为经典的当代作家昆德拉的《不能承受的生命之轻》与诺贝尔奖得主勒·克莱齐奥的《沙漠》与《诉讼笔录》。我还组织翻译"法国文学经典译丛"，主编法国浪漫主义大师《夏多布里昂精选集》以及已经进入法国文学殿堂的著名作家杜拉斯十五卷本的《杜拉斯文集》。在经典的阅读与翻译中，我得到了双重收获：一是经典滋养着我的人生；二是通过我的翻译与阐释，也在参与经典的创造。为此，我说过一句话：阅读参与创造，翻译成就经典。

正是基于这样的认识，我和老朋友吴文智先生经过多次交流，商定依托我主持的中华译学馆，组织全国优秀的翻译力量，译介一套《科幻大师作品集》，向广大读者倾心推荐威尔斯、凡尔纳、阿西莫夫等科幻文学大家的作品，一起重读科幻文学经典，让科学与幻想互动，拓展我们的想象世界，丰富我们的现实人生。有学者评论说："科幻历来有两大经典主题，一为星际旅行，一为生命智能。前者以宇宙为舞台，拓展人类生存空间的广度；后者以人为核心，探索生命自身生存的意义。"循着这两大主线，我们也许可以更好地把握科幻文学的发展脉络，但在不同的科幻大师的笔下，会呈现出异样的精彩与深刻。我一直觉得，只要人类有梦想，文学就不会死。重读科幻文学经典，放飞想象，拓展生命的空间，相信你的人生会闪现出属于你的精彩光芒。

许 钧

2018 年春

现代科幻文学的奠基者

——赫伯特·乔治·威尔斯

自 1818 年《弗兰肯斯坦》[1] 问世以来，科幻文学已经整整走过了 200 个年头。200 年来，科幻文学从由浪漫主义催生的科学传奇逐步转变为由现实主义启发的现代科幻文学。作为将科幻文学由浪漫主义过渡至现实主义的一代大师，赫伯特·乔治·威尔斯自创作以来便在其别具一格的作品中融入对社会与科学的深刻思考，因而无论是在主流文学领域还是在科幻文学领域，都有着令人惊叹的成就与地位。在主流文学领域，威尔斯曾先后四次获得诺贝尔文学奖提名，与阿诺德·贝内特、约翰·高尔斯华绥并称作"20 世纪英国现实主义文学三杰"。在科幻文学领域，威尔

---

1 1818 年，英国作家玛丽·雪莱出版了《弗兰肯斯坦》，该书被誉为第一部科幻小说。

斯被称为"科幻小说界的莎士比亚",与儒勒·凡尔纳并称作"科幻大师中最闪亮的双子星"。

一

走进威尔斯

1866年9月21日,威尔斯出生于伦敦城外东南部的肯特郡。父亲约瑟夫是一位园丁,同时也是一名职业板球手,后靠经营一家小店为生;母亲莎拉是一家名为"上花园"宅邸里贵妇人的女佣。父母低微的社会地位和童年清贫的生活使威尔斯深切体会到底层社会的艰辛。

7岁那年,威尔斯意外跌断了胫骨。在养病期间,他在酷爱阅读的父亲的影响下养成了阅读的习惯。同年,威尔斯进入小学学习,阅读的兴趣伴随着他进入接下来的学生时代。10岁时他开始对写小说、画插画产生了浓厚的兴趣。

1877年,他的父亲在一次意外事故中成了跛子。这次事故产生的高额医药费使一家人的生活变得愈发艰难,家庭的收入越来越不足以支付孩子们的读书费用。两年后,13岁的威尔斯便早早进入社会谋生。

1880—1881年,威尔斯先后做过布店伙计、药店学徒、信差和小学助教，但都没做多久就被辞退。被辞退后，威尔斯便来"上花园"投靠母亲。而他就是利用在"上花园"这短短的接触上层社会的时间，琢磨出了使用望远镜观测天体的方法，并通过宅邸丰富的藏书，阅读了诸如伏尔泰的散文、斯威夫特的《格列佛游记》以及柏拉图的《理想国》等对其后来思想及文学创作具有启发作用的名家名著。在这期间，威尔斯还接受了不系统的教育，在一所中学寄读，以高于同龄人的禀赋学习了各种基础科学知识。

1883年，在最后一次做学徒后没多久，威尔斯想重回校园当助教。他曾经寄读的那所中学的校长很欣赏威尔斯，主动给他提供了职位。在当助教期间，威尔斯既是教员又是学生。在校长的热心协助下，他仅仅用了两年时间，便修习了文学、数学、地质学、无机化学、物理学、天文学、人类生理学、植物生理学等学科，不但通过了考试，还获得了奖学金。

就在优异的成绩换来奖学金的回报时，英国教育部门下发了一则通告：集合各地科学教员，统一组织到科学师范学校（后来的英国皇家科学院）的"教师训练班"进行培训，以提高其素质。当时这所学校恰好有一定的免费生名额，且每人每星期还能得到生活补助。对于一直在贫困中挣扎的威尔斯来说，这是一次从底层社会翻身的契机。

1884年，18岁的威尔斯顺利进入科学师范学校学习。这一年最令他兴奋的是他的生物学教师由大名鼎鼎的"达尔文斗士"托马斯·赫胥黎担任。在自传中，威尔斯曾饱含钦佩地回忆道：

"他用一种清晰而坚定的声音讲解着，不慌不忙，也不踌躇，不时转身在后边黑板上画些图解。在他继续讲之前，常常要把手指间的粉笔灰拂得干干净净，他是颇有洁癖的……由赫胥黎任教的生物学课程，在性质上是纯粹而精确地属于科学的。他除了充实、研究、完成在他范围内的知识以外，没有其他（如经济利益上的）目的……" [1]

然而，之后两年所修的物理学、地质学课程，由于教师授课的枯燥乏味，威尔斯的学习热情消耗殆尽，他将这种热情逐步转移到了创作上。在一次学生辩论会上，威尔斯偶然听到一个关于四维时空的宇宙理论的新观念，这对于当时的物理学宇宙观可谓一种新见解。他把握住了这种思想，在将其作为《时间机器》的理论设定基础之前，尝试着写了一篇题为《刚性宇宙》的思辨性论文。在大学期间，他还创办并主编了名为《科学学派杂志》的刊物。在1887年的学年测验中，他因地质学成绩不及格，没能在当年拿到学位，只好放弃学业回去教书。在教书期间，威尔斯曾试图锻炼瘦弱的身体，却伤病不断。他在一次足球比赛中遭到撞击，导致肾破碎和肺出血，被迫辞去了教职。在接下来的一段时间，威尔斯静心休养，并全身心投入写作。

1888年，受纳撒尼尔·霍桑的作品《红字》的影响，威尔斯在《科学学派杂志》上连载了一部名为《时空长河中的寻金羊毛者》的小说，这就是他的成名作《时间机器》的前身。

1　H.G.Wells.韦尔斯自传.方土人，林淡秋，译.上海：光明书局，1933.

1890 年，威尔斯通过了伦敦大学的考试，被授予理学学士学位。随后，他开始在大学函授学院教书，并尝试着给期刊与报纸投稿。他的《独特之物的重新发现》一文很快经由一个名叫弗兰克·赫里斯的编辑发表到了《半月评》上。威尔斯深受鼓舞，于是乘胜追击，将《刚性宇宙》一文寄出，并很快被赫里斯主动约见。赫里斯言辞激烈地表达了对《刚性宇宙》所涉及的四维时空理论的费解，并将论文底稿就此销毁。直到 1894 年，当赫里斯成为《星期六评论》主编后才回忆起那篇稿件的价值，又悔不当初地向威尔斯约稿，并使其成为期刊的长期撰稿人之一。

这一阶段的威尔斯除了教师的身份外，还成了伦敦的一名记者。他担任的是类似今天公共知识分子的角色，对各领域的问题发表看法，甚至对通灵术也有见解。[1] 可以感受到的是，那时的他力图通过独到的理解力将科学知识加以通俗化表达，通过敏锐的察觉将社会问题予以深刻化呈现。

1893 年起，在做新闻记者的同时，威尔斯开始在伦敦各类刊物上发表短篇小说、评论以及各类主题的文章。这一年，威尔斯在工作的压力下又一次咳血，不得不在病床上休养数周。他最终决定放弃教学工作，专攻写作。

1895 年，威尔斯开始在《新评论》上连载《时间机器》，并于同年结集出版。《时间机器》为威尔斯赢得了巨大的声誉，他也以此为起点，创作出了一系列脍炙人口的科幻小说。

---

1 江晓原. 科学外史Ⅱ. 上海：复旦大学出版社，2014.

威尔斯十分关注社会问题，并于1903年受邀加入费边社，参与英国的社会主义改良运动，与萧伯纳等人结为好友。但最终因政见分歧而分道扬镳。

在第一次世界大战期间，威尔斯参与了国际联盟活动，前往各国访问并宣扬"世界国"理念，他的采访文章常常引起世界性的轰动。在第一次世界大战后，威尔斯用一年时间编写出了100多万字的《世界史纲》，这部历史著作一经问世，便使威尔斯名气大增，它的销量无论在当时还是在以后的数十年都位列前茅。[1]

诚如布赖恩·奥尔迪斯[2]所言："到了30年代，小说家威尔斯让位于世界名人威尔斯。他成了一个大名人，忙于规划一个更好的世界。他同高尔基交谈，与乔治·萧伯纳斗嘴，飞往白宫与罗斯福会谈，或者飞往克林姆林宫与斯大林会谈。"

1939年，73岁的威尔斯给自己写了一句简短的墓志铭："上帝将要毁灭人类——我警告过你们。"这句墓志铭深刻地反映了他对人类未来、科学未来的关注和担忧，也表明他的科幻小说具有警示灾难的意义。

即便是到了将要踏上人生归途时，威尔斯仍旧热心于公共事务。1946年8月13日，威尔斯在伦敦病逝，享年79岁。

个人之于宇宙犹如一粟之于沧海。威尔斯知道，无论走访多少国家，途经多少城市，结交多少名人，其所能带来的影响、留

---

1 赫伯特·乔治·威尔斯.世界史纲.吴文藻，冰心，费孝通，译.南京：译林出版社，2015.
2 布赖恩·奥尔迪斯（1925—2017），英国著名科幻作家。

下的印迹与书籍传播的力量相比都将是微不足道的。书籍作为那个时代的最佳思想载体，有着无可比拟的延展性，而思想对于人类塑造文明、改变周遭环境的启迪无疑引领着我们一路走到了今天。

二

解读威尔斯

在威尔斯所处的时代，第二次工业革命如火如荼，社会生产力突飞猛进，划时代发明目不暇接，引发了人类社会各方面的空前变革。在科学技术和生产力发展的同时，国际形势风云变幻，帝国主义殖民地扩张与争夺空前激烈，维多利亚晚期的英国社会阶级分化严重，劳资冲突不断加剧。在这一时代背景下，威尔斯以其广博的自然科学知识、深刻的思想性、超凡的预见性及卓越的想象力，创作出了一部部引人入胜的科学传奇，开创了"时间旅行""外星人入侵""反乌托邦"等一系列题材的范式，并在作品中融入了富有预见性的观点和对人类社会深刻的洞察。

本套丛书选取了威尔斯最具代表性的中长篇科幻小说和短篇小说。这些中长篇科幻小说有科幻史上里程碑式的经典，也包括一些稍显冷门但仍然很具代表性的作品。其中，有广为流传的科幻经典《时间机器》和《隐身人》，也有知名度极高、曾在美国引起巨大恐慌的《世界大战》，还有被多次改编成电影的《莫罗博士岛》和《神食》，更有启发了"反乌托邦小说三部曲"的《昏睡百年》和影响了 C.S. 刘易斯"空间三部曲"的《月球上的第一批来客》，以及预言了原子弹的《获得自由的世界》、预言了"空中战争"的《大空战》、与《世界大战》有着千丝万缕联系的《新人来自火星》、威尔斯的第一部乌托邦小说《彗星来临》和寄托了威尔斯后期乌托邦理想的《神秘世界的人》。威尔斯的中长篇科幻小说读者并不陌生，一直被认为是现代科幻小说的先驱之作；而他的另一类短篇小说名篇，如《水晶蛋》《盲人乡》等则知者较少，但在他的整个创作中有着特殊的意义。下面按威尔斯创作这些作品的时间顺序做以介绍。

《时间机器》（1895）是威尔斯最早获得成功的一部科幻小说。威尔斯利用早在《刚性宇宙》就已阐述的观点，借"时间旅行者"之口解释了四维时空的概念，探讨时间旅行的可能性。故事的主人公"时间旅行者"发明了一部"时间机器"，乘上它就能够自由驰骋于过去和未来的世界。当他乘着机器来到公元 802701 年时，发现人类已分化为两个人种：一种是住在颓败宫殿中悠闲优雅、娇小柔弱的艾洛伊人；另一种是生活在地下的面目狰狞、终日劳动的莫洛克人。不劳而获的生活使艾洛伊人的体力和智力明显退化，而莫洛克人白天为艾洛伊人制造生活的必需品，夜晚却到地面上到处捕食他们。"时间旅行者"还来到了几百万年之后，那时人类已经灭绝，沙滩上只有巨蟹、蝴蝶、日食等复古图景。善于科学思辨的威尔斯对当时高度工业资本化而极度缺乏人文关怀的英伦社会有着丰富的阅历。他自幼就对斯威夫特的讽刺小说如痴如醉，因而在《时间机器》中继承了《格列佛游记》的衣钵，以斯威夫特式的辛辣讽喻风格，尖锐地揭示了艾洛伊人与莫洛克人的畸形共生关系，并从进化论的角度出发，将人类历史演进中所要面对的冷酷现实与阶级暴力予以生动的体现，为社会分工最终演化为某种或然存在的恶性循环做出警示。

《莫罗博士岛》（1896）讲述了一个名叫莫罗的科学家，在一个无名的小岛上对各种动物进行活体解剖和器官移植，将其改造成兽人。这些兽人能直立行走，能讲话，具备人的某些特性，并且能够进行一些人类活动。莫罗试图对兽人进行肉体和精神的双重控制，却惨遭失败，最后和助手双双被兽人杀死。《莫罗博士岛》从古老神话传说与当时争议颇大的活体解剖实验中汲取灵感，结合威尔斯师从赫胥黎的经历以及对达尔文进化论的认识，从生物学角度构想出了"兽人合体"与"动物人化"的可能性。小说借由疯狂科学家莫罗的所作所为警示读者，却也为当今跨物种器官移植的动物培育技术提供了一个新的方向。

《隐身人》（1897）描写了穷困的研究员格里芬怀着极大的热情发明了一种隐身术，把自己变成了来去无踪的隐身人。这种"超能力"使他渐渐迷失了自我，企图依靠此发明建立一个"恐怖王朝"，使自己成为凌驾于社会之上的超人。最终隐身人在与人们的对抗中，跌入了犯罪的深渊，走向了毁灭的末路。《隐身人》异常大胆地想象了存在一种理论上可以改变身体折射率的药物，人服下后可以实现真正意义上的肉身隐形。如今隐形技术广泛地运用在军事上，却不是真正意义上的可见光波段隐形。而一种具有负折射率的人工合成材料——超颖材料——已经能够在微观条件下实现可见光波段的隐形。《隐身人》这部小说在某种程度上暗示了隐藏于社会之外的边缘人群的潜在矛盾，也从另一面揭示了受制于社会陈规约束的常人在脱离社会约束后可能带来的社会威胁，为社会忽视边缘人群提供了警示。

当《莫罗博士岛》和《隐身人》这两部作品将自玛丽·雪莱的《弗兰肯斯坦》以来塑造的"疯狂科学家"形象再度演绎时，我们会发现威尔斯笔下的两位科学家已然抛弃了弗兰肯斯坦还曾仅存的关乎伦理道德的愧疚之情，反而像斯蒂文森的《化身博士》里的海德先生一般，成为脱离社会约束的法外之徒。威尔斯或许从来都不会质疑科技的力量，却一度对科技力量之外所涉及的道德挑战与社会问题感到焦虑，并尽其所能地对个体获得科技力量后可能带来的负面影响做出令人赞叹的预想与反思。

《世界大战》（1898）据说源于威尔斯与兄长弗兰克的一次对话，这次对话中两兄弟讨论到了19世纪装备先进的英国殖民者对塔斯马尼亚土著实行种族屠杀这一话题。当时，弗兰克在讨论中设想了当天外来客如英国殖民者一般对待地球人类的情境，令威尔斯印象深刻，此后便将其通过《世界大战》呈现给世人。

故事中，入侵者并非敌国，而是地球以外的火星人。火星人被叙述成狰狞的怪物，且依靠吸食人类的血液为生。这些怪物在英国进行大肆破坏，而威尔斯却从一个寻常之极的市民视角，以荒芜萧索的笔触营造了一种凄凉的绝望，在平淡与挣扎中呈现世界由人间堕入地狱的恐怖末日……故事的结尾将末日的转折交给了为人所忽略的细微之物，着实耐人寻味，令人眼界大开。威尔斯所设想的突袭地球的火星人所使用的物理武器"热线"，尤似几十年后才实现的激光武器，而激光的理论基础——受激发射理论——在《世界大战》出版将近20年后的1917年，才由爱因斯坦发表的论文《关于辐射的量子理论》正式提出。

《昏睡百年》（1899）讲述的是主人公格雷汉姆在长期失眠后终于昏睡过去，醒来时却发现自己已然身处两百年后的世界。存款复利的神秘增长使他牢牢控制了世界经济，从而"莫名其妙"地成为世界之主，且有12名受托人以他的名义组成管理团体。管理团体对格雷汉姆的苏醒毫无准备，以至为了维护统治地位，试图隐瞒和控制格雷汉姆的行动。然而东窗事发，格雷汉姆最终还是成为反抗管理团体统治的人民领袖，与管理团体决一死战。而对抗管理会的革命者实际上也是为了私利在利用他。故事的结局，作为首领的格雷汉姆亲自驾机阻击敌军——"尽管他不敢向下看，但骤然意识到大地已近在咫尺。"这是一部出彩的作品，其近乎反乌托邦的故事架构相当引人入胜。反乌托邦文学作为社会科幻小说中备受重视的子类型，以其颠覆人性长久以来对乌托邦的美好幻想而见长。在反乌托邦科幻小说中，极端化的政治、经济、宗教等意识形态是常见的社会背景，而《昏睡百年》虽然用了一个谈不上严肃的"长眠苏醒"设定，却能将两百年后的社会体系置于一个初看合理却极其恐怖的意识形态中预演。

《月球上的第一批来客》（1901）或许可以称为威尔斯版的《真实的故事》[1]。故事幻想了一位天才科学家卡沃尔研制出了一种"反重力"金属，在制成飞行舱后卡沃尔携朋友柏德福进行了登月实验。两位冒险者在成功登月后遭遇月球人追捕的惊险遭遇，展现了威尔斯天马行空的丰富想象力。小说中对于月球表面奇幻景色的描写与半个多世纪后人类真正登上月球时发回的照片也不无相似之处。威尔斯笔下的月球人是一种近似蚂蚁的"虫族"生物，它们十分脆弱，不堪一击。小说意在通过月球人的蜂巢思维剖析维多利亚时代的社会分工，将抹杀个人自由的管理体制进行戏剧化表达。

《神食》（1904）乍看之下很容易被误认作《莫罗博士岛》和《隐身人》的延续，从而被认为是对科技盲目发展和滥用的警示寓言作品，实则不然。故事讲述的是两位科学家发明了一种新的营养品"神食"，这种营养品能让食用者生长加速且变得巨大：鸡吃了后大得能食人，黄蜂和老鼠吃了后也能大得攻击人，婴儿

---

1 卢奇安的这部作品对威尔斯影响匪浅。卢奇安，又译琉善，古希腊讽刺散文作家、无神论者，其主要代表作品是讽刺散文《真实的故事》。在《真实的故事》中，主人公越过大西洋去旅行，经历了一连串令人难以置信的历险，如乘船时意外被吹到月球，之后还遭遇了太阳与月球军队争夺金星的战役等。

吃了后则很快长成巨婴乃至巨人。然而就在读者眼看着故事中的世界即将陷入一场恐怖的危机、人类社会将可能被斯威夫特笔下的"巨人国"所取代之时,威尔斯却笔锋一转,描绘起被排挤的巨人。这些巨人在人类的压迫下组成了一种"新人类"团体,为了突破传统人类的各种约束壁垒,最终决定奋起反抗,为自由而战。这种剧情上的转变与威尔斯那段时间世界观的转变是有联系的。在威尔斯看来,人类社会的矛盾冲突不是纯粹的利益之争,更不是简单的正邪对立、善恶分明,归根到底还是人性本质中的排异心理与人类社会日益演化形成的阶级隔离屏障作祟,这就使得吃下"神食"的巨人成了原始人类社会"党同伐异"的对象。而威尔斯则借巨人的抗争打通了这种社会阶级隔离屏障,意欲唤起人类在形成文明后所具有的同理心,从而实现某种意义上的阶级融合。"新人类"的存在将逐步消解人类的阶级隔阂,这样一场自由之战也将预示着人类在通过"神食"诱发人体改良后,将迎来一个或然存在的乌托邦。

《彗星来临》(1906)以一种散文式的记述,缓步推进着一个看似俗套的三角恋故事,却在关键节点上通过一条漫不经心的暗线将一次情杀危机反转,而故事也最终走向了一个充满光明、友爱等良善品质的乌托邦。故事背景是一颗彗星即将接近地球的消息不断在剧情中跟进,而情节上讲述的则是一位四处碰壁的主人公,在接连的失败与对刚刚分手不久的女友立即寻获归宿的妒意之下,决定谋杀前女友及其情夫。但就在下手的当晚,一颗彗星的尾巴扫过地球，通过与空气中的氮气反应产生"绿色烟雾"，给予世间人心以光明、友爱等良善品质。于是，世界变成了乌托邦，故事变成了大团圆。在《彗星来临》中，威尔斯最终想要表达的主旨，可以说就是在《神食》中还未到来的乌托邦图景。这种乌托邦式的理想社会在小说中最显著的一点即男、女主人公在彗星来临后消除私欲的过程。而在更深层次，威尔斯真正想要探索的还是一种破除传统道德束缚、打破阶级壁垒的美好新世界。

《大空战》（1908）一方面受莱特兄弟于1903年首次试飞成功后，各国精英对战场制空权思考的影响；另一方面又显然受到了M.P.希尔的小说《黄祸》（1898）以及1905年日俄战争的影响。故事讲述了身处社会中下阶层的主角意外卷入了德国空袭美国的战争，随之引发了一场飞艇对飞艇、飞机战飞机的世界性战争，整个世界陷入了空战。这样的战争最终无疑会把世界拖入万劫不复的末日之境，《大空战》中关于"废土世界"的结局书写与《时间机器》一般开放悲凉。《大空战》为我们呈现了另一种与《世界大战》相悖的末日殊途。具有敏锐洞察力的威尔斯再度通过小人物的视角预想出他想象的空中战场，并以其出色的社会寓言性指代了某种群体或团体在获得科技力量后对平民的威胁。

《获得自由的世界》（1914）以当时拉姆齐、卢瑟福、弗雷德里克·索迪等科学家的理论与发现为指导，并从索迪的《镭的介绍》（1908）一书中获取灵感，设想了一个人类广泛使用核能后的未来图景。威尔斯充分预见了核能产生后人类将其运用在武器上的可能性，并开创性地使用了"原子弹"一词来给故事中的一种能够加速核物质衰变、引发连锁反应的持续性燃烧弹式核武器命名，而故事中的"原子弹"也正如现实中一般，给世界带来了极大的震慑性后果。在小说后半段，当人类即将因滥用核武器而走向无可挽回的深渊时，威尔斯又借由一位具有远见卓识的政治家在各大国家中积极斡旋，最终让故事中那个硝烟四起的世界获得了自由。《获得自由的世界》以其在预想核武器的使用及应对核管控等方面的先见之明而显得格外不同寻常，但这部作品在展现威尔斯极为敏锐的洞察力的同时，也充满了对反战思想及世界主义的说教。这种立足于技术官僚与权威主义的乌托邦构想，几乎成为威尔斯中后期幻想作品的核心思想，这些小说也逐渐成为一种传播这类思想的说教工具。当然，尽管小说中那些饱含感染力的说教不可避免地削弱了阅读观感，但读者依然可以追寻到它的时代意义。

《神秘世界的人》（1923）可以看作威尔斯在积极投身反对战争、维护人权的国际联盟建设事业后，对重建人类文明满怀信心的蓝皮书。在《神秘世界的人》中，威尔斯将其中后期日渐成型的乌托邦蓝图描绘得细致考究。这部作品再次借助《时间机器》的四维时空理论设定，讲述了一位旅行者因为神秘世界的一次物质空间循环实验意外，莫名进入了一个被称为"乌托邦"的神秘星球。在这个"乌托邦"中，威尔斯通过旅行者的所见所闻，将这个神秘星球的美妙境况和盘托出，向世人展现一个曾经与人类面对过相同灾害与命运的世界，是如何依托技术官僚的运作，发展出属于他们的高度发达的技术文明，以及仍在不断完善建设的"动态"乌托邦的。《神秘世界的人》所描绘的这种"动态"乌托邦，无疑给同样存在诸多社会问题的世人提供了一种建设理想社会的参考。小说中对于人类科技发展带来的物质财富的激增所引发的生态灾害及人口爆炸等社会问题提供了理论指导，也深刻反映了威尔斯重视心理教育、关注生态环保等理念。

《新人来自火星》（1937）再次展现了《世界大战》中火星人的先进技术。《世界大战》中的火星人以激进暴力的方式对人类进行"革命式"入侵，而《新人来自火星》中的火星人则以渐进温和的手段对人类进行"改良式"渗透，从对社会变革角度的思考来看，简直与威尔斯一直身体力行的政治改良思想如出一辙。作品间接描述了一种来自火星人的长期外部干预。火星人通过发射宇宙射线的形式诱导地球人实现改良性质的突变，将人类转化为智力超群且足以构建地球乌托邦的新人类。主人公在听闻火星人发射宇宙射线对人类影响的坊间传闻后，对即将降生的孩子可能产生的变异感到不安。直到他最终发现，自己早已是被改良的新人类，而新世界的秩序与乌托邦未来，由他们这些伟大的新人类联合起来方能重塑。有评论家认为，这部充满超人式设定的作品在欧洲法西斯主义盛行时期，"不合时宜"地表露出了威尔斯对权威主义的改良幻想。倘若仔细观察作品中极富隐喻色彩的预言与文字，读者也能从另一角度感受到威尔斯真诚而严肃地探讨摆脱现实世界纷乱秩序的努力。

像众多科幻名家一样，威尔斯在进行中长篇科幻小说创作之前，也是通过在各类刊物上发表短篇小说积累写作经验的。从1893年起，威尔斯发表了一系列短篇幻想作品，其中最具野心的早期作品是在《蓓尔美尔街公报》发表的短篇——《公元100万年之人》（1893）。这篇小说大胆地描述了一种在自然选择下最终重塑的人类：一种因为太阳冷却后被迫撤离到地下的生物，他们有着硕大的头颅、巨大的眼睛、纤细的双手，躯干部分则占其中的一小部分，这种人类只能永久沉浸在营养液中。这种新人类的设定很容易令人联想起《时间机器》里生活在地上的艾洛伊人与生活在地下的莫洛克人的部分特征，从而奠定了威尔斯在创作初期对于人类异化或演化主题探索时频频涌现的社会寓言特质。其他作品还有《飞人现世》（1893）、《人的灭绝》（1894）、《浅游太阳》（1894）等，其中《浅游太阳》讨论了硅基生命的可能性。他早期集中出版的短篇小说集《失窃的细菌与其他事件》（1895）中收录的《失窃的细菌》《奇兰花开》《怪物大闹天文台》等作品在惊险程度上虽然不如前述短篇，却也对后世作品产生了一定的影响，如克拉克的短篇作品《扭捏的兰花》就提到了《奇兰花开》。

19世纪末，威尔斯在短篇主题创作上的想象愈发大胆。这在其1895年以后的短篇《手术刀下》（1896）、《天外来客撞击地球》（1897）、《一个石器时代的故事》（1897）、《水晶蛋》（1897）、《能够创造奇迹的人》（1898）中足以见得。《天外来客撞击地球》

讲述的是不明天体向地球逼近的灾难故事。值得注意的是，类似的情节在《彗星来临》亦有体现，相信两者之间在创作上也联系匪浅。在《水晶蛋》中，威尔斯通过一种"以小见大""以平凡见证奇迹"的叙事策略，将科幻小说中揭示未知世界时的惊奇感，在与之形成鲜明反差的平凡现实中进行演绎，并从中下阶层的小人物视角出发，见证"水晶蛋"中诡异神秘的世界。

到了20世纪，威尔斯的短篇幻想作品同样不乏佳作。《新时间加速剂》（1901）以一种漫不经心的方式对科技新发明可能带来的社会问题进行了探讨。《盲人乡》（1904）被许多西方评论家认为是威尔斯最好的短篇小说。尽管这篇小说并不描述未来，而是描述遥远的山谷，但它具备了科幻小说的全部要素，使读者动摇对传统的信心，并引发人们去思考事物的本来面貌。[1]《墙上之门》（1911）以主人公的成长为线索，通过对比在"梦幻花园"内、外的成长过程，揭示了工业革命对现代文明生活方式的影响。

威尔斯把科学幻想和人类的发展结合起来，以深切的忧患意识关注人类未来和科学未来。其远见卓识的抗争意识与精雕细琢的艺术追求，又体现了其不囿于特定时空的超越精神。威尔斯的科幻小说体现了在所处时代对人类未来的想象与思考，其思想源于维多利亚时代的历史环境与文化土壤，因而有一定的局限性。我们应该从其生活的时代出发，取其精华，对所涉及的政治性、思想性内容进行辩证的思考与择弃。

---

1 詹姆斯·冈恩.过眼云烟：英国科幻小说.北京：北京大学出版社，2008.

三

重读威尔斯

经典作品是那些你经常听人家说"我正在重读……"而不是"我正在读……"的书。即使我们初读也好像是在重温以前读过的东西，每次重读都好像初读那样会带来发现。我们越是道听途说，以为懂了，当实际读时，就越是觉得它们独特、意想不到和新颖。[1]威尔斯的科幻小说就是这样的经典。科幻小说作为一种与科技发展有密切联系的文学类型，犹如一架人类的望远镜，遥望着浩瀚的天河，对科技发展带来的种种可能性，对社会的潜在影响进行提问、预测、探讨与思辨——这亦是现代科幻小说的核心精神。而这一精神的源头正是威尔斯。

威尔斯所处的时代正值人类历史的转折点。他出生的那一年，德国工程师西门子发明了世界上第一台大功率发电机，标志着人类进入了电气时代；他逝世的那一年，世界上第一台电子计算机诞生，掀开了信息时代的序幕。其人生横跨的两次工业革命颠覆性地改变了人类文明的发展进程，科技、政治、经济的变迁使得世界发生着难以想象的变化。正是在这种时代背景下，威尔斯对科技前景和社会现实进行了可信的分析与预测，对当时的诸多问

---

1 伊塔洛·卡尔维诺.为什么读经典.黄灿然，李桂蜜，译.南京：译林出版社，2012.

题都有深入的探究与思考。他一方面肯定科学技术的巨大作用，另一方面也意识到当科技被枉顾伦理道德之辈利用时，人类将会为此付出惨痛的代价。除了创作针砭时弊、充满寓言色彩的作品外，胸怀社会改良理想的威尔斯还身体力行地参与政治活动。尽管威尔斯的作品及其对社会问题的思考具有一定的历史局限性，但无疑对那个时代产生了深远的影响。

正是这种特殊的生平背景，以及艺术想象、科学警示、社会批评相结合的创作手法，使得威尔斯的作品具有深刻的思想性和恒久的生命力。在100多年后的今天，人类文明又一次面临重大拐点，随着以人工智能为核心的"第四次工业革命"的到来，各项重大技术创新即将在全球范围内掀起波澜壮阔、势不可挡的巨变[1]。作为曾经变革浪潮的亲历者和预言者，威尔斯在作品所展现出的预见性和对科技、社会问题的思索，在照亮那个时代的同时，也冥冥中关照了人类未来相似的发展境遇。也因此，时至今日，我们依然需要去聆听这位科幻先知的思想，去感受现代科幻小说发轫阶段所寄托的希望与沉思，去体会在激荡的洪流中一个知识分子的理想与信念。

或许，当1895年威尔斯写出《时间机器》的那一刻，他便真的发明了一台"时间机器"，并乘着它到达了未来，带回了警示的讯息。后世的科幻作家无不踏着这位前辈的脚印，乘坐这台机器，开启了一次又一次抵达未来的旅程，捎回一封又一封来自

1　施瓦布. 第四次工业革命. 北京：中信出版社，2016.

未来的信，谱写了科幻 200 年间一段又一段波澜壮阔、气象万千的乐章。如今，与未知同行的这一代人，或许很渴望也有一台这样的"时间机器"，以便到达未来一探究竟，用更有远见的视野指导今天的生活。若真是这样，拜访这些乘坐过"时间机器"的科幻作家或许是一个不错的方法。当然，最应该拜访的当然是那个发明了"时间机器"的人。他是社会科幻的领路人，更是现代科幻的奠基者，他是 H.G. 威尔斯。

《科幻世界》 陈 俊
2018 年夏

上篇

踏入乌托邦

第一章
外出休假

一

　　巴恩斯坦波尔先生觉得确实该给自己放一次假了，但他不知道要和谁一起去休假，也不知道该去什么地方休假。他每天都在超负荷地工作，而且对自己的家庭也越来越感到厌倦。

　　他生来就是一个感情极为丰富的人，对家庭的挚爱使他把家时刻都牢记在心。然而，当他疲惫不堪、郁郁寡欢的时候，他又对家产生了极度的厌倦感。三个儿子正是长身体的时候，胳膊腿一天比一天结实。他们会坐在巴恩斯坦波尔先生正准备要坐的椅子上；当他在弹奏钢琴时，儿子会在旁边嘲笑、戏弄他；房间里时刻充满着他们嘶哑的喊叫声。他们高声讲着只有自己能够理解的笑话，并不时地"哈哈"大笑。他们经常介入大人之间那些无关紧要的闲聊之中，而这种闲聊对他来说是生活中聊以自慰的主要途径之一。在网球场上，他经常被儿子打得一败涂地。他们开心地玩着游戏，两人一帮，三人一伙，吵吵闹闹地从楼梯上滚下来。房间里，他们的帽子四处乱飞。他们不按时吃早饭，每天晚上上床时都会发出"嗷嗷"的叫喊声，门也被他们摔得"嘭嘭"直响。可他们的妈妈却一直对此无动于衷。他们花起钱来大手大脚，而且对当今社会除了巴恩斯坦波尔工资不涨外，其余的都在飞涨这一事实丝毫不予理会。每当吃饭时，巴恩斯坦波尔想以劳合·乔治先生为例给他们讲一些简朴的道理或者略微抬高嗓门来压制他们的喧闹声，他们就会表现出极端的心不在焉，而且无论他的嗓门有多高，他们都丝毫不在乎。

他急于离开这个家去某个地方，可以静静地品味那里形形色色的人，至少在那里可以摆脱儿子们对他的干扰。

他还想远离佩弗先生一段时间。走在那几条街道上对他来说完全是一种折磨。他不愿再看到任何一张报纸、任何一条报载广告。经济危机的恐惧感时刻萦绕在他的脑海里，而这种经济危机最终会导致战争的爆发。人们认为在这种危机条件下爆发的战争是个不可避免的灾难。

巴恩斯坦波尔是《自由主义者》周刊杂志的副主编兼总管。这是一份颇具影响并以刊登激进思想而闻名的刊物。他的上司佩弗先生无处不在的干扰对他工作的影响越来越大。以前，他可以和其他员工一起通过开一些诡秘的玩笑来发泄他们心中对佩弗的不满，以示对佩弗的抗议。而现在这些员工都不在了，因为佩弗先生以财政危机为由把他们解雇了。现在的情况是，除巴恩斯坦波尔和佩弗外，再也没有什么人定期为《自由主义者》投稿了。所以，佩弗现在完全按自己的观点来要求巴恩斯坦波尔和控制《自由主义者》。他会耸着肩，坐在椅子上，双手放在裤袋里，用沮丧的目光观察着周围的一切，有时一坐就是两个小时。巴恩斯坦波尔固有的脾性是对任何事情都有一种朴素的期望和进取心，而佩弗则坚持认为进取心至少在六年前就已经过时了，而《自由主义者》应该把最美好的希望寄托在即将到来的最后审判日。在其他员工还在的时候，他们通常把佩弗先生的手稿称为经过一周还没有被消化好的食物。佩弗把他所谓的稿子写好后便会离开编辑部，把一周要发表的文章连同他的手稿统统交给巴恩斯坦波尔，自己却一走了之。

即使在平时，佩弗也是一个很难相处的人。在他们之间经常有不愉快的事情发生。因此，他工作中时常带有一种消沉的情绪是可以理解的。煤矿的关闭已长达一个月之久，这似乎预示着英国商业的崩溃；每天早晨都有来自爱尔兰暴行的最新报道，这些暴行是令人发指、不可饶恕的；长时间的干旱威胁到整个世界的粮食生产；国际联盟，这个巴恩斯坦波尔在威尔士总统鼎盛时期曾对它寄予很大期望的国际组织，现在也处在消极、自我满足的无所事事状态。到处都是冲突，到处都是疯狂。八分之七的世界好像陷入了长期的混乱之中，整个社会似乎处于解体的边缘。即使没有佩弗的存在，要想面对现实，寻求发展也是十分困难的。

　　巴恩斯坦波尔心中确实隐藏着一个希望。在他看来，希望是生活中最基本的溶剂，没有它，人们将无法领悟生活的真谛。他总是把希望寄托在自由主义以及自己不懈的努力上，但是他现在已开始认识到，自由主义将永远一事无成，充其量不过是耸着肩，把手放在裤袋里对那些出身低微、精力充沛的人的行为举止进行品头论足而已。

　　巴恩斯坦波尔现在日日夜夜都在为整个世界担忧。甚至在夜晚，睡意都远离他而去。在他脑海中时刻萦绕着一个强烈的渴望，那就是完全按自己的观点出版一批《自由主义者》——在佩弗离开后，改变所有的一切。他要删除那些没有经过仔细推敲、斟酌的文章以及粗劣、空洞的束缚；删除对残酷以及令人不愉快的事情一种幸灾乐祸的报道；删除对劳合·乔治先生那些简单、自然且为人之常情的不端行为的指责；删除对格雷大臣、罗伯特·塞斯尔大臣、兰斯多恩大臣、教皇、安娜女皇、弗莱德雷科、巴巴丽莎皇帝等人过分的渲染（每期都有不同的人物登场亮相），以此来呼唤人们来实现一个全新的世界，那就是把乌托邦思想灌输在这一周刊中！他要告诉《自由主义者》的读者们：这就是我们必须做的事！这就是我们要做的事！佩弗在周日吃早饭时看到这些文章，这对他将是一个多么大的打击！也许由于过分惊奇，这一次他会把吃进去的食物好好消化一下。

　　但是，这是些愚蠢的梦想，因为他必须考虑到家中还有三个小巴恩斯坦波尔，他们还需要依靠他过上体面的日子。在他们心中，任何事情都像梦一样美丽。巴恩斯坦波尔不得不承认，他不能把这两件事完全分开，因为他觉得自己还没有聪明绝顶，也许他会把事情搞得一团糟，甚至是刚出油锅又入火坑。

《自由主义者》是一个令人意气消沉的刊物，但绝不是一个低级、庸俗的刊物。

当然，如果没有这样一个即将发生的灾难性战争，巴恩斯坦波尔觉得很有必要同佩弗分开一段时间。他同佩弗已经有过一两次严重分歧，争吵随时都会发生。很显然，离开佩弗的第一步是去看医生，所以巴恩斯坦波尔去看了医生。

"我的神经已失去了控制，"巴恩斯坦波尔先生说，"我感到神经极度衰弱。"

"你患有神经衰弱症。"医生说。

"我对日常工作感到恐惧。"

"你需要休一次假。"

"你认为我需要改变一下环境吗？"

"尽可能到一个全新的环境。"

"你建议我去什么地方？"

"你想去什么地方？"

"我确实不知道该去什么地方。我想你能推荐……"

"想想能吸引你的地方，然后就去。尽情地做你现在想做的事情。"

巴恩斯坦波尔把钱付给医生后就离开了。他牢记着医生的建议，时刻准备把自己生病的消息传出去。一旦时机成熟，他便会说出离开佩弗一段时间的必要性。

二

一段时间内，巴恩斯坦波尔所企盼的休假成了他极度忧虑中一个新的负担，因为外出休假前必须面对三个明显难以逾越的障碍：怎样走？到哪里去？同谁一起去？巴恩斯坦波尔属于对同伴很快就会产生厌倦的那类人。一个偷偷摸摸的计划悄悄地在他心中形成，他经常不知不觉就流露出一些话题，但幸好没有人注意到这一点。

有一件事情他是非常清楚的。有关他休假的事在家里是一个字也不能提的。一旦巴恩斯坦波尔夫人得到半点风声，他知道将会发生什么事情。夫人会以权威人士的架势，全权负责与此有关的任何事情。她会说："你一定要休个好假。"然后再帮他选一个路途遥远且花费很大的度假胜地，如康沃尔、苏格兰或者布列塔尼。她会买很多随身物品，并且在他要出发的最后时刻，还会把一个极不方便携带的包裹塞进行李中。最后，她会带着三个儿子为他送行。很可能她还会安排一帮好友一同前往，以便能"活跃气氛"。如果他们真的同他一起去，他们肯定会把他们本质中最坏的一面也一同带去，这将是最令人讨厌的事情。相互之间可谈的话题很少，仅仅有一些虚伪的笑声和没完没了的游戏……不，他不能接受这样的假期！

但是，一个人如果想休假怎么可能一点儿都不让太太知道呢？私下把行李整理好，再悄悄地把行李搬到屋外……

按巴恩斯坦波尔的观点，目前最令他感到信心十足的是他自己有一辆小汽车。这辆车在他秘密计划中起到十分重要的作用。它可以成为他最方便的交通工具。对于第二个障碍"到哪里去？"，他的想法是从一个固定、确切的度假胜地转到随便一个什么地方，只要能轻轻松松地度假，还能略微感受一下小动物的友好就再好不过了。这就算是对第二个问题的回答。和谁一起去呢？他的车是一辆两座车，家里人把它称为"洗脚盆""柯尔曼的芥末""黄祸"等。就像这些雅号所隐含的那样，它是一辆低矮的黄色敞篷车。巴恩斯坦波尔就是驾驶这辆车从悉顿汉姆到单位上班的。白天，他把车停在单位的院子里。在悉顿汉姆把车停在只有巴恩斯坦波尔有钥匙的车库里。至今，他已成功地阻止了儿子们驾驶它或打碎它。巴恩斯坦波尔太太偶尔也会让他开车带她到悉顿汉姆附近去买买东西，但她并不喜欢这辆车，原因是它把她暴露得太多，而且还把她搞得满身尘土、蓬头垢面。正因为这些原因，这辆车成为他休假期间的最好搭档。巴恩斯坦波尔很喜欢开这辆车，因为它每行驶三十三英里仅耗一加仑汽油，比买季票便宜不少。因为他车技很差，所以他开得很慢。尽管它有时会自己停下来并拒绝再前进，但至少目前它还没有这样做。就像巴恩斯坦波尔一生中曾经做过的事情一样，本该往东去，可他却把方向盘往西打。这样，他感到很刺激。

最终，巴恩斯坦波尔果断地做出了决定。机会突然出现在他面前。星期四是他去印刷室的日子。晚上回到家里感到很疲倦。气候仍然顽固地保持炎热和干燥。人们痛苦地认识到，这次干旱将使半个地球处于饥饿和灾难之中。伦敦现在正处在社交旺季，到处都是自作聪明、强装笑脸的人。如果有什么东西比1913年的大跳探戈舞更愚蠢的话，那么根据所发生的一系列事件，巴恩斯坦波尔把今年看成是人类历史上最愚蠢的一年。《星报》同往常一样在体育新闻报道和时装介绍栏目的空余边角处刊登一些坏消息。俄国同其他国家的战争仍在继续，爱尔兰、小亚细亚、印度边境、东西伯利亚也是如此；又发生了三起可怕的凶杀案；矿工在罢工，建筑行业也在罢工。唯一的好消息是，在下行列车上还能找到一处立足之地，遗憾的是，发车时间还迟了二十分钟。

他发现太太给他留了一张便条，告诉他温布尔登的表妹来电报说，有一个意想不到的好机会，可以和利兰小姐一起观看网球比赛，并可目睹所有网球冠军的风采。她和三个儿子一块儿去，可能回来得很晚。她还说，她们会坚持到比赛结束，一定要观赏到真正一流的网球比赛。由于那天晚上是保姆的休息日，她还问他是否介意一个人待在房间里，保姆在走之前会给他准备好晚饭的。

巴恩斯坦波尔无奈地把便条看完。晚饭期间，他无意识地把目光落在一位中国朋友送给他的一本宣传小册子上。这本小册子讲述的是日本人如何有意践踏和破坏中国的文明和文化。

晚饭后，他坐在后花园里吸着烟斗。这时，他才知道独自在家意味着什么。

他突然活跃起来，跑到佩弗的住处，告诉他医生的诊断和建议，并解释说，现在正是《自由主义者》离得开他的时候，因此，他要求休一次假。之后，他又跑回自己的房间，急急忙忙收拾好随身物品，把它们装进一个旧格莱德斯通牌的旅行包里，并把旅行包放在汽车的后座上。紧接着他又花了一点儿时间给太太写了封信，很小心地把信放进贴胸的衣袋里。

最后，他锁好车库，回到花园，躺在躺椅上，嘴里叼着烟斗，手里拿着经过仔细挑选的名为《欧洲的崩溃》的书，以便家人回来后看不出任何破绽。

太太回来后，他漫不经心地告诉她，他觉得自己患了神经衰弱症，准备明天去伦敦看一下医生。

太太要帮他选一个医生，但他婉言谢绝了，因为他不能不考虑佩弗坚持向他推荐的医生。实际上，他已经看过了那位医生。当巴恩斯坦波尔太太提议大家都应该休一个愉快的假期时，他只是"哼"了一声，既不坚持也不反对。

如此一来，巴恩斯坦波尔终于摆脱了这个家。几周休假所需的东西已准备好，并且没有遇到特别大的阻力。第二天早晨，他驾车朝伦敦方向开去。路上的车很多，而且跑得也很快，但没有任何要出事故的迹象。这辆"黄祸"跑得特欢，实际上，它本该被命名为"金色希望"。到达坝伯韦尔后，他上了新开的路，驶向位于沃霍尔大桥路尽端的邮电局。他对自己将要做的事情既感到有点后怕，又觉得很刺激。他停下车，走进邮电局，给太太发了份电报。"潘根医生说，"他写到，"我急需单独休息。去湖泊地区康复。行李已备好。余事随后信中告知。"

之后，他走出邮电局，在口袋里乱摸一气，掏出那封头一天晚上就早已写好的信，把它寄走了。他故意把信写得很潦草以说明神经衰弱已到何种程度。他在信中解释说，潘根医生命令他马上休假，并建议他去北方，最好几天或一周内中断任何信件往来。如果没有什么急事，他将不准备再写信。没有消息就是最好的消息。如果休息好，一切都会没事的。一旦有了确切的通信地址后，他将发电报通知她，并且仅限于传递非常紧急的事情。

做完了这一切，他又回到车上，心里有一种获得自由的感觉。自从他在第一个学校里的第一次休假之后，他再也没有体会过这种感觉。他驾车上了大北路，但在海德公园转角处的交通阻塞中，让警察把他引向骑士桥。之后不久，在牛津路和巴斯路之间的盆口外，一辆发生故障的货车迫使他又回到了原路。但这并不意味着什么。拐来拐去，他最后还是踏上了北去的路。

三

同往日一样，阳光灿烂，晴空万里，这也是 1921 年大干旱的特点，但所幸不算太热。巴恩斯坦波尔对这一切的新鲜感，再加上他愉快的心情，使他相信，在他前面会有一段令人愉快的经历。希望重新回到了他的身边。他知道，他现在是在摆脱烦恼的路上，但他丝毫不去理会这条路到底能否带他彻底地摆脱烦恼。就连在路边的小酒店停下来吃点午饭，他也觉得是个不大不小的经历。要是继续赶路会感到有点孤单的话，他会有意让人搭他的车，可以一起聊聊天。让人搭车是件非常容易的事，因为他现在已远离悉顿汉姆和《自由主义者》的办公室，去哪个方向对他来说都是无所谓的。

出斯洛不远，一辆灰色的旅行大轿车超过了他的车。大轿车不声不响地从他身边开过，导致他一度紧张，车子也改变了方向。他车上并不十分准确的时速表显示出行驶速度为每小时二十七英里。在他看来这个速度已不算慢了，可旅行大轿车超过他的车只是瞬间的事。他注意到车里坐着三男一女，正伸着脖子朝后望，似乎对跟在他们车子后面的什么东西很感兴趣。由于他们的车速太快，他只看清了车上的那位女士。那是一位让人看一眼就会觉得光彩照人、非常可爱的美人。而紧挨着她的则是一位个子矮小、年龄偏大的先生。

他还没有从刚才那段精彩的经历中回过神，这时他的车又被一辆车超过了。那辆车的喇叭声简直比蜥蜴的叫声还要难听。不过，他还是比较喜欢这种超车方式的。双方经过协调，他把速度降下来，放弃了路的中心地带，挥了挥手，表示对后者的支持和鼓励。这是一条大约三十英尺宽的公路，一辆行驶速度很快的大轿车也趁机从他的右侧超了过去。由于车上装满了行李，他除了看到一位坐在司机旁边戴眼镜的年轻人外，其他什么人也没有看到。那辆车拐了个急弯，尾随着那辆旅行大轿车而去。

在这样一个明媚的早晨，在这样宽阔的马路上，即使是一个机械的"洗脚盆"也不愿被人以贵族的派头超过。拐过这个弯以后，巴恩斯坦波尔加大了油门，车速比他平时谨慎驾驶时的速度每小时快了整整十英里。他觉得眼前的路比刚才宽广了许多。

路确实比刚才宽了许多。它一直向前延伸大约有三分之一英里。路的左侧是修剪过的树篱和一些零散的树木，树篱以外是农田和村舍，朝远处望可以看到白杨树和温德塞城堡。路的右侧是一片农田和一个小酒店，它们刚好位于一座树木茂盛的小山脚下。在这十分幽静的田野边有一块十分醒目的旅馆广告牌。这家旅馆建在靠近梅顿海德的一条小河边上。空气中时不时有热浪扑来，马路上偶尔会卷起几缕尘烟。灰色的旅行车和大轿车都消失得无影无踪。

巴恩斯坦波尔花了两秒钟的时间才从惊奇中回过神来。马路两侧均没有岔路，如果他们是在更远处的拐弯处消失，那么他们的行驶速度应该在每小时两百到三百英里。

巴恩斯坦波尔有一个非常好的习惯，每当他对某件事情产生怀疑时，就会把车速降下来。现在他把车速降了下来，以每小时十五英里的速度缓慢前进。他睁大眼睛，注视着空旷的田野，以期能发现一些导致前车神秘消失的蛛丝马迹。他完全被好奇心所支配，丝毫没有察觉到自己将要面临的危险。

他的车好像突然撞到了什么东西，急剧滑向一侧，最后在原地不停打转。一瞬间，巴恩斯坦波尔不知所措，他记不清车子打滑该怎样处理。他模糊地想到曾经有人告诉过他，车子打滑时，方向盘应朝车子滑动的方向打。但是，一时间他又分不清车子在朝什么方向打滑。

后来，他记得就在这个时候听到一个响声，这个响声同琵琶弦在极强的压力下突然断裂发出的声完全一样。一个人在被麻醉后极不理智时也会发出这样的声音来。

他好像在树篱周围同什么人打了一架，现在路就在他前面。他松开油门，把速度放慢，直到车子最后停下来。他深深地陷入一种疑惑之中。

这条路同他半分钟前行驶的路完全不同。树篱不再是刚才见到的树篱，树木也不再是刚才见到的树木，温德塞城堡也消失不见了。对他唯一一个小小的补偿是那辆大轿车出现在他的视野里，它就停在距他大约两百码的路边。

第二章
漂亮的路

一

一时间，巴恩斯坦波尔的注意力集中到大轿车和周围的风景上。大轿车上的乘客一个也没有下来。周围的风景变得如此美丽，要是在平时肯定会有人同他一起欣赏这令人着迷的美丽画卷，并向他解释发生这些变化的原因。前面那小帮人的存在使他的思绪又回到现实中来。

通常，英国的高速公路都是用鹅卵石、泥土和沥青铺成的，上面全是粗沙、尘土和动物的粪便。而这条路却是用玻璃制成的，有的地方清澈如静水，有的地方洁白如奶液。路面的条纹有的呈淡色，温文典雅；有的闪闪发光，宛如镶嵌在云中的朵朵金花。这条大路宽十二到十五码，两侧是平整的草坪。巴恩斯坦波尔是修整草坪的行家，但他却是第一次看到这样好的草坪。他坐在车里，目瞪口呆地看着外面的美景。距他车三十码的草坪外有一个很大的花坛，盛开着"勿忘我"一类的鲜花。随着高大、纯白色的穗状花数量的增多，兰花被取而代之。对面，一些巴恩斯坦波尔叫不上名字的花排列有序，花的颜色由蓝色、紫红色、粉红色过渡到深红色。在这片五颜六色花的海洋外面是一片平整的牧场，奶牛正在吃草。三头紧挨在一起的牛可能是因为巴恩斯坦波尔的突然出现而感到有点惊奇，反着刍，用仁慈而又带思索的目光看着他。这些牛长得很像南欧和印度的牛，牛角和脖子下面下垂都很长。巴恩斯坦波尔把目光从这些温顺的动物身上转向那长长的、黄白相间的、火焰状的树林，远在树林的后面是一座座白雪覆盖的高山。几朵白云从令人眼花缭乱的蓝天上慢慢飘过。一阵清风吹来，巴恩斯坦波尔顿时感到清醒了许多，心情也变得愉快起来。

除了牛和站在大轿车旁边的一伙人外，巴恩斯坦波尔没有看到任何其他人或者动物。

巴恩斯坦波尔的注意力被身后"噼啪"的响声所吸引。很可能是在他来时经过的路边，有一座被炸毁的石屋。很明显，这座石屋被炸毁的时间不长。石屋旁边有两棵苹果树，树枝有的缠在一起，有的已经断裂。好像有什么东西刚刚爆炸过，从树干中间往外冒着轻烟，并能听到什么东西着火时发出的声音。这两棵被炸毁的苹果树的枝条变得扭曲，歪向同一个方向。巴恩斯坦波尔还注意到路边的一些花也歪向同一方向，好像被一阵强风吹过。

然而，他既没有听到爆炸声，也没有感觉到什么强风。

他盯着这些东西看了一会儿，然后转向那辆大轿车，似乎想从那些人身上得到一些解释。他们当中有三个人正沿着路朝他走来，领头的是一个身穿防尘罩衣，身材又高又瘦，满头灰发的先生。这个人脸朝上翘，把帽子压得很低，小小的鼻子好像承受不了他那副金丝边眼镜的压力。巴恩斯坦波尔重新把车发动起来，慢慢地迎了上去。

在他觉得对方能听到他说话的声音时，他马上停下车，把头伸出来，准备提一个问题。与此同时，那个高个子、灰头发的先生也认真地提出了同样一个问题："先生，你能告诉我，我们现在是在哪儿吗？"

二

"五分钟前，"巴恩斯坦波尔说，"我会告诉你，我们是在梅顿海德路上，距斯洛不远。"

"完全是这样！"高个子先生说，"完全是这样！我认为没有理由可以说明我们现在不是在梅顿海德路上。"

他的声音带有一种辩论家挑战的口气。

"这条路根本不像梅顿海德路。"巴恩斯坦波尔说。

"我同意！但是我们应该依据现象来判断，还是依靠我们经历的连续性来判断？我们沿着梅顿海德路来到这里，而且眼前这条路完全同梅顿海德路连通在一起，因此，我坚信这条路就是梅顿海德路。"

"那些高山是从哪里来的呢？"巴恩斯坦波尔提出这样一个疑问。

"温德塞城堡应该在那儿。"高个子先生轻松地说，好像他在下棋一开局就让给对方一个子儿。

"五分钟前，城堡是在那里。"巴恩斯坦波尔说。

"那么，很明显，这些高山是一种伪装，"高个子先生以胜利者的口吻说道，"整个事情，就像人们常说的那样，完全是个圈套。"

"这看起来似乎是一个精心策划的圈套。"巴恩斯坦波尔接了一句。

巴恩斯坦波尔一边说话一边扫了一眼与高个子先生同行的人。这位高个子先生他是比较熟悉的，在社交场合至少见过二十次。这个人就是塞斯尔·伯利，保守党的领袖。他不仅是个政治家，还是一个声誉很高的公民、一个哲学家和一个聪明绝顶的人，伯利身后站着一位个子较矮但体格健壮的青年人。巴恩斯坦波尔不认识这个人，他戴着眼镜，感觉到这个人的表情怀有一种敌意。这帮人中的第三位，他觉得面熟，但一时又想不起来到底是谁。这个人有一张圆圆的、丰满的脸，胡子刮得很干净，身材保养得很好。从穿着上看，他可能是一位教堂里地位很高的教士或者是一位很有名望的罗马天主教的神父。

戴眼镜的年轻人用一种软绵绵的假嗓音开始说话。"一个月前，我去泰普洛王宫时走的就是这条路。当时这条路可没有这么漂亮。"

"我承认这里面肯定有问题，"伯利先生兴致勃勃地说，"而且问题还相当严重。但我仍然认为我的观点是正确的。"

"你认为这不是梅顿海德路吗？"戴眼镜的人直截了当地问巴恩斯坦波尔。

"被伪装起来的东西看上去不会这么完美。"巴恩斯坦波尔好像有点固执。

"我亲爱的先生！"伯利提出异议，"这条路因苗圃的播种人而臭名昭著。他们时常安排一些令人惊奇的展览来为他们做广告。"

"我们为什么不直接去泰普洛王宫呢？"戴眼镜的人问道。

"因为，"伯利的口气严肃起来。当一个人必须坚持那些显而易见的事实时，口气自然会严肃一些。"鲁珀特认为我们是在另外一个星球，不能再往前走了，这就是原因。他总是富于幻想，他认为那些根本不存在的东西也能存在。现在，他想象自己在一个科幻的世界里，同我们的现实社会相差甚远，是在另外一个星球里。我有时想，如果鲁珀特能把他这些浪漫思想写下来而不是仅仅生活在这些浪漫之中，这对大家都会有好处的。如果他的秘书认为你有能力把他按时送到泰普洛王宫并能同温德塞的人一起吃午饭的话……"

因为找不到更好的词来表达他的观点，所以伯利只好做了个手势。

巴恩斯坦波尔注意到，一个行动缓慢、脸色红润的人正全神贯注地查看大轿车附近的花丛发生的混乱。这个人头戴一顶镶黑边的灰色大礼帽，形象很像漫画家笔下的人物。他的职务远比他的名字鲁珀特·凯思基尔要响亮得多。他就是英国的陆军大臣。顷刻间，巴恩斯坦波尔发现自己已完全同意那位善于冒险的政治家的观点。这里是另外一个星球。巴恩斯坦波尔走下车对伯利先生说："我认为，先生，如果我们仔细查看一下旁边那座正在燃烧的房屋，我们就可以从中得到一些启发。我想，我刚才看见在紧挨着房子的山坡上躺着一个人。如果我们能抓到其中一名戏弄我们的人……"

他的话还没有讲完就停了下来，因为他不相信有人在戏弄他们。在这最后的五分钟里，伯利先生完全同意他的观点。

四个人把脸转向还在冒烟的废墟。

"太奇怪了，一个人影也看不到。"戴眼镜的人一边说一边朝四周环视。

"不管怎么说，查一查到底是什么东西在燃烧对我们不会有什么伤害的。"伯利说着便朝位于被炸毁的树木中间的破房子走去，表情看上去非常沉着、冷静。

但是，没走出几步，他们就听到坐在车里的一位女士发出的叫声，一下子把大家的注意力都吸引了过去。

三

"真是太不像话了，"伯利先生这次真有点发火了，"应该用法律来阻止这类事情的发生。""它是从马戏团里逃出来的，"戴眼镜的先生说，"我们应该怎么办？"

"它好像被驯服过。"尽管嘴里这么说，但巴恩斯坦波尔不敢有丝毫冲动去验证一下他的观点。

"它很容易把人吓着，"伯利，然后又提高嗓门喊道，"别害怕，斯特拉！它完全可能是被驯服过的，对人不会有伤害。别用太阳伞把它激怒了，它会扑到你身上的，斯特拉！"

"它"是一只长有漂亮花纹的豹子，慢慢悠悠地从花丛中走出来，像一只巨猫一样紧挨着大轿车坐在玻璃路中间。当这位女士用最传统的做法不停地把太阳伞打开、折起来对付它时，它神色迷惑地把头很有节奏地向左右两边转来转去。司机早已躲在车后。鲁珀特·凯思基尔站在膝盖深的花丛中，注视着这只豹子。他用同样的尖叫声来吸引豹子的注意力，这叫声同样也吸引了伯利这帮人的注意力。

凯思基尔是第一个采取行动的人。他表现出过人的勇气，既谨慎又文明。"斯特拉女士，别再翻动那把太阳伞了。"他说，"让我来——我将遮住它的眼睛。"

他绕过车以便能面对这只豹子。一瞬间，他又停了下来，好像在展示这位身穿灰色礼服大衣、头戴镶黑边灰色大礼帽的小个子是多么不屈不挠、智勇双全。他很小心地伸出一只手，以防动作太快会引起豹子的恐慌。他说了句"小乖乖"。

豹子摆脱了斯特拉太阳伞无休止的骚扰，好奇地看着他。他慢慢向豹子靠近。豹子喘着粗气，把头朝前伸了伸。

"能让我摸摸它就好了。"此时，凯思基尔与豹子之间的距离只有一臂之遥。豹子用怀疑的目光闻着伸向它的手。突然，它打了个喷嚏，把凯思基尔吓得退了好几步。紧接着，它又打了个喷嚏，用责备的目光看了一会儿凯思基尔，然后，轻轻跳过花坛朝那排白黄相间的树林跑去。巴恩斯坦波尔注意到，在田间吃草的牛群看着豹子的身影，没有表现出丝毫的恐惧感。

凯思基尔气喘吁吁地站在路中央。"没有任何动物，"他说，"能忍受住人长时间的注视。一个也没有。这对你们唯物主义者是个谜。我们到塞斯尔先生那儿去，好吗？斯特拉女士。他好像在那边发现了什么东西。那位驾驶黄色轿车的人可能知道我们是在什么地方，对吧？"

他扶女士下了车，然后两个人跟在巴恩斯坦波尔这几个人后面一起朝正在燃烧的那座房子走去。司机很显然不愿在这个什么事情都可能发生的世界里一个人留在车里，在礼仪允许的范围内紧跟了上去。

第三章
漂亮的人

一

石屋的火势好像没有刚才那么猛了。现在从房子里冒出的烟比巴恩斯坦波尔第一次看到时少了许多。当他们走进房子时，在砖石堆中发现了大量弯曲的金属和玻璃碎片。这完全有可能是实验爆炸后留下的瓦砾碎片。几乎同时，所有的人都看到了废墟后面躺着一具尸体。他看上去很年轻，身上除了一对手镯、一条项链和一条腰带外，几乎是全裸的。嘴和鼻子正往外淌着血。巴恩斯坦波尔畏畏缩缩地蹲在平卧在地上的尸体旁边，摸了摸他的脉搏。这个人的心脏已经停止了跳动。他从来没有见过这么漂亮的脸、这么好的身材。

"他已经死了。"他轻轻地说。

"看！"一个戴眼镜的人尖叫着，"又一具尸体。"

他用手指向那具尸体，一堵墙挡住了巴恩斯坦波尔的视线，他无法看到那具尸体。巴恩斯坦波尔不得不站起来，爬过一堆鹅卵石才发现第二具尸体。那是一个身材纤细的姑娘，同那个男子一样，几乎也是全裸的。她显然是被巨大的力量抛出去后又重重地撞到了墙上当场死亡。尽管她的头颅已经裂开，但她的脸部却完好无损。她的樱桃小嘴和灰绿色的大眼睛微微张着。从她的面部表情来看，她看上去好像正在思考某个既难解决又十分有趣的问题。她看上去并没有死，仅仅是面无表情而已，一只手还紧握着一把带着玻璃柄的铜制工具，另一只手柔软地下垂着。

一时间，谁也没有说话，好像都在担心，怕打断她的思路。

巴恩斯坦波尔听到背后传来那位貌似神父的先生轻柔的说话声，"多么完美的身材啊！"

"我承认我的判断是错误的，"伯利先生很慎重地说，"是我错了。很明显，他们不是地球人，而且我们也不是在地球上。我现在想象不出到底发生了什么事，也不知道我们现在究竟在什么地方。在足够的证据面前，我从来都是毫不犹豫地收回我的错误观点。我们现在所在的星球不是地球，而是一个……"

他停顿了一下，又接着说："它是一个非常奇妙的星球。"

"看来，"凯思基尔毫无遗憾地说，"温德塞聚会的午宴是没有我们的份儿了。"

"可是，"貌似神父的先生问道，"我们现在是在什么星球？

24

我们是怎样进来的？"

"啊，这里，"伯利先生温和地说，"你所提出的问题远远超出了我的判断力。我们现在所处的星球同我们的地球既相像又迥然不同。它肯定同我们地球在某种程度上有一定的联系，否则我们是不会来到这里的。但是这两个星球之间究竟有什么样的联系，对我来说这完全是一个无法解开的谜。也许我们所处的空间已经超出我们能想象到的范畴。我的笨脑袋一直在围绕着这一空间旋转。我的脑袋一片糊涂。"

"爱因斯坦。"戴眼镜的先生插了一句，他的话很简练但又充满自信。

"完全是这样！"伯利说，"只有爱因斯坦才能解释清楚。或许亲爱的老霍尔丹能利用他很有说服力的黑格尔哲学来为我们拨开云雾。可我既不是爱因斯坦也不是老霍尔丹。实际上，我们要面对现实，要明确我们这次周末聚会的意义。我们不是在古希腊的神话中，而是在乌托邦。我现在还找不到任何能逃离这个星球的出路，我们人类是有智慧的，我想，目前我们所能做的就是要面对现实，充分利用每一个机会，我们要等待和寻找时机，乌托邦确实是一个美好的世界，它的美好之处远远要超出它的神秘之处。这里有人类存在——有思想和头脑。我根据周围的物质判断，这里是一个化学实验基地，而实验是在风景如画的田园般的环境中进行的，结果失败了，酿成了今天这种悲惨的结局。他俩从进行化学实验开始，到暴尸野外。我个人认为，不管我们把这两个自我摧毁的人看成是希腊神还是赤裸的野蛮人，这不过都是个人的看法。而我则倾向于认为他俩是希腊神和希腊女神。"

"查清这两名死者的身份确实有点难度。"戴眼镜的先生信心十足地说。

伯利先生正要开口反驳，从他很不高兴的表情中可以判断出他的反驳一定会是非常严厉的。可是他并没有这样做，相反，他惊叫了一声，把身体转过去，注视着这两个新来的人。与此同时，所有人的注意力都集中到这两个新来的人身上。这两个表情严肃的年轻美男子站在废墟上十分惊奇地看着我们地球人，就像我们地球人对他们也感到惊奇一样。

其中一个人开口说话。巴恩斯坦波尔自己也没有想到他居然能听懂对方的话。

"天哪！"乌托邦人大叫一声，"你们是什么人？你们是怎样进入我们这个星球的？"

（他们竟然说英语！要是他们说希腊语的话，大家就不会如此吃惊了。他们能使用地球人所使用的语言，这本身就是一件令人不可思议的事情。）

二

塞斯尔·伯利是这伙人中最沉稳老练的。"现在，"他说，"我希望能面对面地同这两个有理性、能用语言交谈的人谈一谈，了解一下他们的情况。"

他清了清嗓子，有点紧张，双手紧紧地抓着自己防尘外套的长领子，以发言人的身份开始跟他们讲话。"先生们，我们确实无法解释我们是怎么来到你们星球上的，"他说，"我们和你们一样对此迷惑不解。我们突然发现我们所在的世界是你们的星球，而不是我们的地球。"

"你们来自另外一个星球？"

"完全正确，一个和你们截然不同的世界，那里有我们美丽的大自然和快乐的家园。我们正驾驶着汽车在我们自己的星球上旅行，突然发现自己来到了你们的星球。我承认我们是入侵者，但是我敢保证我们是无辜的、没有预谋的入侵者。"

"你们知不知道阿登和格林雷克的实验是怎样失败的？知不知道他们是怎么死的？"

"如果你所说的阿登和格林雷克就是这两位漂亮死者的名字的话，就像你们看到的那样，我们除了发现他们躺在地上以外，其余的我们什么也不知道。我们从路边走到这里来查看一下到底发生了什么事情，实际上，是来询问……"

他又清了清嗓子，故意留下一句不完整的话。

第一个开口说话的乌托邦人，为了方便，我们暂且这样称呼他，看着他的同伴，好像在无声地问他一些问题。然后他转向地球人，又开口说话了。此时他的声音又清楚地传到巴恩斯坦波尔的耳朵里。

"如果你们没有破坏现场的话，那么就没有你们的事了。你们最好回到路上，跟我走吧！我的同伴会把火熄灭，并根据情况来处理好这两具尸体。那些懂得这里所进行的实验的人会来这里检查这一区域。"

"我们非常感谢你们的热情和好客，"伯利说，"我们现在完全处在你们的控制之下，这次相遇，我再重复一遍，绝对不是我们自找的。"

"如果我们知道有你们这样的星球存在的话，我们肯定早就会去探索它。"凯思基尔看了一眼巴恩斯坦波尔，似乎希望能得到他的肯定，"我们发现你们的星球是最有吸引力的星球。"

"自从第一眼看到它，我们就发现它是一个最有吸引力的星球。"戴眼镜的先生说。

在他们跟着乌托邦人和伯利先生穿过茂密的花丛、走向马路期间，巴恩斯坦波尔发现斯特拉女士走在他旁边。在这样一个奇境中，在这两个极其普通的地球人之间，她的话更加增强了他的惊奇感。"我们以前是否在什么地方见过面 —— 在午宴或者其他什么场合？这位先生是……"

她这么说是不是仅仅客套一下？在回答她的话之前，他仔细地盯着她看了一会儿。

"我是巴恩斯坦波尔。"

"你是巴恩斯坦波尔先生？"

现在，他的思路能跟得上她所说的话了。

"我恐怕没有这么荣幸，斯特拉女士。不过，我认识你，而且非常熟悉你，我在一家周刊杂志上看过你的好多照片。"

"你听到塞斯尔·伯利先生刚才说的话了吗？那些有关乌托邦的话。"

"他说我们可以称它为乌托邦。"

"可是这里是乌托邦吗？真的是乌托邦吗？"

女士没有等巴恩斯坦波尔回答她的问题就接着往下说："我一直在期待能到乌托邦来。这两个乌托邦人看上去是多么年轻漂亮啊！我敢断言他们肯定属于贵族阶层，尽管他们的服饰不是十分正规，或许正因为这一点。"

巴恩斯坦波尔有了一个极好的想法。"斯特拉女士，我已经认出伯利先生和鲁珀特·凯思基尔先生，如果你能告诉我那个戴眼镜的先生和那个看上去像个神父的先生是谁的话，我会很高兴的。他俩就在我们后面。"

斯特拉用非常可爱而又神秘的口气把信息传递了过去。"那个戴眼镜的，"她低声说，"是……我把他的名字给你拼一下——F-R-E-D-D-Y-M-V-S-H。他嗅觉非常灵敏，善于挖掘青年诗人并对文学特别感兴趣。他是鲁珀特的秘书。有人说，要是有一个文学研究会一类的东西，他肯定会参加的。他对人苛刻，并喜欢讽刺挖苦别人。我们本来准备到泰普洛参加一个非常重要的知识分子周末聚会。跟往常一样，参加周末聚会的人还有戈斯先生、麦克斯、比尔博姆先生等一些知名人士，大家都愿意参加这种周末聚会。但是现在总是发生一些意料之外的事情……那位穿神父衣服的……"她回头瞟了一眼，看看那位先生能否听得清他们的私下谈论 ——"是阿莫顿神父。他对社会上的罪恶和这一类的东西总是直言不讳。很奇怪，一走出讲坛他就表现得非常腼腆且沉默寡言，在饭桌上也非常拘谨。他真有点自相矛盾，对吧？"

"当然！"巴恩斯坦波尔说，"我想起来了，我认得这张脸，但跟他的名字对不上号。非常感谢，斯特拉女士。"

三

同这些声名显赫的人在一起，特别是还有斯特拉女士的存在，使得巴恩斯坦波尔先生消除了许多疑虑。她确实能使人振作起来。她身上带有很多来自地球上的可爱的东西，而且她已经做好心理准备，尽可能早地抓住机会来适应这个新环境。巴恩斯坦波尔等人对这里的奇事和美景产生了一种威胁感，但她却把这些置之度外。遇见她以及她的同伴对巴恩斯坦波尔这种身份的人来说本身就是一个不大不小的奇遇。有他们的存在使他对乌托邦的惊奇感减少了许多。他感到自己的身份很卑微，从而使他对这些人产生了一种信任感。这种信任感来自斯特拉女士和伯利先生所做出的评论以及弗莱迪·穆什的那副昂贵的眼镜。这些人使他联想起那些经常在报纸上出现的大人物。要是巴恩斯坦波尔独自一人身处乌托邦的话，他早就被吓住了，甚至在精神上早已被摧毁了。那个正在同伯利交换意见的神秘人，皮肤呈棕色，举止落落大方，看上去还是比较容易接近的。

然而，就在喘口气的时间里，巴恩斯坦波尔的思绪又从这几位乘坐大轿车人的身上转移到他们所陷入的贵族般的世界里。这些人到底属于哪个星球？他们到底是些什么人？他们是如何把野草变成鲜花，使豹子不再凶恶和奸诈，而且还用友好的目光看着过路人的？

令人吃惊的是，他们在这个大自然已被征服的星球上看到的第一个居民居然是具尸体，是一次非常危险的试验的受难者。更令人惊奇的是，这个自称是两位死者哥哥的人对这一悲剧没有表现出一点儿伤感和震惊。巴恩斯坦波尔认识到，这里没有丝毫感情因素、没有惊愕、没有哭泣。他们表露出的仅仅是疑惑和好奇，而不是恐惧和悲痛。

巴恩斯坦波尔看到，那个留在废墟的乌托邦人把姑娘的尸体抱起来，放在另一具尸体的旁边，然后回过头开始仔细研究试验所留下的残骸。

现在，有许多这个星球的人赶到出事现场。他们是乘坐两架这个星球所使用的飞机来的。飞机就在附近降落。它体积较小，没有噪声，飞起来像燕子一样快捷。有一个人驾驶着一辆两轮双座车来到路上。这辆车很像地球上的自行车，两个轮子紧挨在一起，比地球上任何车辆都轻巧得多。从路边传来的笑声吸引了巴恩斯坦波尔的注意力。一伙乌托邦人好像在大轿车的引擎部位发现了什么十分荒唐的东西。这伙人当中，大多数衣服穿得极少，像两个死去的试验者一样，身材非常漂亮。但是有一个头上戴着大草帽，看上去像是一位年过三十的妇女，身穿镶红边的白色长袍，她正在同伯利先生谈话。

尽管巴恩斯坦波尔与伯利先生之间的距离有二十码之遥，但她的话他还是能听得非常清楚。

"我们不知道你们的到来同刚才发生的爆炸是否有联系，或有什么联系。我们想调查一下这两件事情。我们想，最好还是带你们和你们的随身物品去一个离这儿不远且很方便的地方谈一谈。我们来安排交通工具带你们去，在那里你们也许能吃点什么。我不知道你们是否喜欢我们这里的食物。"

"便餐，"伯利好像非常赞同这个主意，"已经饿了这么长时间了，吃顿便餐是完全可以接受的。实际上，如果我们现在是在自己的地球而不是在你们这里的话，这个时候正是我们吃午饭的时间，而且是在最好的餐馆里吃午饭。"

"奇境和午餐。"巴恩斯坦波尔想，人这个东西，不管在什么地方都需要吃饭。他确实感到饿了，况且，他呼吸的新鲜空气本身就是很好的开胃品。

乌托邦人好像对这些话感到很新奇。"你们一天吃好几顿饭吗？你们都吃什么？"

穆什把眼镜摘下来，随便说道："噢，当然了，他们不是素食者。"

他们都饿了，他们的面部表情都流露出这一点。

"我们都习惯每天吃好几餐，"伯利说，"也许我应该把我们的食谱给你。我们的饮食习惯可能会同你们的有所差别。通常，我们先在床边喝一杯茶，吃一片夹黄油的面包，然后再正式吃早饭。"他接着把他一天的烹调过程进行了简单总结，清楚地列举了非常诱人的典型的英式早餐。鸡蛋要煮四分半钟，时间不能长也不能短；吃午餐时要喝点淡酒或茶。午餐不仅仅是一顿饭，更重要的是，它还有很强的社会性；晚餐时不时需要别人的帮忙。这些很有条理的论断，即使是众议院的人也会很耐心地听下去，轻松、愉快而且一本正经。在他说话时，那位乌托邦女人饶有兴趣地看着他。"你们所有的人都这么吃吗？"

伯利看了一眼他的同伙。"我不能替那位先生回答这个问题，他是……"

"巴恩斯坦波尔……是的，我基本上也是这种吃法。"

不知为何，乌托邦女人朝他笑了笑。她有一双非常美丽的棕色大眼睛。尽管他喜欢看她笑，但他不希望看到她以这种方式笑。

"你们睡觉吗？"

"根据情况每天睡六到十个小时。"伯利回答说。

"你们做爱吗？"

这个问题使地球人感到疑惑不解，在某种程度上甚至是惊诧不已。一时间没有人回答这个问题。巴恩斯坦波尔的脑海里产生了一种奇妙的预感。

伯利先生用他的聪明才智和含糊其词的语言打破了僵局。"不经常这样做，我肯定，不经常做爱。"

那个穿长袍的女人好像在一瞬间把这个回答思考了一下，然后微微一笑。

"我们一定要带你们到某个地方，就这些问题，我们双方可以好好谈一谈，"她说，"很明显，你们来自一个很奇怪的星球，我们可以一起交流一下思想和知识。"

四

从上午十点钟开始，巴恩斯坦波尔穿过斯洛之后一直在这条主干道上行驶。现在是下午一点半，他却在这奇境中遨游，几乎把自己的地球给忘了一半。"太棒了，"他不停地说，"太棒了，我早料到我会有这么一个美好的假期。但是这个，这个……"

他对美梦所带来的刻骨铭心的欢乐感到无比的幸福。他从来没有体验过一个探险者在一片陌生的土地上所感受的快乐，也从来没有想过有一天自己也能亲身经历这种冒险。仅仅几周前，他还为《自由主义者》写过一篇"探险时代的终结"。佩弗对他这篇没有特殊目的而令人意志消沉的文章感到非常满意。现在，想起这篇文章带给他的荣誉，他感到有些内疚。

这帮地球人被安排分乘四架小飞机。巴恩斯坦波尔和阿莫顿神父同乘其中一架。当飞机升入空中后，他低头看到，两辆轻便卡车很轻松地就把他们的车和行李提了起来。每辆卡车都伸出一对闪闪发光的长臂，像护士举起婴儿一样把车举了起来。

按照地球人的飞行安全标准，巴恩斯坦波尔感到他们的飞机飞得太低了。有时飞机穿梭于树丛之间，而不是树丛之上，尽管他们对这种飞行的安全有所担心，但这样他们可以仔细地欣赏地面的风景。在飞行的开始阶段，他们看到的是牧场和正在吃草的奶牛，以及土地上色彩斑斓的植物。巴恩斯坦波尔从来没有见过这种植物。一条条蜿蜒的小路从田野中穿过。这可能是些步行路和用于骑自行车的路。偶尔也能看到两边长满鲜花和果树的宽阔大路。从地面上看不到房屋，根本就没有城镇或乡村。房屋体积的大小也迥然不同，从一座座孤立的小房子到一群群塔楼，它们各自都有不同的建筑风格。巴恩斯坦波尔把这些小房子看作是非常典雅的度假别墅，或者是些小小的神庙，而那一群群的塔楼使他联想起乡村大别墅、大农场或者奶制品基地。偶尔能看到有人在田间劳作，还有的人乘车或步行在田间来回穿梭。总的看来，这是一片人口稀少的土地。

他们突然发现，飞机就要飞越一座座高大的雪山。雪山的突然出现使他们完全相信，这里确实不是温德塞。

一大片金色的玉米地代替了绿葱葱的牧场，植物的种类也更加多样化。在山的朝阳坡有一大片葡萄园，工人的数量和建筑物的风格都与刚才见到的有所不同。这个小小的飞行中队穿过一座大峡谷，又飞向峡口，这样一来，巴恩斯坦波尔能够仔细欣赏高山的风景。首先映入眼帘的是栗树林，最后是松树林。巨大的叶轮机横跨在山洪之上，两边竖立着一座座很长、很矮，还带有窗户的建筑物。这很可能是一座工厂。一座设计大方、造型异常优美的高架桥与一段有坡度的路巧妙相连，最后通向峡口。他注意到，高原上人口的数量明显比平原地带多出很多，但是，同地球上相对应的乡村相比，这里的人口数量确实太少。

飞机沿着荒无人烟的悬崖峭壁和被积雪覆盖的冰川飞行了足足有十分钟，最后降落在即将举行会谈的高地上。这块高地实际上是一个山坳，四周是一些平台式的砖石建筑。这些建筑设计大方、巧妙，看上去就像山体的一部分。山坳对面是一个宽大的人工湖，从山谷低处延伸出来的一座巨坝把湖水拦住，巨坝上方整齐地排列着一排高大的柱子，看上去像是一个个坐在那里的人影。远处一片宽阔的平原使巴恩斯坦波尔联想起地球上的波尔大山谷。飞机降落后，巨坝便拦住了他的视线。

平台上，特别是那座较矮的平台上，是一簇簇花式的建筑。巴恩斯坦波尔注意到，它四周有小路、台阶、水池，这里看上去像是一个大花园。一座非常雅致的亭子沿着湖岸向水面伸去，为那些色彩鲜艳的小船提供了一个停泊处……

在阿莫顿神父的提醒下，巴恩斯坦波尔注意到，这里确实没有村庄。同时，他还注意到这里也没有教堂、塔楼和钟楼。他觉得那些小型建筑物可能是庙宇或神殿。"可能这里信仰宗教的方式与我们不同。"

"婴儿或小孩实在太少了!"阿莫顿神父说, "我还没有看见带小孩的母亲。"

"在山的另一面有一处像是一所学校的操场,那里有些小孩和两三个穿白衣服的人。"

"我已注意到了,但是我指的是婴儿。把这里的情况同在意大利看到的比较一下。"

"漂亮的女人是最吸引人的,"那位神父大人又补充了一句,"是最吸引人的,而且她们还没有任何生过孩子的迹象。"

他们那架飞机的飞行员,蓝眼睛,满头黑发。他把他俩带下飞机。他俩站在地面上注视着其他人走下飞机。巴恩斯坦波尔很惊奇地发现,他已经开始习惯这个新星球。整个场面中最让人感到奇怪的是他同伴们的身材和着装。鲁珀特·凯思基尔戴着一顶很特别的灰色大礼帽,穆什戴着一副古怪的眼镜。伯利先生的身材又细又长,而他的司机却是膀大腰圆,与漂亮的乌托邦人形成了鲜明的对比。飞行员好像对他们很感兴趣,这又使得巴恩斯坦波尔觉得他的同伴们更加古里古怪。此时,他的大脑中又出现了更深刻的疑虑。

"我想这一切确实是真的。"他对阿莫顿神父说。

"确实是真的!否则的话会是什么呢?"

"我想我们不是在做梦。"

"梦会这么巧合吗?"

"我想不会。但是这里有些事情是不可能的,绝对不可能的。"

"举一个例子说明一下。"

"这里的人怎么会用英语 —— 现代英语同我们交谈呢？"

"我没有想到这一点，这真是不可思议。但他们之间不说英语。"

巴恩斯坦波尔被另一个更加不可思议的事实吓得发呆。他瞪着圆圆的眼睛看着阿莫顿神父。"他们之间根本就不用语言交谈，"他说，"直到现在我才注意到这一点。"

第四章
时隐时现的影子

一

巴恩斯坦波尔除了发现这些乌托邦人说一口流利的英语外，他还发现这个星球是那么和谐、那么美好，就连在梦中他也没有见过这么整洁的、有序的美好社会。他越来越觉得乌托邦并不那么陌生和可怕，而是一个高度文明的国家。

在穿着镶红边的长袍、长着一双棕色眼睛的那位乌托邦女人的引导下，地球人被安排在会议处住下来。乌托邦人热情的接待使他们感受到一种想象不出的舒服。五六个青年人按照计划还给他们这些陌生的地球人介绍了乌托邦人的家庭生活。地球人每人住一个套间，每个套间都配有非常典雅的化妆室和一张床，床罩是用最好的亚麻布制成的，上面铺着柔软蓬松的床罩。斯特拉女士站在一个凉亭的敞口处，尽管她觉得这个凉亭的敞口太大，可她还是说："在这里，人会有一种安全感。"行李已经到了，大家把各自的行李和旅行包都拿进了自己的房间，觉得好像住进了地球上的豪华宾馆。

斯特拉女士在打开她的化妆包之前，把两个十分友好的乌托邦小伙子请了出去，她想让脸部皮肤轻松一下。

几分钟后，一阵狂笑声吸引了大家的注意。紧接着从斯特拉女士的房间里传出了歇斯底里的嬉闹声。留在她房间里的乌托邦女孩对她的化妆品表现出女性特有的兴趣，并且还要向她索要她那件透明的睡衣。不知什么原因这件睡衣深深地吸引了这位女孩，她非要穿上这件睡衣到外面去兜一圈儿展示一番。斯特拉费了好大的劲才阻止了她。最后，女孩说："那么，你穿上它让我瞧一瞧。"

"但是，你不明白，"斯特拉说，"它是神圣的！它从来不是用来给人观赏的。"

"为什么会是这样呢？"女孩疑惑不解地问道。

斯特拉女士不知该如何回答这个问题。

午宴开始了。这顿午宴是按地球人的标准准备的，非常丰盛。弗莱迪·穆什的疑虑也基本上消失了。桌子上有鸡、火腿和味道鲜美的肉馅饼，还有做工粗糙但非常可口的面包，纯正的黄油、精美的色拉、水果以及格鲁耶尔奶酪。那瓶白葡萄酒赢得了伯利先生的高度赞美："摩泽尔的白葡萄酒也远远没有这么好！"

"你看，我们的饮食跟你们的差不多吧？"穿着镶红边长袍的女士问道。

"品种倒是十分相像。"穆什说话时嘴里还塞满了食物。

"在过去的 3000 年里，食物品种变化很小。远在混乱年代之前，人们就已经发现了很多可吃的东西。"

"太不可思议了，"巴恩斯坦波尔自言自语道，"太不可思议了。"

他看了看他的同伴们，一个个正在得意扬扬、津津有味地吃着。

如果不是因为这些乌托邦人说一口流利的英语，巴恩斯坦波尔就丝毫不会怀疑这一切的真实性。他们的话就像锤子一样敲打着他的脑袋。

没有服务员在这张光板石桌前照顾客人。那个穿镶红边长袍的妇女和几个飞行员同他们在一起就餐。客人们按需自取。伯利的司机战战兢兢地站在另一张桌子的旁边，直到那位大政治家对他说："坐下吧，庞克，跟穆什坐在一起。"这时他才坐了下来。午宴是在用石柱撑起的长廊里举行的。另外几个乌托邦人带着十分灵敏的目光和友好的微笑走了进来，他们或站或坐，既没有自我介绍，也没有相互寒暄。

"口味确实不错，"伯利说，"确实不错。我敢说这里的桃子比查塔沃兹的桃子还要好吃。亲爱的鲁珀特，你前面那个棕色的罐子装的是奶油吗……噢，够了，足够了。如果你肯帮我分一点去，鲁珀特，谢谢。"

二

几个乌托邦人向地球人做了自我介绍。那个长着一双棕色眼睛的妇女叫莉切妮丝，那个长胡子的男人，巴恩斯坦波尔猜想年龄在四十岁左右，由于他的名字听起来有点刺耳，所以不大容易记，大概是叫厄斯莱德·亚当，或者是厄斯莱德·伊登。他自称是人种学家和历史学家，希望能多了解一些我们地球上的事情。厄斯莱德留给巴恩斯坦波尔的印象是，他倒像是我们地球上一个金融家或报刊经纪人，而不像一个做学问的人。另外一个主人瑟潘泰恩，说话和举止似乎都很专横。让巴恩斯坦波尔感到吃惊的是他竟然是一位科学家。巴恩斯坦波尔没有听清他是怎样称呼自己的，开始听起来好像是"原子能工程师"，可后来又好像是"分子化学家"。巴恩斯坦波尔听到伯利对穆什说："他说他是自然化学家，对吧？"

"我想他仅仅称自己为唯物主义者。"

"我猜测他是研究物理的。"斯特拉女士插了一句。

"他们说话的语调确实有点怪，"伯利先生说，"他们有时说话声音太高，让人听起来很不舒服，两个音之间还有间隔。"

午宴结束后，所有的人都来到另外一座小楼里，这里显然是为上课或讨论而专门设计的。半圆形的后殿上挂着一排白木板，这些木板可能是讲课用的黑板，因为在木板下面的大理石上放着彩色铅笔和擦布，所以讲课人可以在半圆内边走动边授课。莉切妮丝、厄斯莱德、瑟潘泰恩以及所有的地球人都坐在讲台下面的椅子上。他们的前面还有可以容纳八十到一百人的座位。所有的座位都被占满了，大厅的后面还站着一群人，人群后面是一簇簇美丽芬芳的杜鹃花。巴恩斯坦波尔注意到在站着的人群和鲜花之间是一条绿带，通向碧波荡漾的湖水。

他们将在这里对地球人这次不寻常的入侵进行一场讨论。还有什么比讨论这件事更合情合理的呢？还会有比这更重要的事情吗？

"奇怪，这里怎么没有燕子呢？"穆什突然贴着巴恩斯坦波尔的耳朵低语道，"我不明白这里为什么没有燕子。"

巴恩斯坦波尔望了望空旷的天空说："可能也没有蚊子和苍蝇。"很奇怪，以前他可从来没有思念过燕子。

"嘘！"斯特拉暗示了一下，"他开始讲话了。"

三

这场令人难以置信的讨论终于开始了，那个叫瑟潘泰恩的人拉开了会议的序幕。他站在听众前，好像要做一个演讲。他的嘴唇在不停地动，双手打着手势以便做进一步的解释，面部表情也随着他的讲话内容不停地改变。然而，巴恩斯坦波尔搞不清楚瑟潘泰恩是否真的在讲话。整个过程都使他感到很奇怪。有时候，瑟潘泰恩谈及的东西在他的脑海里不断回响；有时候，它又像浑水中的物体，看不清且又难以捉摸；还有些时候，尽管瑟潘泰恩的手还在不停地动，眼睛还在看着他的听众，但是巴恩斯坦波尔感到自己在一段时间内像聋人一样，什么也没听到。会场四周非常安静，时间好像静止了。然而，这确实是一个演讲，他吸引了包括巴恩斯坦波尔在内的所有人的注意力。

瑟潘泰恩的讲话风格就是把复杂的问题简单化，他每提出一个问题都要停顿一下。"人们早就知道，"他说，"维的数量，就像其他任何可以计数的东西一样是无限的！"

是的，巴恩斯坦波尔同意这个观点，但穆什对此却不大理解。

"噢，天哪！"他说，"什么是维？"他边说话边把眼镜摘下来，看起来有点漫不经心。

"简单地说，"瑟潘泰恩接着说，"维就是一种特殊的宇宙空间和物质定律，而我们自己本身就存在于其中并是其中的一个组成部分，而这一特殊的宇宙和物质体系在这个三维空间中不断地变化发展，而这一变化和发展实际上是通过第四维，也就是时间来完成的，并且一直在不停地延续着。这种物质定律就是万有引力定律。"

"欧！"伯利叫了一声，"对不起，我一点儿也不明白。"

看来，他还一直在认真地听着。

"任何存在的空间都有引力。"瑟潘泰恩把自己的话重复了一遍，好像在极力维护只有他自己明白的深奥道理。

伯利先生略微思忖了一下说："我一辈子也弄不明白这一点。"

瑟潘泰恩仔细打量了他一会儿。"确实是这样，"他又接着做他的演说，"我们的思维随着物质的变化而不断变化，对于这一点大家都无可否认。我们只有通过分析研究才能认识到，我们的宇宙不仅扩展了，而且有些变形。它的扩展超越了它自身的三维空间，而形成了一些令人意想不到的其他维。这就像一张薄纸，它实际上只有两个维，但它依靠它的厚度和可卷曲性扩展出第三维。"

"我是不是聋了？"斯特拉小声问道，"我连一个字都听不懂。"

"我也是。"阿莫顿神父说。

伯利做了个手势让这两个不幸的人安静下来，他自己的目光却一直没离开过瑟潘泰恩的脸。巴恩斯坦波尔皱着眉头，两条腿紧紧地并在一起，两手交叉，绝望地坚持着。

他必须得听——当然，他是在听！

瑟潘泰恩继续解释："这就如同把任何有两个维的空间放进一个三维空间内，就像把几张纸放在一起一样。所以说人脑在这个多维空间里就显得力不从心，获取知识的过程非常缓慢而且特别痛苦，很可能有无数三维空间同时存在，并且通过时间来进行简单的平行移动。朗恩斯通和塞弗路斯的研究在很早以前就为这一领域打下了稳固的基础，它使人们相信在宇宙中确实存在着无数的时空。它们处于平行位置，就像一本书中的每一页一样，都非常相像，但绝不相同，它们都有持续性，都有引力，（伯利先生摇着头，说明他还是没搞明白。）而且靠得越近越相像，靠近以后，它们就有了相互学习和交流的机会。两个伟大的科学天才，阿登和格林雷克，做了大胆的尝试，用……（无法听清）原子的推动力把乌托邦的一部分物质空间放入 F 维中进行循环，结果使乌托邦的物质空间延伸了足足一臂之长。他们打开乌托邦的大门，对乌托邦的物质进行循环，这一切都很成功，但是在关大门时却带进来一大团污浊的空气和尘土，让乌托邦人感到始料不及的是，还多了不知来自什么星球的三批不速之客。"

"三批？"巴恩斯坦波尔表示怀疑，"他说的是三批吗？"

瑟潘泰恩没有理他。

"我们有一男一女两个同胞死于一个意料不到的冲力，但是他们的实验为我们开创了一条先河，我们要打破乌托邦的空间限制，到那些难以想象的巨大星球上去继续进行我们的实验。到离我们最近的星球，按照朗恩斯通早年所说的那样，这两个星球之间就像血液和心脏一样密切，（'比我们的手和脚之间距离还近。'阿莫顿神父把话听错了，'他在讲些什么东西啊？我一点儿也听不懂。'）我们发现了另外一个星球。根据它的人口数量和交通状况，我们可以断定它的体积和我们星球相当。我们可以假设有一个星球，就像我们的星球一样，围绕着太阳在旋转，上面有生命，而且这个星球正在被慢慢地征服，我们的星球也是如此，只有充满智慧的超级生命才能征服这个星球。我们根据表面现象判断，距我们最近的那颗星球在时间上远远落后于我们，我们客人的身材特点和着装打扮跟混乱年代我们的祖先很相像……我们还未能证实他们的发展历史和我们的是否相似。没有两颗完全相同的粒子，也没有两个完全一样的振动。在同一维中，在同一个上帝所控制的范围内，从来没有，而且也不可能有完全相同的重复。然而，你们称为地球的那个星球，很明显，距我们的星球很近，而且同我们的星球有很多相似之处……

"我们非常急切地想从你们地球人身上了解我们自己的历史。这是一段我们自己都不太清楚的历史。通过你们的经历，我们可以证实我们两个星球之间互相帮助、互相交流的可能性。在知识方面我们只是刚刚起步。我们除了知道我们必须努力去学和去做的很多事情外，对其他东西了解甚少。在很多方面，我们两个星球之间可以互教、互帮……

"很可能，在你们的星球存在着我们星球未能发展起来或者已经灭绝的遗传因子；也可能在我们的星球上存在着你们正需要的元素和矿藏……你们的原子结构是什么样的……我们的星球可以同你们进行内部沟通吗……如此一来，双方就可以互通有无……"

就在巴恩斯坦波尔很受感动而且非常想继续听下去的时候，他的声音消失了。即使一个聋人也能看出他的嘴还在说话。

鲁珀特·凯思基尔同巴恩斯坦波尔一样对此十分不解，两人目光互视了一下。阿莫顿神父用手遮着脸，斯特拉女士和穆什在悄悄地说着话，他们早就不再假装听下去了。

"这，"瑟潘泰恩的声音又出现了，"这就是我们对你们在我们星球上出现的看法和对我们可能采取的相应措施的一个粗浅的解释。我已尽力用简单的语言把我们的想法告诉了你们。现在，我提议你们当中某一个人能简单地把你们星球中涉及我们星球的真实情况告诉我们。"

第五章

乌托邦的政体和历史

一

一段时间的沉寂之后，地球人你看看我，我看看你，最后大家都不约而同地把目光集中到塞斯尔·伯利身上。这位政治家假装没有看出大家的意图。"鲁珀特，"他说，"你来试试，怎么样？"

"我保留发言权。"

"阿莫顿神父，你擅长应付其他星球的事情。"

"不过，是在你不在场的时候，塞斯尔先生。现在我可不行。"

"可是，我对他们说什么呢？"

"怎么想的就怎么说。"巴恩斯坦波尔说。

"非常正确，"凯思基尔插了一句，"跟他们说说你是怎么想的。"

再没有什么人值得去考虑了，伯利先生只好慢慢地站起来，心事重重地走上讲台。他双手紧紧地抓住衣领，眼朝下看了一会儿，好像在考虑该讲点什么。"瑟潘泰恩先生，"他抬起那张蜡黄的脸，遥望着远处湖水上空的蓝天，终于开始了！"女士们，先生们——"他是要做一次演讲了——好像他是在出席樱草会的花园舞会或者是在日内瓦出席什么重要会议。这样做似乎很荒谬，但是不这样做又该怎样做呢？

"我必须承认，先生，尽管我不是一个演讲的新手，但是在这种场合里我有一种不知所措的感觉。你令人佩服的演讲，简单、直接、明晰、紧凑，表现出极强的雄辩能力，为我树立了榜样。但是，在你面前，说实在的，我感到有些胆怯。你让我尽可能简单、清楚地列举一些主要事实来说明我们对你们星球的看法以及我们来到你们星球的目的。遗憾的是我浅薄的理解力实在搞不明白这么深奥的理论。我想，我没有能力更好地，实际上根本不能在任何方面对你精彩的论断——从数学的角度看——添加任何成分。你刚才对我们说的实际上包含着地球科学中最新、最微妙的思想，这完全超出了我们的现实意识。在某些问题上，比如说，时间同引力的关系，我不得不承认我不敢与你苟同，也可能是因为未能理解你的话。展开这个问题，可以说我们之间没有太大的争议。我们毫不保留地接受你们的主要观点和建议，那就是，我们是生

50

活在一个与你们平行的星球上，一个距你们很近的星球。我们把在你们星球上看到的东西同我们地球相比较、对照，发现二者之间有惊人的相似之处。你们的观点吸引了我，而且我们也倾向于接受你们的观点，我们的体系没有像你们那样经受过长时间的考验和锻炼。我们的历史也许比你们的历史短几百年甚至几千年，所以在对待你们的态度上，我们不可避免地会产生一种自卑感。既然我们比你们年轻，应该是我们向你们学习，而不是你们向我们学习。我们应该问你们：你们做过什么？有什么结果？而不应该骄傲自大地向你们展示我们正在学和将要做的事情……"

"不！"巴恩斯坦波尔几乎要喊出声来，"这是一场梦……要是还有其他人的话……"

他用手揉了揉眼睛，发现自己仍然紧挨着穆什坐在那些高傲的神人中间。伯利先生，这个光彩耀人的无神论者，看来对任何事情都不会感到惊奇。他身体前倾，不停地讲啊讲，试图使人相信他已做过上千次演讲。他充分相信自己，也相信他的听众，就好像他是在伦敦市政厅做演讲。他认为听众都能领悟他的话，实际上，他的话是多么荒谬！

巴恩斯坦波尔觉得没有什么其他可做的事情，只能坐下来继续听这些荒谬的言论。有时，他的思绪会远离伯利，之后不久，又不得已回到伯利的演讲之中。伯利摆出一副议员的架势，用手扶一扶眼镜或抓一抓大衣的翻领，用他自己认为是基础、易懂、有条理的语言向乌托邦人简单介绍了地球上的情况。他说，地球

51

上有国家，有帝国，有战争，有世界大战，有经济组织，也有正在瓦解的经济组织，有革命和布尔什维主义；他还告诉他们，俄国正在闹饥荒；在地球上很难找到为人正直的政客和政府官员；到处都是一文不值的报纸。他把人类所有黑暗、不道德的一面统统抛了出来。瑟潘泰恩曾用过"混乱年代"这个名词，伯利记住了这个词，而且充分运用了它……

这是一个雄辩的即席演讲，至少持续了一个小时。乌托邦人兴致勃勃、全神贯注地聆听着他的高谈阔论，而且还不时地对他的论断点头表示接受和认可。有时，巴恩斯坦波尔的耳边会响起"同我们非常相像——就像我们的混乱年代时期"的说话声。

最后，伯利先生举起双手，像议员一样，有意在空中停顿了一下，结束了他的演讲。

他朝听众鞠了一躬，回到自己的座位上。穆什先生感到很奇怪，因为只有他一个人在热烈地鼓掌，没有人加入他的行列。

巴恩斯坦波尔的心理压力已经到了无法承受的地步。

二

他站了起来，做了一个谋求赢得听众好感的手势。一看就知道他是一个没有经验的演讲者。"女士们，先生们，"他说，"乌托邦人，伯利先生！对不起，耽误大家一点时间。有一件事情，非常紧急。"

一时间，他又不知该如何开口。

他从厄斯莱德的目光中得到了鼓励。

"有件事情我不明白，一件不可思议的事情——我的意思是说，这是一件极不可能的事情。一个小小的空隙把所有的一切都变成了令人惊叹的幻觉。"

厄斯莱德充满智慧的目光是非常鼓舞人心的，巴恩斯坦波尔干脆把讲话的对象从人群中直接转移到厄斯莱德身上。

"你们乌托邦人，先于地球几千年，怎么会使用现代英语——使用与我们完全相同的语言呢？我想知道这是怎么回事？真叫人难以置信。这一点很刺激，使我感到像是在梦中一样。难道你们真的不是在我的梦中吗？可我感到……几乎是……精神错乱。"

厄斯莱德微微笑了笑："我们不说英语。"

巴恩斯坦波尔顿时有一种天昏地旋的感觉："我听到你们在说英语。"

"我们确实不说英语，"他又笑了笑，"我们通常什么语言也不说。"

巴恩斯坦波尔怀疑自己的大脑是否出了毛病，他简直不敢相信自己的耳朵。尽管如此，他还坚持非常恭敬地听着对方讲话。

"几个时代以前，"厄斯莱德接着说，"我们当然使用语言。我们能发出声音，也能听到声音。人们曾经是先思考，然后选择适当的词把思想表达出来。听者听到声音后，把声音记录在大脑中，再把声音转化为思想。后来，人们用一个我们至今还不十分清楚的方法，在思想还没有被用语言表达出来之前，对方就已经了解到了这个思想。也就是说，说话者在用词汇把思想表达出来之前，人们在脑海中就已经"听"到了他的思想，他不用开口，人们就知道他要说什么。这种直接传输法在目前已是非常普通的事情。据考证，大多数人略微努力就可以在某种程度上使用这种传输方法相互交流。这种新的交流模式得到了系统性发展。

"这就是我们通常在这个星球所做的。我们相互之间直接思考。如果我们要表达、传递思想，在距离不太遥远的前提下，马上就可以做到。在这个星球上，我们使用声音仅仅是为了作诗、消遣、发泄感情或远距离地呼叫以及同动物进行对话，而不再是为了人与人之间思想上的交流。你们的思想、观点和要表达这些思想观点的词汇存在于你们的大脑中，又从你们的大脑中反射出来。我的思想通过词汇的包装反射到你们的大脑中，这些词汇你们好像都听过——自然，它们都存在于你们的语言当中，也是你们所熟悉的词汇。很可能你的同伴们正在用各自不同的词汇和习惯用语听我们俩的谈话。"

巴恩斯坦波尔边听边不停地点头表示理解和赞同。他时不时想插几句，现在机会终于来了。"这就是为什么，比如说，刚才当瑟潘泰恩做精彩的演讲时，我们有时什么也听不到的原因。你能沉浸到他的演说中，而他的话在我们的大脑中一点影子都没留下。"

"有这么大的差别吗？"

"恐怕差别确实很大，我们都感觉到了。"伯利说。"好像有好几次我们都是聋人一样。"斯特拉女士说。

阿莫顿神父也表达了同样的感受。

"这就是为什么我们分不清你的名字到底是'厄斯莱德'还是'亚当'，这也是我们分不清你们说的是'阿顿''格林特斯'还是'弗莱斯特'的原因。"

"我希望现在你的精神压力能减轻一些。"厄斯莱德说。

"噢，确实减轻了不少。"巴恩斯坦波尔说，"考虑到各种因素，用这种方法进行交流确实很方便。要是这样，在我们人类之间相互理解、交流之前，就不必经受持续好几周的语言学的煎熬了。因为语言学当中包括语法、逻辑、词义以及诸如此类的东西，它们是我们语言的主要原则。"

"真是绝妙的论断，"伯利很友好地转向巴恩斯坦波尔说道，"真是绝妙的论断。如果不是因为你的话，我永远也不会想到这一点。真是太不寻常了！我一点也没有注意这些不同之处。我不得不承认，我的思绪很乱，我只是想当然地认为，他们说英语。"

现在，对巴恩斯坦波尔来说，除了对现实的绝对真实性有所怀疑之外，这次经历是如此完美，他再也没有什么需要担心的了。他坐在这座漂亮的小楼里，遥望着这个梦幻般世界里的鲜花和阳光照射下碧波荡漾的湖水。身着英国人度周末时的习惯服装同赤裸的奥林山神坐在一起已不再使他感到恐惧。他洗耳恭听，偶尔也介入这漫长的闲聊之中。这种闲聊是对两个星球之间有关道德伦理和社会发展前景中最有趣、最基本差异的探讨。这一切都证明了现实的真实性。他想回到家以后把经历写下来，刊登在《自由主义者》上，并在适当的时机把经历告诉太太，给她讲讲这个还未被发现的星球以及那里的人的举止和着装。他丝毫没有去考虑这两个星球之间遥远的距离，好像斯德汉姆老家就在他身边一样。

这时，两个年轻漂亮的姑娘用刻着杜鹃花的茶具沏好了茶，并递给大家。茶！我们应该称为中国茶，非常清香。茶杯也是不带柄的，完全是中国风格。茶是真的，而且非常新鲜。

地球人开始对乌托邦的国家政体制度感兴趣，有两个像伯利先生和凯思基尔先生这样的政客在场，这再自然不过了。

"你们的政府机制是什么样子的？"伯利问，"是君主立宪制还是独裁统治，还是完全的民主？你们的行政和司法脱离吗？在你们的星球上，有一个政府还是有几个行政中心？"

尽管费了很大劲儿，伯利先生和他的同伴还是搞清楚了，在乌托邦根本就没有什么中央政府。

"但是，"伯利先生说，"总应该有一个人或者什么机构，如国务院、部、局，或者类似的机构，为某项公共福利事业做出最后的决定吧！你们总该有一个绝对的权威机构来掌管国家大事吧！对我们来说，这是必不可少的。"

没有。乌托邦人宣称，在他们的星球上没有绝对权力集中的机构。过去曾经有过，但是到社体解散以后这些机构就不复存在了。对任何一件具体事务的处理意见最后都是由最了解这一事务的人来制定的。

"但是,如果制定需要众多人共同研究的法规,该怎么办呢?比如说有关公共健康的法规,由谁来执行呢?"

"没有必要去执行。为什么要这样做呢?"

"如果有人拒绝遵守规章制度呢?"

"那么我们会询问他或她为什么这样做,可能会有特殊原因。"

"如果没有特殊原因呢?"

"我们就会检查一下他的大脑,看看他的道德思想是否健康。"

"心理医生取代了警察。"伯利说。

"我看还是有警察好。"鲁珀特·凯思基尔插了一句。

"你确实喜欢警察。"伯利先生好像在暗示他别忘了上次警察还找过他的麻烦。

"你的意思是说,"伯利带着很投入的表情继续同乌托邦人谈论这个话题,"你们所有的事情都是由鲜为人知的个人或者机构来操纵吗?而这些人或者机构之间没有任何协调关系?"

"我们整个星球的事情,"厄斯莱德说,"都是为了保证人们的全面自由。我们有许多情报机构,负责用普通心理学去指导人们的思想和行为。"

"那么,这些机构是不是你们的统治阶层呢?"伯利先生问。

"他们丝毫不能随意把自己的意愿加在别人头上，从这一点看，他们不能算是统治阶层。"厄斯莱德说，"他们所处理的只是一些很普通的事务，仅此而已。他们的地位并不比其他人高，没有任何优先权，这同哲学家和科学家并不一样，哲学家和科学家有许多优先权。"

"这是一个真正的共和国！"伯利说，"但是我想象不出这样的国家是怎样运作、怎样形成的。你们的国家很可能是一个高度发达的社会主义国家。"

"你们是否还生活在除了空气、公路、海洋、荒野，其余都属于私有财产这样一个社会？"

"我们是生活在这样一个社会里。"凯思基尔说，"为了私有财产我们还要进行斗争和竞争。"

"我们早已过了这一时期。我们最终发现，私有财产是人类不能容忍的荒谬东西。我们已摆脱了它。一位艺术家或者科学家已完全控制他所需要的物资材料，我们都有自己的工具、设备和房屋，但是我们没有用于贸易和投机买卖的财产。所有的战争物资，包括演习用的战争物资都被取消了。但是，我们花了相当长一段时间才完成了这项任务。这并不是在几年内就可以做到的。对私有财产极大的占有欲是人类发展史上一个自然而且必要的阶段。它导致了一个可怕的结果，但是，通过这个可怕的灾难性结果，人们认识到了私有财产的本质。"

伯利先生摆出了他一贯采用的姿势：跷着二郎腿，身子深深地陷在椅子里，双手紧紧地叉在一起。

"我必须承认，"他说，"我对这种特殊形式的无政府主义十分感兴趣，好像它在你们这里很盛行。除非我完全误解了你的意思，你们这里每个人都是国家的仆人。按照你的意思——如果我理解错了的话，你可以纠正我——你们有许多人负责准备、生产和分配食物；我猜想，你们有专人来探究信息，了解人们需求什么，然后他们就能满足这种需求。至于如何制作这些食物，他们自己有权决定。他们是这方面的权威。他们进行研究、实验。没有人强迫他们，限制他们，阻止他们。（'人们可以和他们一起讨论，'厄斯莱德微微笑了笑，插了一句。）还有一些人，他们负责为所有人研究生产和制造金属，他们就是这方面的权威。另外还有一些人，负责你们这个星球的安居事业，计划和安排这些漂亮的寓所，并要明确谁将住进去，该如何使用这些寓所。也有一部分从事纯科学研究的人。还有用知觉和想象力做实验的艺术家。还有的人在从事教育工作。"

"这些工作都很重要。"莉切妮丝说。

"他们都在一个非常和谐的氛围中工作——并按一定的比例分配人员。既没有司法中心，也没有执法中心。我承认这一切都似乎令人敬佩——但又是不可能的。这种事在我们地球上根本就没有人提过。"

"有一个社会主义团体在很早以前曾经提出过其中一部分做法。"巴恩斯坦波尔说。

"啊!"伯利说，"我对这个社会主义团体几乎一无所知。告诉我，他们是谁?"

巴恩斯坦波尔很巧妙地回避了这个问题。"我们年轻人对这个问题是非常熟悉的，"他说，"拉斯基称之为多元主义社会，以区别中央集权制的一元制社会。甚至中国已经有了这样的社会，北京的一位姓常的教授曾写过一本小册子，把它寄到了《自由主义者》编辑部。他指出，中国如果按照西方的模式去经历一个民主政治阶段是不合适的，也是不必要的。他要求中国直接进入一个职能阶层，政府官员、工人、农民等都并行独立的社会，非常像我们在这里看到的那样。当然，这样做会导致一场教育革命。很明显，你在这里称为无政府主义的萌芽同样也存在于我们的社会。"

"啊!"伯利说，"是这样吗? 我一点儿也不知道。"他看上去比任何时候都机智、灵敏。

三

从表面上看，他们之间的对话是很随便的，但是双方观点的互相交换却很快捷，很有效果。很快乌托邦自混乱年代以来的历史概况就在巴恩斯坦波尔的脑海里形成了。

对乌托邦混乱年代的情况了解得越多，他越觉得它像地球上的现代社会。在混乱年代中，乌托邦人就像现代地球人一样，穿着厚厚的衣服，居住在城镇里，做任何事情都是听天由命，而没有缜密的安排和计划。经过了很长一段时间的经常性的饥荒、瘟疫和战争以后，气候条件和政治条件才得以改善，社会才得以发展，以至于如今超过地球多少个世纪。乌托邦人第一次有能力去探索他们居住的星球。他们用斧头、铁锹和犁开垦了大片的处女地。他们的财富增加了，娱乐和自由得到了极大的改善和提高。成千上万的人摆脱了贫困生活，他们有权利去选择自己愿意做的事情，他们有充分的自由。科学研究开始得到很大的发展，紧接着是各种各样的发明创造，结果整个星球的人的能力都得到了巨大的提高。

在此之前，乌托邦就有过许多科学上的突破，但是那些突破不是发生在非常好的社会环境中，有的没有结果就流产了。而现在，在短短的几个世纪里，这些曾经像迟钝的蚂蚁、寄生虫和迅猛的野兽一样在地上爬行和奔跑的乌托邦人，却发现自己能快步如飞，还能同这个星球上任何地方的人直接交谈。他们也发现自己还拥有远远超过以前的机械能力，但绝不是简单的机械能力。随着物理、化学发展变化而来的是心理科学，乌托邦人有超常的能力来控制自己的身体和社会生活。一些美好的东西也应运而生。它们来得又是那么快，那么令人不可思议，结果只有少数人认识到了它们的存在。因为它们同具体的成就以及知识的延伸是不同的。有些人把这些新生事物看成是历史的偶然，因此，他们并没有积极地调整自己的思想和生活方式来适应这些新生事物。

乌托邦普通民众对展现在他们面前的强大国力、丰富的娱乐生活、充分的民主自由和美好的前景的第一个反应就是多生育。他们像无理智的生殖机械一样，稀里糊涂地、无节制地生育。他们不停地繁殖，直至把那些已经伸向他们身边的机会都放走了。他们把科学才智都用在繁衍生殖上去了。在混乱年代的某一时期，乌托邦的人口高达二十多亿……

"现在人口数量是多少？"伯利问道。

乌托邦人告诉他，大约是两亿五千万，这个人口数量是乌托邦人在能使人们过上高度发达的生活前提下所能承受的最大人口数量。但是，现在由于各种原因，人口数量呈上升趋势。

阿莫顿神父对这个生育问题感到有点惴惴不安，这是一个非常敏感的话题。他的道德观念受到了冲击。"你们敢让人口有规律地增长！你们应该控制它！你们的女人们会赞同根据需要来生孩子，或者接受控制生育的办法。"

"这当然，"厄斯莱德说，"为什么不呢？"

"我还是感到害怕，"阿莫顿神父说，他把身体向前倾斜了一下，用手捂住脸，低声说道，"在这种气氛中我感到恐惧。人们在不断地播种、繁殖，但他们不进行灵魂的改造！真是作孽啊！噢，我的上帝！"

伯利先生透过镜片略微吃惊地注视着神父大人的感情变化。他讨厌这些口号，但是阿莫顿神父又是他们社区里很有名望的人物。伯利又转向乌托邦人说："真是太有趣了，到现在为止，我们地球上的人口要比你们至少多出五倍。"

"但是，这个冬天大约两千万人会饿死。"

"太可怕了！"阿莫顿神父说。

按照乌托邦人的观点，混乱年代的罪魁祸首是人口爆炸，众多的人口引发了许多社会问题。大批的外来人像洪水猛兽一样涌进了乌托邦，而那些高智商的少数人不得不花费心机去教育他们以便他们能适应新的生活环境，但是那些高智商的精英根本无法控制国家的命运。人口爆炸是一个社会衰退、灭亡的象征，是大自然的牺牲品，是错误的传统思想的沿袭。随着人口的不断膨胀，社会的经济体系就不得不进行重新改造、调整以适应人口增长的需要。而与此同时，一些掠夺成性、厚颜无耻的剥削者就会乘虚而入，疯狂占有和牟取暴利；而那些劳苦大众却在死亡线上垂死挣扎，最后一无所有。这是不可避免的问题。那些少数贪得无厌的人通过引诱、欺骗等手段对工人实行压榨和剥削。这些少数人自然比他们大胆，精力比他们充沛，但是实际上却要比他们愚蠢得多。厄斯莱德说，要想用语言把混乱年代人的荒唐、挥霍和野蛮描述起来是非常不容易的。

（"我们不想再劳驾你讲下去了，"伯利先生说，"提起这些事情你们会很难过的，而且……我们知道，我们对这种事情是再熟悉不过了。"）

人口爆炸所带来的灾难也后患无穷，这种灾难来势凶猛，不可阻挡。接踵而来的是一场波及全球的战争，战争摧毁了脆弱的金融体制，经济结构到了已经完全瘫痪的地步。连续的内战和不成熟的革命尝试导致许多社会组织的解体和崩溃瓦解，而连续多年的自然灾害又造成了粮食等社会物资的严重缺乏。那些剥削成性的冒险家却愚蠢透顶，以至于他们根本没有意识到都发生了什么事情，而继续蒙骗、欺诈百姓，镇压百姓的集会游行和示威活动。他们就像黄蜂一样，虽然身体被砍断了，但是嘴却在不停地、拼命地吸吮着蜜液。人们不再愿意投靠乌托邦，而是想方设法摆脱乌托邦。生产几乎为零，积累起来的财富也耗尽了。人们的创造生产热情被强制性的借贷关系，再加上有大批的高利贷者的存在、家庭成员之间的脱离关系等因素给熄灭了。

乌托邦社会的发展速度从一日千里到停滞不前。世界上许多乐趣和幸福都被贪婪的金融冒险家和投机商剥夺了。科学被商业化，被用于追逐暴利和垄断市场，科学不再是纯粹的科学，科学之光在黑暗之中飘忽不定，最后还是熄灭了。就像新时代开始之前一样，乌托邦又回到了一个黑暗的时代……

"这好像是对我们地球前景的一种令人沮丧的诊断。"伯利说，"太像了，迪恩·英奇对这些会是多么感兴趣啊！"

"对他这样的异教徒来说，毫无疑问，他对这类问题肯定非常感兴趣。"阿莫顿神父说道。巴恩斯坦波尔对这些评价尽管感到挺恼火，但还是急于听下去。

"后来发生了什么事情？"他问厄斯莱德。

四

后来发生的事情，巴恩斯坦波尔总结为：乌托邦人彻底改变了思想观念。越来越多的人开始懂得，在陈旧的社会观念下，人们利用科学和组织能力，用合法的斗争去战胜对方，就像数量不断增加的现代武器正在威胁各个国家的主权一样，将成为一个令人无法承受的危险。如果不想让历史在灾难和毁灭中结束，人们必须要有新思想、新观念。

所有社会都受法律、清规、戒律和祖先们缔结的原始条约所限制。古代的自主精神现在不得不在相应的力量和种族所面临的危难面前经受一次新的考验。去竞争、去占有，这一交往中的主导思想，正如一台失控的熔炉，正要吞噬它曾经驾驭的机器。一种创造性服务社会的思想必须取代它。按照这一思想要求，如果人们想要拯救社会，就必须改变自己的观念。曾经在几个时代前鼓舞人心的理想主义，现在不仅被当作严肃的心理学哲理，而且还被看成最实际、最紧急的东西。在解释这些时，厄斯莱德用了一个巴恩斯坦波尔感觉很熟悉的句子。他好像在说，谁想挽救自己的生命，谁反而会失去它；谁奉献出自己的生命，谁将会得到整个世界。

阿莫顿神父的大脑似乎在做着同样的反应，因为他突然插了一句："你是在引用别人说过的话！"

厄斯莱德承认，他的大脑中确实存在着一些引语，这些引语来自在很久以前使用语言的年代一位伟大先知的诗句。

他还准备说下去，但是阿莫顿神父非常兴奋，不让他说下去。"这位先知是谁？"他问道，"他住在哪里？是怎样来到这个世界的？又是怎样死的？"

巴恩斯坦波尔的脑海中马上闪现出这样一幅画面：一个看上去很孤独、脸色苍白的人，在全副武装卫兵的包围下，被打得遍体鳞伤、鲜血直流。高墙之间狭窄的街道上站满了人，他们头顶烈日，相互拥挤、推撞。在人群的后面，一个巨大丑陋的刑具挂在那里，且不停地摆来摆去……

"他在这个星球也是死在十字架上吗？"阿莫顿神父叫喊着，"他是不是死在十字架上？"

他们只知道这个先知很痛苦地死在乌托邦，但不是死在十字架上。他受到了很大的折磨，好像是被捆在一个慢慢移动的轮子上，曝晒而死的。这个轮子是想征服他人的野蛮民族的一种野蛮的刑具。他们对他施刑是因为他教义中的好善乐施这一思想激怒了那些有钱人和当权派。巴恩斯坦波尔眼前出现了一个幻觉：一个人被捆在一个用作刑具的轮子上，蜷曲着身子，在炽热的阳光下曝晒。这是战胜死亡的一大胜利！他的行为给外面的世界带来了和平和美丽。

阿莫顿神父还在对他的问题紧追不舍："不知道他是谁吗？这个星球的人不怀疑吗？"

很多人认为这个人是上帝，但是这个人却习惯称自己为上帝的儿子或人类的儿子。

阿莫顿神父紧接着问："你们现在不信奉他吗？"

"我们执行他的教义，因为它是美好的、真实的。"厄斯莱德答道。

"信奉他吗？"

"不。"

"没有人信奉他吗？有信奉他的人吗？"

没有人信奉他，但也有人在他深奥的教义面前畏缩，而且还痛苦地意识到，从某个深远的角度看，他是正确的。他们在自己不安分的良心上玩了个小把戏，把他看成一个具有魔力的神，而不是拯救他们灵魂的灯塔。他们把他同古代能自我牺牲的帝王混为一谈，不仅没有很坦然地接受他，把他作为自己思想意识的一部分，相反，他们假装象征性地把他吃掉了，使他成为他们身体的一部分。他们把他的轮子看成一个超越自然的象征，把它同赤道、黄道、太阳以及实际上任何圆的东西混为一谈。在运气不好、身体不佳、天气恶劣的时候，他的信徒们相信用食指在空中画一个圆圈对他们会有帮助的。

由于他的高贵和慈善，无辜的百姓对他都有一种亲切感，而那些狡猾、侵略成性的家伙正是抓住了这一点。他们把自己扮演成这个轮子的拥护者，假借他的名声变得富有和强大。他们带领人民为他们的利益而战斗，用他当作他们嫉妒、憎恨、暴政和贪婪的保护伞。直到最后，人们才认识到，这个古代先知重新回到了乌托邦，他的轮子将再次把他压碎和摧毁。

阿莫顿神父好像对这些解释漫不经心，他是从另一个角度看待这个问题的。"我敢肯定，"他说，"仍然有残留下来的信徒！是受到鄙视的残余信徒。"

没有。整个社会在追随这位先知的先知，但是没有人信奉他。在一些古代的建筑上仍然可以看到刻在上面的轮子，通常都伴有精美的装饰。在博物馆里保存着他大量的肖像、饰物一类的东西。

"我不明白，"阿莫顿神父说，"太可怕了，我的头都已经昏了，我不明白。"

五

一个相貌堂堂、身材匀称的人接过厄斯莱德的话题，开始回答地球人提出的问题。巴恩斯坦波尔后来才知道这个人的名字叫莱昂。

他是乌托邦教育工作的协调员，他说乌托邦发生的变化并不是一次突然的革命。建立在好善乐施这一主张之上的新法规、制度和全新的经济合作模式并不是一下子就形成并得以完善的。这是一个在混乱年代的很长一段时间里，一支由调查员和工人组成的逐渐庞大的队伍建立起新的国家。他们没有成套的计划，没有现成的方法，他们用普通人的忠诚和理智，用普通人的劳动，在不知不觉中进行合作。直到混乱年代的鼎盛时期，乌托邦才开始大力发展心理学，就像前几个世纪大力发展地理和物理科学那样火热。社会和经济混乱对科学的阻碍和对大学组织工作的瓦解刺激人们去探索人类联合起来的路子，并号召人们为之奋斗，勇往直前。

给巴恩斯坦波尔留下最深印象的并不是那些我们地球人称之为革命的巨大变化，而是那些新思想、新观念。旧制度持续了一段时间后逐渐消失，按常识，人们便开始做新的工作去取代旧的东西。

新制度是从大讨论、书本和心理实验开始的，而培育这一制度的沃土是普通的学校和大学。旧制度并没有给教育工作者多少奖励，那些当权派因忙于财富和权力的斗争都对教育掉以轻心。向年轻人灌输新思想的任务就留给了那些愿意付出心血和劳动而不贪图报酬的人。确实有人这样做了。在一个公然由冒险政客统治的社会，在一个人们通过搞金融投机就可以获得权力和地位的社会，他们要教育这些人，使他们懂得私有制是社会的毒瘤，有它和那些不负责任的有钱人的存在，国家就不可能很好地运转，教育就达不到应有的效果。那些人的本质决定了他们会进攻、会讹诈、会在暗中控制国家机器。他们的恶劣行径会歪曲和掩盖生命的真正价值。为了民族利益，他们必须被清除掉。

"他们反击了吗？"凯思基尔用好斗的口气问道。

他们的反击很不正规，但很激烈。这个反击延续了将近五个世纪。他们企图阻止一个科学的、有良好教育的乌托邦的到来。用来对付他们的战斗是激昂猛烈的。这些战斗是用来对付那些贪婪、狂热和寻求自我价值的人。通过这些战斗，人们要把新思想转变成现实。哪里有这种新思想，哪里就有这种战斗。人们在驱赶他们、威胁他们、联合抵制他们，对他们施以暴力，揭露他们的谎言和虚伪，控诉他们的罪行，最终把他们送进监狱。人们用绳索、柏油加羽毛、石蜡、大头短棒、步枪、炸弹和机关枪进行战斗。

这个星球上的好善乐施的新思想永远不会失败。它唤醒了成千上万的人加入这个行列。科学的政体在乌托邦建立以前，有一百多万人在战斗中牺牲了，受轻伤的多得已无法统计。教育体制、社会法规、经济手段一步一步地都建立了起来。这些变化并不是发生在一朝一夕之间，直到有一天乌托邦人才突然发现，一个全新的社会制度已经取代了旧的社会制度……"肯定会有这样的结果，"巴恩斯坦波尔说，好像他还没有见过乌托邦一样，"肯定会有这样的结果。"

乌托邦人又回答了地球人提出的一个问题。他们教育每一个乌托邦儿童最大限度地为社会尽自己的一份责任，并指导他们按自己的愿望和能力去服务于社会。孩子们天生就是非常优秀的，他们的父母身体都非常健康，他们的母亲经过深思熟虑和精心准备之后，才有选择地怀上他们，并把他们生下来。他们在非常优越的条件下成长。科学的教育方法满足了他们好玩、好学的天性，手、眼睛和四肢都得到了最大程度的训练和使用。他们学习美术、写作，表达自己的观点，用各式各样的符号来扩展自己的思维。

善良、礼貌是他们根深蒂固的好习惯，因为孩子们的周围一切都是善良美好的。特别是他们在大人的帮助和鼓励之下，充分地展开想象力。他们学习有关这个星球和自己民族的光辉历史，了解人们是怎样摆脱而且还在努力摆脱自己早期野兽般的狭隘和自私自利，又是怎样穿过厚厚的无知的面纱，迈向他们所企盼的帝国。孩子们的一切愿望都是美好的。诗歌、典范，以及他们从周围人身上得到的爱，使他们抛弃了对自己的担心和焦虑。他们用爱心同自私做斗争，他们的好奇心融入了对科学的热爱之中，他们把争强好斗用于战胜社会的混乱。他们内在的自豪感和雄心壮志就是非常光荣地分享成功的喜悦。他们去做他们喜欢的事，去做他们能做的事。

如果一个人懒惰成性的话，这并不意味着多大的损失，因为在乌托邦所有的人都会拥有很多。但是一个懒惰成性的人将找不到伴侣，也永远不能生孩子，因为在乌托邦没有人会去爱一个既没有能力也没有荣誉的人。在乌托邦的爱情当中，夫妻之间都有很多自豪感，都有很多值得自豪的方面。但对一个纯粹的旁观者来说，乌托邦并不是一个空转的富有社会，他在那里得不到游戏和娱乐，实际上他什么也得不到。这里确实是一个度假的好去处，但绝不是无所事事的人的天堂。

多少世纪以后的今天，乌托邦的科学已经发展到能有选择地控制生育，几乎每一个活着的乌托邦人都精力充沛、富有创造性。在乌托邦里没有呆笨、生理有缺陷的残疾人。那些游手好闲、性情冷漠、缺乏想象力的人几乎都死光了；那些令人抑郁忧伤的团伙早已解散，消失得无影无踪；疾恶如仇的人也不再存在了。绝大多数乌托邦人都是充满活力，满怀希望，富有创造力和接受力，而且脾气温顺。

伯利仍持有怀疑态度。"你们连议会都没有吗？"他问道。

乌托邦没有议会，没有政治，没有私有财产，没有商业竞争，没有警察、监狱，没有疯子，也没有残疾人，这是因为他们有学校和老师，学校和老师取代了这所有的一切。政治、贸易和竞争是调整野蛮社会的一种手段。早在一千多年以前，乌托邦就已不再使用这种手段了。乌托邦的成年人不需要法律和政府，因为他们在儿童时代和青年时代早已掌握了法律和政府。

"教育就是我们的政府。"莱昂说。

第六章
地球人的批评

一

在这个值得记忆的下午和晚上，巴恩斯坦波尔好像已深深地卷入了一场有关政府和历史的讨论中。这个本来令人感到莫名其妙的交谈现在已经非常引人入胜了。似乎这一切仅仅发生在他的大脑里，而一种巨大的力量又很快把他带回到现实中来。他在这里的所见所闻使他对掌握知识的兴趣荡然无存。在谈话的后半部分，他的目光在风格典雅的建筑上停留了一会儿，最后又回到那些漂亮的乌托邦人身上。他仔细端详着每一个乌托邦人的脸。

他又用怀疑的目光回头看看同伴。

很多乌托邦人的脸上都充满了诚挚和美丽，就像意大利美术作品中一张张天使的脸。有一位妇女长得很像米开朗基罗笔下的特尔斐·西比尔。他们那些男男女女非常轻松自然地坐在一起，绝大多数时间都全神贯注地投入到讨论中。巴恩斯坦波尔看到一双友好的眼睛时不时地注视着他，或者注视着斯特拉女士的衣服以及穆什先生的眼镜。

巴恩斯坦波尔对乌托邦人的第一印象是他们都很年轻。现在他察觉到很多人的脸上都充满了令人自豪的成熟，从他们脸上找不出地球人脸上常常出现的明显的年龄标志。但是，厄斯莱德和莱昂的眼睛、嘴唇、额头都出现了饱经风霜后留下的皱纹。

巴恩斯坦波尔很奇怪地感觉到他对这些人既有麻木感，又有亲近感。他有一种感觉，好像他老早就知道有这样一个民族存在。他们的做法为处理地球上的事务提供了一个绝对正确的标准。同时，他惊奇地发现自己竟然能同他们在一起。跟他的同伴比较起来，乌托邦人是那么正常，又那么了不起。相反，他的同伴看上去极其古怪，而且还在装腔作势。

他有一个很强烈的愿望，想同那些高尚、漂亮的人友好、亲密地相处下去。他想把自己送给他们，同他们联合成一体。但是，一想到这些，他产生了一种恐惧感，身体在不停地颤抖。他渴望他们能承认他，把他看成他们当中的一员。他的愿望非常强烈，甚至忘记了作为一个地球人自己丑陋的面孔和微不足道的价值。他想给他们鞠躬。在他周围光明和美好东西的下面，潜伏着一个不可逆转的预兆：他最终会被赶出这个星球的。

乌托邦人留给巴恩斯坦波尔的印象太深刻了，他完全沉湎于欣赏他们的风度和漂亮的容颜。他一时间没有注意到,那几个地球人同伴的反应同他的反应是何等的不同。一想到地球人生活当中的古怪、荒唐和残忍,他会时刻准备着不加批判地接受乌托邦人的教育和生活方式。

阿莫顿神父的行为使他认识到,他们不会赞同乌托邦人的观点,并且极有可能对乌托邦人产生相当大的敌意。首先,阿莫顿神父圆圆的脸和圆圆的眼睛里一直存有怀疑态度。他有意让某一个人起个带头作用。在碰见格林雷克漂亮赤裸的尸体之前,他一直沉默不语。其次,在湖边、赴宴,以及会议安排期间,他表现出的天真和恭敬态度为对抗和敌对埋下了种子。好像这个星球向他提出了一个建议,要么接受乌托邦,要么驳倒乌托邦。也许是因为作为一个公共监察官,他养成了顽固的思维习惯,如果不去谴责他人,就会感到自己不正常、不自在。他也许真的被漂亮赤裸的尸体吓呆了。现在他开始咳嗽,发出古怪的声音,自己小声嘟囔着,好像他的忍耐已到了极限。

当有关人口的问题被提出来时,阿莫顿神父第一个站起来打断了这个问题。在讨论有关先知的轮子时,他的理智一时战胜了感情冲动。但是,他对乌托邦社会不断增强的偏见又开始支配他了。"我必须站出来说话了,"巴恩斯坦波尔听到他自言自语道,"我必须站出来说话。"

他突然开始提问题:"有些事情我必须弄清楚。我想知道,这个所谓的乌托邦到底有什么样的道德标准?对不起!"

他站起来，手不停地抖动，一时间不知怎样开始。他走到最后一排椅子旁边，身体靠着椅子，把手放到椅子的靠背上。他用手理了理头发，似乎要做一次深呼吸：他的脸上出现了少有的兴奋表情，以至于脸色都变得通红。一种可怕的怀疑在巴恩斯坦波尔的心头掠过。他每次站起来讲话就好像站在伦敦西区圣巴纳巴斯教堂进行每周一次的说教那样，几乎对所有的事情都毫无顾忌地给予抨击。这种怀疑感在不断加深，已经到了一发不可收拾的地步。"这个星球的朋友们——我有一些事情要对你们说，我不能再等了。我要向你们请教几个有关道德伦理的问题。我想坦率地同你们探讨一些简单但又非常重要的问题。我想，我们彼此之间应该开诚布公，不要拐弯抹角，让我开始吧。我要问你们，在这个所谓的乌托邦国家，你们是否仍然还拥有社会生活中最神圣的东西？你们是否仍然尊重婚姻契约？"

他停了一下，在这期间，巴恩斯坦波尔听到乌托邦人回答说："在乌托邦，没有契约。"

可是，阿莫顿神父在提出问题时并不期望得到回答，他只是在用布道的方式提问题。

"我想知道，"他把声音抬高了，"如果伊甸园里神圣的结合适用于这里的话，排除其他不正常性关系，一个男人和一个女人组成家庭，终身厮守是不是你们的生活准则，我想知道——"

"可是，他并不想知道，"一个乌托邦人插了一句。

"双方是否互守贞洁……"

伯利先生举起手。"阿莫顿神父，"他抗议道，"请不要再说了。"

伯利的手是强有力的手，是能反映他显赫地位的手。一旦阿莫顿神父开始无休止的布道说教，人世间能阻止他的东西实在太少，伯利的手就是其中之一。

"如果一个女人为了追求财富又跟随了别的男人，她的丈夫是否会彻底拒绝再接受她？这该怎么说，伯利先生？"

"我希望不要把这个问题谈得太深刻，到此为止吧，阿莫顿神父！我们会有机会了解这方面事情的。很明显，这里的教育体制同我们的不一样，甚至婚姻制度同我们的也不一样。"

神父把头低下来。"伯利先生，"他说，"我必须这样做。如果我的怀疑是正确的，我将剥光这个星球的矫饰和虚伪，把它引向健康、纯洁的社会。"

"不要剥得太光。"伯利的司机在旁边小声说。

伯利的声音中明显带有急躁情绪。

"那么，提你的问题，"他说，"不要像讲演似的，他们不希望我们这样做。"

"我的问题已经提完了。"阿莫顿神父站在那里，紧绷着脸，很不自在地盯着厄斯莱德。

答案是清楚明了的。在乌托邦，男人和女人并不是被强制性地结成稳定的夫妻关系。对大多数乌托邦人来说，这样做很不方便。通常，工作关系把他们结合在一起，他们成为情侣，形影不离，就像阿登和格林雷克那样，但是没有人强迫他们这样做。

过去，人们可没有这样自由。在到处都是对抗、冲突的日子里，特别是由于农民与乌托邦雇佣工人之间的冲突，成为情侣的男女被迫生活在一起，一同接受生活对他们的严厉惩罚。他们住在一间小房子里，女人操持家务，尽可能多地生儿育女。她们实际上成为男人的奴隶。男人为女人提供粮食。他们需要孩子，因为若干年以后，孩子们会长大成人，到田间劳作或为家庭挣来钱财。但是，女人屈服于这种婚配方式的时代早就已经结束了。

　　人们为自己找伴侣是有选择的，但是，他们这样做完全是按照自己的意愿，并不是屈服于任何外来压力。

　　阿莫顿神父很不耐烦地听着。突然，他冒出一句："如此看来，我的怀疑是正确的。你们确实已经废除了家庭体系！"他指着厄斯莱德，好像在对他进行指责。

　　不，乌托邦没有废除家庭体系。相反，乌托邦人一直在赞颂家庭，把家庭的概念范畴扩大了，直到把家庭同整个世界相融在一起。那位深受阿莫顿神父崇拜的轮子上的先知，在很早以前就鼓吹要扩展古代非常狭小的家庭概念。在他鼓吹这些观点时，有人告诉他，他的母亲和兄弟站在那里根本没有把他的话听进去。他没有把这些人的话当作一回事，他把注意力转向那些听他说教的人群："看着我的母亲和我的兄弟！"

　　阿莫顿神父把他前面椅子的靠背拍得"嘭嘭"直响。"诡辩"，他喊叫着，"纯粹是诡辩！撒旦也能引用《圣经》！"

　　巴恩斯坦波尔看得出来，阿莫顿神父现在明显已控制不了自己。他对神父在做的事情和将要做的事情感到害怕。阿莫顿神父太兴奋了，他无法清醒地思考，或者调整好说话的音量，结果，他用极其野蛮的方式高声咆哮着。他放任自流，相信他在圣巴纳巴斯教堂说教时所采用的惯用伎俩能帮助他渡过难关。

"现在，我已看清楚你们是怎样做人的。只有我一个人清楚地看到了这一点。从一开始，我就在猜测你们到底是些什么样的人。在我找到证据之前，我一直在等——等到能证明我的猜测是完全正确的这一时刻。现在这一时刻终于到来了——你们装着不知羞耻，你们的行为放荡不羁！年轻男女坐在一起相互微笑、握手、眉来眼去，几乎都要相互爱抚。这就是你们对真诚的歌颂！什么情侣，什么性爱，既没有契约，也没有法律约束，意味着什么？它要把人们引向何方？不要认为，因为我是一个神父，一个纯洁、善良的人就不受任何诱惑，不要认为我什么都不懂！难道我不知道别人内心的秘密吗？难道那些罪人没有悄悄地跑到我这里，可怜兮兮地向我忏悔吗？我将明确地告诉你们，你们正走向何方，你们是怎样做人的。你们所谓的自由，充其量不过是放纵。我已清楚地看到，你们所谓的乌托邦只不过是一个放荡不羁的地狱，放荡不羁！"

伯利先生举起手来以示抗议，但是，阿莫顿的雄辩并没有因此而停下。

他用手拍击着前面椅子的靠背。"我来证明，"他高叫着，"我来证明，我会毫不犹豫且直言不讳地告诉你们，你们在搞乱伦。"

伯利先生再也坐不住了。他举起双手示意这个嗓音洪亮的伦敦演说家坐下来。"不要这样，不要这样！"他喊叫着，"你必须停下来，阿莫顿先生，真的，你必须停下来。你自己并不明白，你是在污辱人。我看你还是请坐吧！"

"坐下来，保持冷静，"传来了一个清晰的声音，"否则你将被带出去。"

阿莫顿神父注意到他的眼皮底下静静地站着一个年轻人。他的目光正好和年轻人的目光相遇。年轻人上下打量着他，就好像一个肖像画家正在审视新来的人体模特一样。从年轻人的举止上看不出有什么威胁成分，年轻人一动不动地站着。阿莫顿神父的话还没出嗓子眼就被迫咽了回去。

伯利先生把他温和的嗓音提了提，以便能避免一场冲突。"瑟潘泰恩先生，在座的先生们，我向你们道歉并恳求你们的原谅。他不是一个说话很负责的人。我们其他人对刚才他所说的话感到很抱歉，我请求你们不要把他带出去，不管带出去意味着什么。我个人对他的行为负完全责任……阿莫顿先生，现在请坐下吧，否则我就撒手不管了。"

阿莫顿神父还在犹豫。

"我会有时间的。"他盯着年轻人的眼睛看了一会儿，很不情愿地回到了自己的座位上。

厄斯莱德轻轻地但非常清楚地说："你们地球人真是难以取悦的客人。这不能算是一个完整的人……很明显，这个人脑子很不清醒。他的性想象力在加剧，而且是一种病态。他这个人很容易生气，很急于污辱人、伤害人。他的声音也非常可怕。明天给他检查一下，处理处理。"

"怎么处理？"阿莫顿神父的圆脸变得灰白，"你说的'处理'是什么意思？"

"请不要说了，"伯利先生说，"请什么也不要说了。你闯的祸已经不少了……"

这件事已经过去了，但是它在巴恩斯坦波尔的心中却留下了一种很奇怪的恐惧感。这些乌托邦人是非常高雅、有风度的人，但是，一时间他感到有一只强大有力的手在控制着地球人。他们的身边到处都充满着明媚的阳光和秀丽的景色，然而他们毕竟是陌生人，孤独无援地待在一个连名字都叫不上来的星球上。乌托邦人非常和蔼，他们的眼睛对什么都感到好奇，行为举止也非常友善，但是他们对地球人多多少少有些戒备之心，好像他们同地球人之间存在着一条不可逾越的鸿沟。

就在巴恩斯坦波尔先生感到沮丧时，他无意之中看到了莉切妮丝那双棕色的眼睛。她的眼神看起来比其他乌托邦人的眼神更加友好，至少她看出了他的不安和恐惧心理，他能察觉到她愿意帮助他，成为他的朋友。巴恩斯坦波尔看着她。此时，他感觉自己就好像是一条离群的狗，从一群和蔼可亲的人那里讨到了友好的一瞥或一声招呼。

二

还有一个在脑海里同乌托邦对抗的人是弗莱迪·穆什先生。他对乌托邦的宗教、道德观念和社会组织的结构确实没有什么争议。他老早就知道，一个真正懂得美和艺术的人是不会对这类事情感兴趣的。刚开始时，他感到乌托邦社会太美好了，可是现在，他却清楚地认识到，一个很古老、很美丽的，被称为"生态平衡"的东西已经被乌托邦人用科学的手段给摧毁了。他所说的"生态平衡"是什么？在地球上是怎样运行发展的？乌托邦人和巴恩斯坦波尔都搞不清楚。在大家的盘问下，穆什的脸变红了，心里有些不安，显得有些不耐烦。"我以燕子为例，"他重复着，"如果你们连这一点都不明白的话，我不知道我还能说什么。"

他从在乌托邦看不到燕子这个事实开始说起。在乌托邦看不到燕子是因为这里没有蚊子一类的小昆虫。在乌托邦，昆虫的数量大大减少，这就影响了直接或间接依靠昆虫生存的动物的生长。新的国家体制和教育体制在乌托邦实施起来，他们就一直赞同有计划、有系统地消灭有害生物的观点。他们详细、认真地调查了许多有害昆虫和动物的危害，比如说，苍蝇、马蜂、大黄蜂、老鼠等。他们开始捕杀、根除昆虫和动植物，直到把它们灭绝。从病菌到犀牛，从猎狗到刺人的荨麻，有一万多种生物被推上了审判台。每一个物种都配有一个辩护人，会被问道："它对人类有什么好处？有什么危害？怎样才能根除它？把它根除后会不会有什么东西跟它一起灭绝？根除它值不值得？该不该对它减轻惩罚而保留它？"即使对它的最后裁决是死刑，乌托邦人在根除它时也是非常谨慎的，总要保留一个而且至今还保留一个样本。在一块被完全隔离的土地上，每一个被根除的物种都留有活的标本。

在乌托邦，大部分流行性传染病都已经被彻底消灭了，有的很轻易就被根除了，还有的在人们向它宣战、对它采取积极预防措施的同时就已消失得无影无踪。人和动物体内和体外的寄生虫、病菌也被彻底消灭了。此外，还在全球范围内，对有碍健康的昆虫、莠草和害虫进行了大规模的清理。蚊子不见了，苍蝇不见了，蛆卵不见了，实际上很多蝇类害虫都已销声匿迹了。经过几代人的艰苦努力，这些害虫终于被从人们的生活中赶了出去。清除较大的害虫，如猎狗、狼等要比清除微小的害虫相对容易得多。为了清除苍蝇，乌托邦人不得不对大部分房屋进行重建，还在全球范围内进行了干净、彻底的大扫除。

某一种生物灭绝后，会不会引起生物界的连锁反应？这是乌托邦人必须面对的一个敏感问题。有一些昆虫，在它们生命的开始阶段是具有破坏性和攻击性的，比如说，毛毛虫、蛹等，但是，它们后来就变得非常漂亮，甚至成为一些昂贵的、精美花卉的肥料；还有的成为人们所需要的不可替代的上等食物。说燕子在乌托邦已经消失是不妥当的，但它们确实很少见；还有一批五颜六色的以虫为食的鸟，也很难见到，还不能说它们已经完全灭绝了，乌托邦某些地区还生存着许多种类的昆虫足以用来养活一些美丽可爱的小鸟。

一些不受欢迎的植物还是化学合成物质非常方便的来源。如果用人造物质来制成这些化学合成物质，其造价是相当高的，而且生产工艺又非常复杂，所以人们把这些植物种在特定的区域内。通过杂交方法培育出来的植物要比动物更易于适应环境，它们在乌托邦星球上变化得特别大。我们地球人在乌托邦看到了一百多种各式各样的叶子和美丽芬芳的花朵，在地球上我们从来没见过这样的叶子和花朵。巴恩斯坦波尔了解到，这些植物经过培养专门用来生产前所未有的分泌液、蜂蜡、树胶和香精之类的东西，而且质量是最上乘的。他们驯服大型动物，同它们交朋友，给那些肉食动物梳理毛发、洗澡、规定饮食，在精神上感化它们，以驯服它们的野性。它们已经成为人们的宠物和装饰品。濒于灭绝的大象数量得到了增加，长颈鹿的数量也在回升，棕熊现在开始改吃糖果和素食，而且智商也有明显提高，狗也不再大声吠叫，运动犬也不复存在，再也没有人把狗当作宠物。

巴恩斯坦波尔没有看到马。他是一个很现代的城市人，对马倒也没有什么迷恋，所以没有就马这个动物提出任何问题。他不知道在乌托邦马是否已经绝迹了。

他在乌托邦的第一个下午就听到了这么多人对大自然王国的改造和创新的议论，人们不断地耕耘、收获，他认为这是人类发展史上最自然、最必要的阶段。"总之，"他自言自语，"如果说人生来就是一个好的园林师，这句话本身就是一个很好的发明创造。"现在，人类正在清除自身的杂草，耕耘自身的肥沃土壤……

乌托邦人讲述了优生学开始的过程、在选择父母标准方面的新规定以及发展遗传科学的必要性。每一个乌托邦人的身材都非常健美，相貌都非常英俊，同那些松松垮垮、身体各个部位都不太协调的地球人比起来，巴恩斯坦波尔认识到，乌托邦人至少比地球人先进 3000 年，他们已经完成了普通人类的发展进程，正迈步跨进更高的人类境界。他们变得与其他人类完全不同了。

三

他们是不同种类的人。

在那个下午，随着问题的提出、对问题的解答以及思想交换的深入，巴恩斯坦波尔越来越明显地感觉到，地球人同乌托邦人在身体上的差别同思想上的差别比较起来根本不足挂齿。他们的孩子的先天条件要远远优于地球上的孩子，这些孩子的大脑在发育中根本没有受到任何挫折和无知的损害，而这些损害正是地球人大脑发育的阻力。他们光明磊落，开诚布公，直截了当，从来没有对老师产生过任何怀疑和不信任，也没有对接受教育产生过抵触情绪。而在地球上，孩子对教育的自然反应多半是挑衅性的。乌托邦的孩子在相互交流时不存有任何戒备心，地球人谈话中的讽刺、虚伪、隐瞒和不忠，他们一点儿也没有听说过。他们的心灵是那样纯洁，一点儿没被污染，这对巴恩斯坦波尔来说，就像呼吸了山里的清新空气一样，感到特别新鲜。他们对这些没有教养的地球人表现出的耐心和理智使他感到很惊奇。

"没有教养"这个字眼总是反复在他头脑中出现，他觉得自己是所有人中最没有教养的人，他不敢同眼前的乌托邦人相比较，比起乌托邦人来，他是那样卑鄙、势利、丑陋和不懂规矩，他对自己的卑鄙感到耻辱。这伙地球人除了伯利先生和斯特拉女士以外，其他人都明显地流露出对乌托邦的憎恨情绪。

就像阿莫顿神父一样，伯利先生的司机对乌托邦人衣服穿得很少感到很吃惊，很不可思议。他用手势来表达他的情感，还不时阴阳怪气地加上几句"我认为这不好"或者"这算什么"等带有讽刺意义的评论。他的大部分话都是对巴恩斯坦波尔说的，因为巴恩斯坦波尔有一辆破旧的小汽车，他们都会开车，多多少少有点共同语言。他不断地打着手势，说起话来眉飞色舞，不时还做几下鬼脸，以吸引巴恩斯坦波尔对他的注意。如果在平时，巴恩斯坦波尔肯定会感到很有趣。

斯特拉女士最初留给巴恩斯坦波尔的印象是，她是一位了不起的现代女性。现在，他开始感到，她太过拘谨，而且小姐气太浓。伯利先生无论如何还保持着贵族般的庄严。在地球上，他一直都是了不起的大人物，很显然，他搞不清楚为什么自己在乌托邦却被看成一位名不见经传的小人物。在地球上，他做得很少，却被人普遍认可、接受，收获也颇丰。他很聪明，善于提出问题，满脑子都是些能使人信服的语言和革命愿望，他现在以一个著名人士的姿态用同情但又不明朗的态度来审视着另外一个星球的教育机构。

夜幕快要降临，乌托邦蔚蓝的天空在夕阳的映照下显得格外耀眼。湖的上空一朵朵宝塔状的云彩也由粉红色变成了淡紫色。鲁珀特·凯思基尔烦躁不安地坐在那里。"我有话说，"他说，"我有话要说。"

他站了起来，走到半圆形殿堂的中心位置。下午早些时候，伯利先生就是站在这里讲话的。"瑟潘泰恩先生，"他说，"伯利先生，我很愿意说几件事情 —— 如果你们给我说话的机会。"

四

他摘下灰色的大礼帽，走回去把它放在自己的座位上，然后又走回殿堂中心。他整理了一下上衣，把手放在背后，头朝前倾了一下，看了看下面的听众，脸部表情显得狡猾、机灵且具有挑衅性。他先自言自语说了一句别人无法听清的话，便开始发表演说。

他的开场白并不精彩，况且，他说话时还有点口吃，口齿也不太伶俐，颚音发得模模糊糊。开头几句话他费了好大劲才说出来。巴恩斯坦波尔看得出他是想要表达一些具体的观点，他对乌托邦的评价和看法是非常客观和合乎情理的。巴恩斯坦波尔对任何反对和诬蔑乌托邦的言论和行为都持反对态度，并且给予强烈反对。但是，他不得不承认，批评也能反映出某人的观点和心态。

凯思基尔首先对乌托邦的美丽和井然有序给予肯定。他从每一个乌托邦人的脸上都能看到健康和美丽。他高度赞扬了乌托邦人的富有、安宁和舒适。他们已经征服了大自然，大自然提供给他们的是物质上的充足和生活上的安逸。

"可是，阿登和格林雷克不怕牺牲、勇于探索的事，又该怎样解释呢？"巴恩斯坦波尔喃喃低语道。

凯思基尔没有听清他的话，对他的话根本也不在意。"第一个影响，发言人先生——瑟潘泰恩先生，我应该说，对地球人思想的第一个影响是巨大的，是不可思议的。"他看了一眼伯利先生和巴恩斯坦波尔，又接着说，"让人感到更不可思议的是我们当中有些人过分地赞美你们，以至于到了忘乎所以的地步。你们星球的美丽像磁铁一样吸引着我们有些地球人，他们都忘了自己是谁，忘了自己是地球人，忘了把它当成一种推力、一种渴望去改变我们自己的星球。因此到最后，一些人只能说：我们终于找到了乐土，就定居在这里吧，让我们赶紧调整自己以适应这个秩序井然、富饶美丽的星球，直到死亡。瑟潘泰恩先生，我——我自己一时间也受过这种魔力的引诱，但是仅仅是一瞬间而已。先生，我已经感到对你们乌托邦有许多事情我搞不清楚，无法理解。"

他的大脑抓住了这样一个事实，那就是乌托邦在清除害虫、寄生虫和疾病过程中，每一步都存在着局限性和造成重大损失的可能性。如果说是这些事实占据了他的大脑倒更公平些。他忽略了乌托邦人在为人类造福健康和创造幸福完美的世界时所采取的小心谨慎的措施。他认为每一次收获的背后都隐藏着损失。他蓄意夸大这种损失，随便地就下定论说，乌托邦人在做好事的同时也做了坏事。他很像英国议会中的雄辩家。他宣称，乌托邦人在过着一种特别舒适、安逸的生活，"我还可以这样说，是一种沉溺的生活。"（"他们也工作。"巴恩斯坦波尔插了一句）但是，美好的生活后面就没有烦恼和令人不愉快的东西吗？他承认，地球人的生活没有保障，不稳定，有痛苦和焦虑，也确有苦难和忧郁。但是，正是由于这些不幸的存在，地球人才有感情、希望、惊喜、逃脱和奋斗的目标，这种目标在乌托邦这样一个完善的社会是找不到的。"你们摆脱了冲突和痛苦，但是你们是不是也远离了现实生活？"

他对地球人的生活大为颂扬了一番。他赞美地球人顽强的生命力，尽管从他的身上一点儿也看不出有任何充满生机的迹象。他谈及了一些地球上的情况，有"我们喧闹拥挤的城市""人民大众的迫切呼声""工商业发展的大潮和战争"以及"我们的港口码头人来人往、熙熙攘攘的繁忙景象。"

他花言巧语地对地球赞叹了一番，不乏有些添枝加叶。巴恩斯坦波尔没有想到一个说话带点口吃、发音又不太清楚的人竟能说出这些话来。凯思基尔先生大胆地承认了伯利先生刚才提到的地球上的丑恶现象。他说，伯利先生说的都是事实，但是却把事实夸大了。我们知道地球上有饥荒、有瘟疫，我们遭受着上千种疾病的困扰，而这些疾病在乌托邦已经不存在了。我们经受了许多磨难和痛苦，而对现在的乌托邦人来说，这些苦恼早已成为永久的历史。"老鼠四处啃咬，蚊子到处乱飞，不断传染疾病，有时候生活中到处臭气熏天。我承认，先生，我承认这是事实。我们远远还没有达到你们的境界，仍然生活在困惑、痛苦、焦虑、灵魂与肉体的斗争中，仍然有苦难、恐惧和绝望。但是，难道我们不会向更高的境界发展吗？难道我们会永远落后吗？就这一点我敢向你们提出挑战。你们知道我们为争取和平、驱赶恐怖所做出的巨大努力吗？你们能理解我们的幸福是什么吗？我们的幸福要远远超过你们所能理解的范畴。你们能体会到大病初愈的幸福吗？能体会到摆脱令人不愉快的环境外出休假的快乐吗？能感受到用身体或财富进行冒险交易的刺激吗？能领略到打赌获胜的喜悦吗？能感受到刑满获释时的激动心情吗？瑟潘泰恩先生，有人说，我们地球上还有人把痛苦本身看作一种刺激。正因为我们的生活有艰苦和不幸，所以迟早有一天，我们地球人的生活会远远超过你们，比你们的生活更加美好。这种趋势是伟大的，势不可挡的。我们已经习惯了这种生活，它使我们变得更加坚强。我们的未来会非常美好。这就是我想说的问题。如果有人让我们放弃地球上的混乱、痛苦、忧郁、高死亡率和各种疾病，地球上所有男女老少都会异口同声地回答：'是的，我们愿意！这只是问题的第一部分，先生。'"

凯思基尔先生停了一会儿，看了看他的听众。

"然后，我们会去思考。你们的博物学家问过你们，像苍蝇以及类似的小动物都到哪里去了？我们也会这样问，'它们都跑到哪里去了？你们要为此付出多大的代价？'当我们得知代价是放弃生活的强度、放弃工作干劲、放弃吃苦耐劳、放弃我们长期斗争中产生的坚强意识，当我们知道了这一切，我们会犹豫的。我们应该犹豫。最后，先生，我相信，我希望，我也在祈祷，我们会说'不！'我们会说'不'的。"

此时，凯思基尔先生的大脑处于极度兴奋的状态。他挥舞着坚定有力的拳头做了一个简短的手势，显得很自信。他说话的声音忽高忽低，时而摇动身体，时而转过身看看他的地球人同伴是否同意他的观点。他还朝伯利先生笑了笑。

他一直坚持这样一个观点，就是同寂静的乌托邦社会相比较，地球是一个多么激烈的、富有挑战的、体系完整的强大星球！

"先生，我以前从来没有意识到，现在我才意识到，我们地球人的命运是多么丰富多彩、多么令人敬畏、多么富有冒险性啊！我把你们这里看成金色的安乐乡，所有的冲突、对抗都被从这片神圣的土地上赶走了……"

巴恩斯坦波尔注意到，那个使他联想到特尔斐·西比尔的脸上露出一丝不易察觉的微笑。

"我承认，也钦佩乌托邦的美丽和井然有序，就连一个满身尘土、不屈不挠地探索心目中的理想圣土的朝拜者也会对乌托邦流连忘返。我承认，乌托邦的美丽和整洁，远远要赛过富饶的锡巴里斯花园。同这位朝拜者一样，我会向你们询问你们这种生活的智慧是什么。因为我认为，先生，而且已经得到了证实，生活中所有的能量、干劲和美都是来自斗争、竞争和冲突。我们生于苦难，长于苦难，先生，然而你们已经永远消除了冲突和对抗。我认为，你们的经济体制是一种社会主义经济形式，你们已经消除了和平时期所有的商业竞争。你们的政体是一个全球性的联合体。那些崇高的、振奋人心的精神已不再存在，对战争恐惧的经历已不再拥有。任何东西都能满足供应，任何东西都有保障，先生，不过有一样东西除外……

"我很不情愿去干扰你们宁静的生活，先生，但是我必须说出那个被遗忘的东西——堕落！你们准备用什么办法制止堕落？你们正在制止堕落吗？

"对懒惰有什么处罚？对有特殊贡献的能力和工作有什么奖励？怎样使人保持勤奋？如果远处存在着危险，而这个危险又不涉及个人的安全，不会对个人造成多大损失，该怎么办？也许一时间由于惯性的作用，你们的各方面会继续向前发展，继续取得成功。我承认，你们已经取得了成功。可是，你们的成功已经进入了深秋阶段，已经是落日余晖！然而，和你们处在同一平行位置、有着相似人类的地球还在长途跋涉，还在经受苦难，还在竞争，还在积累着力量。"

凯思基尔先生朝乌托邦人挥舞着手臂以渲染气氛。

"先生，我不想让你们误以为我的批评是怀有敌意的，我的批评是友好、真诚、有帮助的。我是个令人扫兴的人，但又是一个非常友好、坦诚的人。我之所以提出一些发人深省、令人不愉快的问题，是因为我必须这样做。你们选择的道路是英明的吗？就算你们生活中有甜蜜、有光明、有娱乐，但是，瑟潘泰恩先生，如果有一天有什么人，就像我们，突然闯入你们这个辉煌的星球，我真心问问你们，你们的甜蜜、光明、娱乐是不是很安全，很有保证？我敢说，我们各自的星球都是茫茫宇宙中的沧海一粟，都有其脆弱、不堪一击的一面。正因为我是这样想的，所以当我站在贵国这片宁静的土地上时，就仿佛看到成百上千忍饥挨饿的人像老鼠和狼一样，发出痛苦的咆哮，正在虎视眈眈地盯着你们，威胁着你们的安全……”

他的演说戛然而止。他微笑着，感觉自己已经战胜了乌托邦人。他站在那里，背着手，好像只有这样才能弯下腰来。他直挺挺地鞠了一个躬，“先生，”他眯着眼睛看了看伯利先生，口齿不清地说，“我的话讲完了。”

他转过身看了看巴恩斯坦波尔先生。巴恩斯坦波尔紧绷着脸，似乎一夜都没合眼。他不停地点着头，好像在用锤子钉钉子一样，尽量使自己活跃起来，然后回到座位上。

五

厄斯莱德坐在那里，对凯思基尔提出的问题没有做出回答。

他把胳膊肘放在膝盖上，用手托着下巴，一直在思考着。

"机灵的老鼠，贪婪的狼，"他在沉思着，"令人讨厌的马蜂、苍蝇以及病菌都已从我们的星球上消失了，这一点儿也不假。我们已经消除了对人类有害的东西，但是并没有损失什么有价值的东西。从我们人甚至动物身上再也看不到痛苦、肮脏和焦虑。但是说竞争从我们星球上消失了是不正确的。他为什么要这样说呢？在我们乌托邦，每个人都在尽自己最大的努力，为自己也为他人辛勤地工作着。没有像在混乱年代那样逃避劳动和职责。那时候人们追求的只是一种平庸低级的生活，过分追求安逸和舒适。他为什么说我们堕落呢？他对我们的了解已经够多了，我们不再有懒汉，不再有劣等公民。他为什么要说会有一个野蛮、残忍的外来民族来攻击、威胁乌托邦呢？这完全是胡说八道！只有我们才能打开或关闭我们星球的大门，假设我们知道他们的存在会威胁我们的安全，我们就会主动出击，我们可以到他们那里去，而不是他们到我们这里来。只有知识才能打开生活的牢笼——这个人的大脑是不是有毛病？

"地球人的科学仅仅处在起步阶段。同乌托邦在这一发展时期一样，他们缺乏自信和理解，有许多担心和忌讳。这一时期正是我们星球进行艰苦创业的混乱年代。地球人的思想中有许多担忧和顾虑，尽管他们相信他们有可能控制自己的世界，但是，如果让他们去面对这种现实，他们就会感到恐惧和不安。他们极力回避这种现实，但是，像他们的先辈在他们前面所做的那样，他们仍然认为，与其把他们的世界控制好，倒不如把它管理好，让它更好地服务于人类。因为一旦这样，他们就可以自由自在地满足个人的私欲和动机。他们会喊道，把其他事情都留给上帝吧，或者通过竞争手段让别人来完成吧。"

"进化是我们最喜爱的字眼。"巴恩斯坦波尔已深深地被吸引住了。

"不管你们称为上帝还是进化，还是其他任何东西，其实都是一回事，这只是你们借助一种超越自己的力量来逃避责任的一个借口罢了。乌托邦人经常说：'别把事情留给别人，抓住它，自己来干。'可是，地球人缺少这种勇气，他们总愿意逃避现实。这位身穿亚麻圆领衣服的先生甚至不敢正视男人和女人的存在，而那位戴着眼镜的先生却极力相信在万物后面有一个万能的上帝能平衡大自然的一切。听他谈及大自然的平衡真是件有趣的事情。难道他用一双眼睛再加一副眼镜还看不清楚吗？说话给人留下深刻印象的最后一位先生认为，只要我们屈从于她的怪诞和残酷，模仿她的野性；只要大家互相劫杀，巧取豪夺，凶悍的大自然就会成为我们智慧和能量的不尽源泉。他还在鼓吹陈旧的宿命论，把它当成一本很好的教材……

"地球人仍然不敢正视大自然到底是什么。在他们的思想背后还隐藏着一种观点，那就是把自己抛给大自然，任凭大自然随意处置。除了我们之外，他们看不出大自然是盲目的、无主见的、没有意志的。她并不庄严，而是令人毛骨悚然。她偶然创造了他们，她所有的子孙都是杂种——是无意中产生的结果。她有的时候愿意抚育他们，锻炼培养他们，可是有的时候她却一改常态，随意地折磨他们，让他们屈服于她的淫威。她对什么也不在意，对什么也不关心，随心所欲，她会把他们抬高到权力和智慧的顶点，也会把他们推入万丈深渊。她肯定有好的一面，但是也有邪恶的一面。你们地球人难道没有看清她的肮脏、残酷无情和邪恶的本质吗？"

"呸！一派胡言！"弗莱迪·穆什嘟囔了一句。

"当我们首次把那位老女巫控制住的时候，我们发现，生长在我们这个星球的物种，有一半甚至一多半是丑陋、令人讨厌的。这些物种给我们带来了不幸和痛苦，给我们带来了疾病，使我们没有能力去控制和征服大自然。经过几个世纪的斗争，我们已经控制住了她，已经洗清了她那龌龊不堪的心灵。我们为她梳妆、打扮，教育她去尊重、关心她最后的孩子——人类。与人同时存在的还有口号、语言和愿望。我们随时都注视着她，了解她的动态。我们不再害怕她，我们还要进一步了解她的秉性，直到完全彻底地控制她。因此，我们乌托邦人不再是被大自然摧垮、忍饥挨饿的孩子，而是她充满青春活力的儿子。我们已接管了这个老妇人的产业，我们每天都在研究如何更好地管理这个星球，我们每天都在思考，我们的思想已经飞向遥远的其他星球，飞向恒星的深处。"

"你们已经有能力踏上其他恒星了吗？"巴恩斯坦波尔吃惊

地问道。

"还没有，甚至连其他附近的行星都没有去过。但是，很明显，当跨越天体之间遥远的距离被克服之后，这一天就不远了……"

他停了一下。"我们当中的很多人将进入太空……而且将永远不能返回乌托邦……把他们的生命留在那里……无数勇敢忘我的勇士们……"

厄斯莱德转向凯思基尔先生。"我们觉得，今天你非常坦诚地表达了你的思想，你帮助我们解决了一个我们正准备向你解释的棘手问题。在两三千年前，我们古代的文学作品中也存有同你一样的思想和观点，极力鼓吹利己暴力，好像它是一种美德。之后，聪明人领悟到了事实并非如此。如果你不固执地坚持自己的错误观点的话，你也会明白这一点的。但是，很明显，从你的言谈举止来看，你确实在非常固执地坚持自己的错误观点。

"你必须承认，你不是一个很精明的人，至少在行为举止上你算不上是个精明的人。但是，你有极其丰富的能量，所以，对你来说，去寻求来自冒险和逃脱带来的刺激是再自然不过的事了。在你看来，生活中最美好的事情莫过于对抗和获胜所带来的快乐。在一个像你们这样混乱的世界，有许多不能忍受，但又必须容忍的劳累。这令人难过的劳累使得每个人都想方设法去摆脱它，每个人都竭力减少这种劳累，或者用自己的身份、地位、胆量或者用运气去彻底摆脱它。你们地球人，毫无疑问，很容易说服自己，每个人都觉得自己应该免除劳累。你生活在一个有阶级等级之分的社会里，因为你处在一个比较高的社会地位上，所以你不必为自己找任何借口，你可以坐享其成，用其他人辛勤劳动创造的财富来进行人生游戏。其他地位低下的百姓的脑袋里都被灌输了这种思想：人的一生不可能一帆风顺，不可能永远幸福、快乐。你一生都在反对这种说法，因为它是你的敌人。它对你的生活方式和你的投机冒险行为进行了彻底的批判。

"现在，你来到了我们整洁美丽的国度，可是你仍然在进行对抗。你争辩说，我们的星球不够浪漫，缺少活力。你认为我们太颓废、太虚弱。现在——就身体力量而言，你跟坐在你旁边的年轻人握一下手，比比谁的力量大。"

凯思基尔看了一眼伸向他的手，知趣地摇了摇头，说了句："你接着讲。"

"然而，当我郑重地告诉你，无论在意志上还是身体上，我们一点儿也不比你们颓废、虚弱。

"你肯定在大脑里进行过辩解，你不会相信我的话。即使你在心里承认，你也不会说出来，因为说出来会伤了你的自尊心。只有你们当中某个人完全接受了我们的观点才行。他这样做并不是因为向往我们的社会，而是因为他已厌倦了你们的社会。所以，我认为很有必要这样做。你们的思想还是混乱年代的思想，是按照对抗、危机为自己谋利益的模式培养起来的，在这种情况下，大自然和你们的国家教会你们怎样生存，所以你必须得生存下去，直到死亡。通过3000年的漫长教育，我想，我们星球千秋万代都不会像你们那样去教育学生。

"我们对你问的问题，那就是我们会如何处理你这个问题，感到迷惑不解。如果你尊重我们的法律规定和生活方式，我们会尽力公正、友好地对待你。

"我们知道，要求你这样做是难为你的。你还没有意识到你的习惯和偏见使你这样做是多么困难。你们这一伙地球人目前的表现还不错，即使内心不愿意这样做，至少在行动上表现得还比较令人满意。但是，今天我们有了一次不寻常的经历，就是同地球人打了交道，可以说，这是一次悲剧式的经历。你说过可能会有一个凶猛、野蛮的外来民族入侵我们星球，荒唐的是，今天的现实刚好应验了你的话。这是真的。地球人正在虎视眈眈地注视着我们，时刻威胁着我们。你们不是唯一通过这扇门进入乌托邦的地球人。这扇门今天打开了一会儿。还有其他人……"

"当然了！"巴恩斯坦波尔说，"我早就应该想到这点！"

"你们古怪的交通工具还保存在我们乌托邦。"

"是一辆灰色的小汽车"巴恩斯坦波尔对伯利先生说，"当时它驶在你前面，距你不足一百码。"

"那辆从豪斯路跟我们赛跑的车，"伯利的司机说，"它跑起来真快。"

伯利把脸转向弗莱迪·穆什说："我记得你说过你认出了什么人，对吗？"

"是的，先生，是巴罗朗加勋爵，我几乎可以肯定，我想，如果没有搞错的话，还有格丽达·格雷小姐。"

"还有两个人。"巴恩斯坦波尔说。

"他们会把事情搞复杂的。"伯利先生说。

"他们确实把事情搞复杂了，"厄斯莱德说，"他们撞死了一个人。"

"一个乌托邦人吗？"

"有一伙人——一共有五个人——你们好像知道他们的名字。他们是在你们之前进入乌托邦的。当他们发现自己正在一条陌生、奇怪的路上行驶时，他们并没有像你们那样停下车，反而加快了速度。他们从一些人身边飞快驶过，还朝他们做一些不寻常的手势，并发出令人讨厌的噪声。紧接着，他们遇到了一只银色的猎豹，他们朝它驶去，刚好从它的身上碾过，它的腰被碾断了。他们好像并不想停下来看看猎豹的情况。一个叫戈德的年轻人冲到路上示意他们停车，但是，他们的发动机是用非常奇特的方法制作的，很复杂，也很笨拙，不能在短距离内迅速停下来。发动机的内部结构非常复杂，不是由简单易控的单引擎驱动，而是由后轮轴带动复杂齿轮驱使车辆前行，车辆的制动则需要通过摩擦某些点来使车辆停止前进。刹车后，车仍然在飞速前进。当这位年轻人站在他们面前时，他们无法控制车速，无法让车马上停下来。他们说已经尽了最大努力。但是，最后还是把这个年轻人撞倒了。"

"把他撞死了吗？"

"一下子就把他撞死了。他的身体被撞得不成样子……但是，即使是这样，他们也没有停车，仅仅放慢了速度。他们看到有人来了，就加快速度跑掉了。他们好像害怕监禁和受到处罚。他们的动机实在令人难以理解。他们拼命地朝前开，在我们的国土上拼命行驶了几个小时。我们出动了两架飞机，一架用于跟踪他们；另一架用于清理他们前面的路。清理这条路真不是一件容易的事情。因为我们的人和动物都从来没见过这样的车，对这辆车为什么这么野蛮地行驶感到不可理解。下午，他们进入山区，很明显，他们觉得我们的路太平滑，他们的车很难控制。他们的车突然发出一阵不寻常的噪声，就像磨牙的声音，然后冒出一股难闻的蓝色气体。在路角，车开始打滑，突然滚向路边，落入两人高的悬崖下，最后滚入洪流中。"

"他们死了吗？"伯利先生问道，巴恩斯坦波尔感觉到他的声音中带有一种热切的期望。

"一个也没死。"

"噢！"伯利先生叹了口气，"后来怎样了？"

"有一个胳膊骨折了，还有一个脸部受了重伤。另外两个男人和一个女人除了受到惊吓外没有受伤。当我们的人朝他们走去时，他们把双手举过了头顶。很显然，他们怕我们会立刻把他们杀了。他们这样做是为了求得宽恕。"

"你们准备怎样处理他们？"

"我们正准备把他们带到这里来。我们想，让你们这些地球人待在一起会更好。目前，我们不知道该如何处置你们。我们想从你们身上了解一些事情，如果可能的话，我们想同你们友好相处。有人建议让你们返回自己的星球。也许这是最终解决问题的最好办法。但是，目前我们还不知道怎样才能做到这一点。阿登和格林雷克，当他们试图通过 F 维来循环我们一部分物质时，把你们带了进来。你们的进入是 1000 多年来乌托邦发生的最意想不到的事情。"

第七章
巴罗朗加一伙

一

　　会议宣告结束，但是，巴罗朗加勋爵和他的同伴直到天黑下来后才被带进会议花园。没有人限制地球人的行动自由。伯利先生同斯特拉女士，还有心理学家莱昂一起朝湖边走去，边走边相互提问或解答问题。伯利的司机郁郁不乐地跟在主人后面。鲁珀特·凯思基尔拉着穆什的胳膊，好像在给他什么指示。

　　巴恩斯坦波尔想一个人单独走走，以便能好好回味和领悟一下整个下午令人难忘的经历，同时力争使自己尽早适应这片美丽的土地。在黄昏下这片美丽的土地显得格外神秘，树木和鲜花已经变得模糊，四周建筑物呈现出暗灰色的轮廓。大地上的一草一木都融入微弱的黄昏中。

他感觉到，他那几个世俗的同伴已经成为他与这个星球沟通的障碍，否则这个星球是会接受和容纳他的。现在他仅仅是这个星球上一个陌生、另类的入侵者。然而，他已经爱上了它，极想成为其中的一员。他产生了一个模糊但又很强烈的感觉，只要他能摆脱他的同伴，只要他能抛弃地球人的装束，只要他能把身上任何同地球有关系或具有地球人特征的东西抛开，就可以成为一个名副其实的乌托邦人。一想到这些，痛苦、惨淡、忧伤的感觉便从他的大脑中消失了。他突然发现自己本质上是个乌托邦人，地球反而成为他不可思议的梦，这个梦最终会彻底、干净地从他的大脑中消失。

阿莫顿神父想找一个人听他高谈阔论，因而中断了巴恩斯坦波尔准备脱离地球的想法。他黏住巴恩斯坦波尔，不停地提问题，并对乌托邦的景色不停地发表评论。他好像在参加厄尔斯康特展览会，不停地对展品提出批评意见。对他来说，乌托邦的景色是临时的、有争议的和不真实的。巴恩斯坦波尔觉得，无论在什么时候，即使厄尔斯康特火车站大厅的楼顶断裂，或者登上伦敦西区圣巴纳巴斯大教堂哥特式建筑的塔尖，阿莫顿都不会表现出任何惊奇。

起初，阿莫顿神父一直在不停地忙于考虑这样一件事：会议上已经提出，明天他会得到"处理"。"他们会怎样处理我呢？"这已是他第四次提出这个问题。

"对不起，你说什么？"巴恩斯坦波尔问。每次阿莫顿神父问他什么，他就会说"对不起，你说什么？"，以便让阿莫顿明白，他在干扰他的思绪。但是，每当巴恩斯坦波尔说"对不起"时，阿莫顿神父便会说："你应该找人检查一下你的耳朵。"然后又继续提他的问题。

"他们会怎样处理我？"他既是在问巴恩斯坦波尔，也是在问自己。"他们会怎样处理我？""噢！用心理分析或类似的方法。"

"这需要两个人来玩这个游戏。"巴恩斯坦波尔感觉到阿莫顿好像得到了一丝宽慰。"无论他们问我什么，让我做什么，我都会照办——我一定要忍住。"

"他们要想使你屈服是件很困难的事，这一点我丝毫不怀疑。"巴恩斯坦波尔痛苦地说。

他俩默默地走在开着白花的高大灌木丛中。空气中弥漫着白花散发出的芳香。巴恩斯坦波尔时不时地加快或放慢脚步以期能拉大与阿莫顿神父之间的距离，但是，阿莫顿神父不知不觉中紧跟着他的节奏。"乱伦，"他又开始说话了，"你还能用其他什么词？"

"实在对不起！"巴恩斯坦波尔说。

"除了'乱伦'，我还能用什么词？穿着这么少的衣服四处乱跑，他还能期望什么？只能是最原始的本能。他们承认，他们对我们婚姻上的传统教育一无所知！"

"这是一个与地球不一样的星球，"巴恩斯坦波尔显得极不耐烦，"一个不同的星球。"

"道德规范对任何一个可以想象到的星球都是一样的。"

"但是，对一个没有性，人们通过裂变进行繁殖的星球也是一样吗？"

"道德规范可能会简单些，但还应该是同一个规范。"

这次，巴恩斯坦波尔真的听不清他说的是什么了。

"我在说这是个颓废的星球。"

"看上去并不颓废。"

"他们抛弃和遗忘了救世主。"

巴恩斯坦波尔双手插在口袋里，开始用口哨轻柔地吹奏《霍夫曼记》中的"舟子曲"。阿莫顿神父永远也不会离开他吗？难道有阿莫顿神父的存在就什么也干不了吗？在厄尔斯康特剧院上演古老的剧目时，人们通常准备一些用铁丝编制的篮子存放废纸、烟头和其他废弃物。要是有谁能把阿莫顿神父提起来，把他扔进这样的垃圾箱中，那该有多好啊！

"救世主曾经降临到他们头上，但是他们反对它，有意把它给遗忘了。这就是我们被派到这里来的原因。有人把我们派到这里来是让我们帮助他们回忆一个至关重要的东西，一个被他们遗忘的东西。我们要像摩西在茫茫荒野里所做的那样，高举治病救人的大旗。我们已来到一个物质上极为丰富的地狱……"

"噢，我的天！"巴恩斯坦波尔插了一句，又接着吹奏他的"舟子曲"……

"对不起，你说什么？"他又问了一遍。

"北极星在哪儿？北斗七星怎么了？"

巴恩斯坦波尔抬头望着天空。

他还没有想到要看看天空中的星星。他抬头望着天空，心想在这个崭新的星球上，一定会看到非常奇怪的星座。但是由于这个星球上生命、星球体积的大小同地球相似，所以这里繁星闪闪的天穹同从地球上看到的天穹非常相近。由于乌托邦星球并非同地球在同一运行轨迹上，因此，这里的星座看上去并不太协调。他觉得猎户座的腿叉得格外宽，而且它的一个角还布满了奇怪的星云。真的，北斗七星也很平展，两颗指极星指向天穹的广阔空间。

"他们的北极星不见了！看那两颗指极星，北斗七星也歪了！这是一种象征。"阿莫顿神父说。

把它看成是一种象征这未免过于敏感了。巴恩斯坦波尔认识到，阿莫顿神父的诡辩像暴风雨一样即将来临。他觉得无论付出什么代价都要阻止他。

二

在地球上，巴恩斯坦波尔完全是各种各样烦恼的受害者。现在，乌托邦的自由空气已灌满了他的大脑，他对别人过分的恭敬也到此为止。他对阿莫顿神父厌倦透顶，很想马上避开他。现在，他要直截了当地向阿莫顿摊牌了，就连他自己对他的做法也感到意外。

"阿莫顿神父，"他说，"我有一件事情向你忏悔。"

"啊，什么事？请讲吧。"

"你一直和我在一起散步，并不断地在我的耳边喊叫，这使我产生了要谋杀你的念头。"

"是不是我说的话击中了你的要害之处？"

"并不是这样。你说的话，在我听来是最愚蠢、最莫名其妙、最令人讨厌的。我对你的话的厌倦程度已经到了无法形容的地步，它使我无法安心地欣赏这里的美景。当你说夜空中没有北极星，而且还说这是一个象征时，我完全明白你的意图。北极星只不过是一个微弱、极不精确的象征性标志而已，而你却顽固地坚持自己的错误观点。在你看来，高山永远是不变的高山，星星永远是不变的星星。我要让你明白，我对你已完全失去了同情心。我同意乌托邦人的观点，在性的问题上，你的大脑极不正常，你认为早期人类生活中的性是龌龊、丑陋的行为。你在这里有关性的论调实在让人感到恶心！在宗教问题上，我同样反对你的观点，对你就宗教问题发表的见解感到气愤。我们来到了一个伟大的社会。我们地球同乌托邦比起来，就像一个铁罐同一只水晶制成的碗相比。你竟然厚颜无耻地说，我们被派到这里来是为了拯救他们——只有上帝知道！"

"上帝确实知道。"阿莫顿神父一时有点儿不知所措，但一会儿就恢复了原样。

巴恩斯坦波尔"哼"了一声，一时间竟无话可说。

"听我说，我的朋友。"阿莫顿神父拉着上衣袖子。

"我一辈子也不想再听你说话了！"巴恩斯坦波尔一边喊一边往后退了几步。"看！那两排树下面，靠近湖边，那几个黑影就是伯利先生、穆什和斯特拉女士。他们把你带到这儿，你属于他们那帮的。要是他们不希望你同他们在一起，你就不会在他的车里。到他们那里去吧！不要和我待在一起。我讨厌你。那是你的路，这条沿着小楼的路是我的。别跟着我，否则我会揍你，我会叫乌托邦人来干预一下我们之间的事……请原谅我的直率，阿莫顿先生，但是，请你走开，从我这里走开！"

巴恩斯坦波尔看到阿莫顿神父在岔路口犹豫不决。巴恩斯坦波尔不再理他，举步从他身边走过。

他沿着树篱后面的小径奔走，一会儿向左拐，一会儿朝右拐，不知不觉来到了一座高桥上。桥对面有一个小瀑布，瀑布溅起的水滴飞溅到他的脸上。有一对情侣站在桥上，在朦胧的夜色中吹奏着悠扬的口哨。他有意避开他们，穿过铺满鲜花的草坪，最后气喘吁吁地坐在一段台阶上。这段台阶通向一块装饰过的平地，越过平地能看到湖泊和远处的高山。在微弱的光线下，有几块石头看上去就像很警惕地坐在那里的动物和人的影子。

"啊，仁慈的上帝！"巴恩斯坦波尔舒了口气，"我终于摆脱了他们！"

他在台阶上坐了好长一段时间，欣赏着周围的景色，完全陶醉在没有地球人存在和干扰的意境中。尽管这美好的时光不会持续太久，但不管怎样，他终于和乌托邦融为一体了。

三

他不能把这里称为他梦中的世界，因为他做梦也没有想过竟然真有同他心中想象和期望几乎一样的世界。对于这样一个世界，地球上成千上万仍然在受苦受难的人连想都不敢想。这个世界的和平、安宁并不徒有虚名，并没有像凯思基尔想象的那样充满了堕落和沉溺。巴恩斯坦波尔认识到，这个世界有强大的生命力和战斗力，可以战胜任何顽固不化的势力，可以战胜所有敌对分子。

在过去，像伯利和凯思基尔那样的政客，喜欢用虚假的功绩、商人和剥削者之间的竞争来映射乌托邦的黑暗面，试图告诉人们，乌托邦同地球丝毫没有两样。乌托邦到处都是卑鄙、庸俗的小人。思想家、教育工作者默默无闻地工作，他们高强度的工作为维持这种平静的生活打好了基础。但是，这些为数不多的先驱用他们的生命换来的仅仅是让世界放射出短暂的正义和美丽的曙光而已。

当然，即使在充满怨恨、折磨、忧郁的混乱年代，生活中也一定存有优美、高雅的东西。从最肮脏的贫民窟到山岭、山谷，从山崖、山脚到波澜壮阔的海洋，人们都可以领略到生活中的辉煌。每一片花瓣，每一片叶子，年轻人的朝气，艺术无法描述的快乐，所有这一切都成为结实的物质基础，是激发创造的动力。

现在，这个世界终于建成了！

巴恩斯坦波尔张开双臂，就像一个人在崇拜头顶上的星星一样。

"我已经看到了，"他低声说道，"我已经看到了。"

花园四周的小灯发出轻柔的光，一架飞机嗡嗡地从空中飞过，像是一颗闪亮的流星。

一个身材修长的女孩从他坐的台阶往下走，看到他后便停了下来。

"你是不是一个地球人？"她胳膊上的手镯发出的微光照在巴恩斯坦波尔的身上。

"我是今天刚来的。"巴恩斯坦波尔抬头看了看她。"你是单独驾驶一辆汽车的那个人。你车上的轮子还带有橡胶气袋，车子的底部都生锈了，喷的是黄漆，我见过它。"

"那是一辆很不错的车。"

"起初，我们以为神父是跟你一起来的。"

"他可不是我的朋友。"

"多年以前，乌托邦也有这样的神父，他们在人民中间造成很大的危害。"

"他是跟另外一伙人来的，"巴恩斯坦波尔说，"是去参加一个周末聚会。不要去想他，想他是一个极大的错误。"

女孩在他上面的一个台阶坐了下来。

"你能从你们星球来到我们星球真是了不起。你觉得我们这个星球了不起吗？有许多在我看来很正常的东西你却把它看成很了不起，因为我是在这里出生的，对它们已司空见惯了。"

"你好像年龄不大。"

"我十一岁，正在学习混乱年代的历史。他们说，你们正处在混乱年代，就好像你是从过去、从历史中来到我们星球。我参加了下午的讨论会。我一直在注意着你，你很热爱我们现在的社会——至少比其他地球人热爱得多。"

"我要在这里住一辈子。"

"我不知道这样做行不行。"

"为什么不行？这比送我回地球容易多了。我不会永远这样的，在二十到三十年内，我会拼命学习，努力做好交给我做的任何事情。"

"可是，在地球上就没有你能做的工作吗？"

巴恩斯坦波尔没有对这个问题做出回答，似乎他根本就没有听到这个问题。是那个女孩打破了沉寂。

"他们说，我们乌托邦人年轻时，思想和性格还没有完全发育成熟，我们很像混乱年代的人。他们告诉我们，我们非常自高、自大，对生活缺少了解，富有冒险和浪漫精神。我承认我有点自高、自大，而且也有冒险精神，但对我来说，尽管过去存在着许多可怕的东西，但同时也一定存在着一些令人兴奋和渴望得到的东西——就像你们地球上的许多东西一样。一个将军昂首挺胸地走进他攻下的城市会有什么感觉？一个受人拥护的王子用权力、财富和言行做出惊天动地之举，或为一项光辉事业奉献出自己的生命，那又该是一种什么样的感受！"

"小说和历史所描述的自然要比现实精彩得多。"巴恩斯坦波尔是经过仔细考虑才说这番话的。"你注意听鲁珀特·凯思基尔的讲话了吗？就是最后发言的那个地球人。"

"他的想法很浪漫，但他看上去却不是一个浪漫的人。"

"他活得很浪漫。他在战争期间表现得非常勇敢，后来成为战俘，但他竟然越狱成功。他的一些突发奇想造成了成千上万人的死亡。现在又出现了巴罗朗加勋爵这样一个浪漫的冒险家。他极其富有，企图用他的财富做出一些惊人的事情——就像你想象的那样。"

"他做到了吗？"

"现实可不是浪漫的。"巴恩斯坦波尔说，"那些神经错乱、腐化堕落、令人难以容忍的富人对自己也感到厌倦，他就是其中之一。他们尽想那些庸俗、浮华的东西。巴罗朗加曾经是一个摄影家助手，当电影进入我们地球后，他成了所谓的电影演员，后来成为电影行业的一位很有名望的开拓者，一部分原因是出于偶然；另一部分原因是因为他对很多发明家无耻的欺骗。再后来，他开始从事运输贸易，专搞投机生意，从遥远的地方买来冷冻的肉类食品进行贩卖。他把价格抬得很高，有一部分人根本买不起。他因此发了大财。在我们地球上，许多人发财是靠垄断而不是靠尽心尽责。他通过卑鄙手段致富后，再通过给一些政客、要人一点小恩小惠，从他们那里得到了一个高贵的头衔——勋爵。你明白我的话吗？你们的混乱年代跟我们的现实社会一样吗？你想象不出它是多么丑陋！如果我破坏了你对混乱年代浪漫美好的想象，我只能说声'对不起'。你知道，我是刚刚从那个布满灰尘、杂乱无章、噪声四起的地球出来，那是一个没有规矩，充满野蛮和悲痛的世界，是一个没有希望的世界。如果你觉得我们地球有吸引力的话，可能有一天你会走出这里到那个杂乱无章的世界冒一次险。这将是一次真正的冒险。谁知道我们两个星球之间以后会发生什么事情，但是，我想你不会喜欢它的。你想象不出我们地球是多么肮脏……肮脏和疾病，这就是浪漫的外衣。"

两人都沉默不语。他的大脑在沿着他的思路运转，女孩坐在那里迷惑不解地看着他。

最后，他又开始说话了。

"我可以告诉你，在你说话时我在想什么吗？"

"当然。"

"我在想，你们的星球是无数个古老梦想的完美化身。它是个奇迹，像天堂一样高高在上。然而，令我感到伤心的是我的两个好朋友不能和我一起欣赏我现在看到的美景。很奇怪，我对他们的思念是如此强烈。其中一个朋友已经死了，太可惜了！但是另外一个仍然生活在我们地球上。亲爱的，你是一个学生，我想，你们星球上每个人都是学生，但在我们地球上，学生仅限于那些在学校和教室里读书的人。我们三个人在一起感到很快乐，因为我们是学生，还没有卷入那些无理智的斗争中。我们感到开心可能是因为我们都很穷，经常在一块挨饿。我们经常在一起交谈、争论，一起讨论我们地球上的混乱，一起设想有一天如何能完善它。你们在混乱年代有这样充满希望但又贫困潦倒的学生生活吗？"

"请接着说，"女孩瞪大眼睛看着他，"在过去的小说里，我读过有关忍饥挨饿、富于幻想的学生生活。"

"我们三个人一致认为我们最需要的是教育，这是我们能参与的最高境界的工作。我们用各种方法来实施它。我是我们三个人中最没用的一个。我的朋友和我发展的方向略有不同，其中一个朋友编辑发行了一份很有名望的月刊杂志，这份杂志集中了科学发展的精华；另外一个朋友在一家出版社工作，专门为学校编教材和指导教育论文的写作，并且还为大学审查学生的基本素质，等等。他对工资待遇从不在意，以至于一直过着并不富裕的生活，而出版社却从他的工作中捞到了丰厚的利润。他把一生都献给了教育事业。他在任何一年当中休假的时间从来没有超过三十天的。在他活着的时候，我对他的工作想得很少，但自从他死后，我从学校的老师、他指导过的作者那里听到许多对他优秀品质的赞誉，以及对他的同情。你们乌托邦甜蜜的生活就是用像他这样的生命建立起来的。我们地球人也将用这样的生命去创建我们自己的乌托邦。我朋友的生命突然终止了，这使我的心都快碎了。在危机中，他工作太辛苦，连假也不休，结果他神经系统垮下来，心情也极度悲伤，最后患上了急性忧郁症死了。说大自然既没有正义感也没有同情心是非常正确的。这件事就发生在几周前。我和另外一个朋友以及死去了的朋友的妻子是他不知疲倦的帮助者，是他葬礼上最伤心的人。今天晚上，对他的回忆和思念又呈现在我的眼前。我不知道你们这里是怎样处理死者的尸体的，在地球上，死者多半被埋在土里。"

"我们把尸体火化。"女孩说。

"我们地球上思想开放的人也是这样做的，我朋友的尸体就是被火化的。那天，我们站在那里，按照我们古代宗教的习俗参加了他的葬礼。他的棺材上铺满花环，从我们身边经过，直到穿过火葬场的大门才从我们视线中消失。随他而去的还有我许多美好的青春时光。我看到我的朋友在哭泣，我也禁不住泪流满面，心想，这样一个勇敢、虔诚、勤劳，同时又是苦难的生命怎么会结束呢？牧师朗诵着一位叫保罗的神学家写的悼词，里面尽是些无关紧要的话。我觉得与其用这种古老的方式来为死者祈祷，倒不如赞美一下我朋友的为人、他的工作精神以及对唯利是图之流的蔑视和批判。他一生都在为实现一个像你们这样的社会不遗余力地工作着。然而，我怀疑，即使他真的认识到确实有你们这样纯洁、崇高的社会存在，他的一生也必将充满艰辛和痛苦，因为他的生活中没有充足的阳光，他依靠信念而活着，而且他太依靠这个信念了。如果我能把他带到这里来，把所有为他悲伤的人带到这里来，如果我能让他们站在我的位置上看看我在乌托邦所看到的一切，看看像他们这样的生命在乌托邦是如何体现出真正伟大的意义，那么，我就会感到无比的欢欣鼓舞——现在我感觉好像我把老朋友的余生都加在了自己的头上。"

巴恩斯坦波尔突然想起他说话的对象是那么年轻。"对不起，我亲爱的孩子，我对你说了这么多不该说的话。你的声音真动听。"

女孩俯下身，用她温柔的双唇吻了吻他伸出的手。

突然，她站了起来说："看那光点，就在星星之间。"

巴恩斯坦波尔站了起来。

"那是架飞机，正把巴罗朗加勋爵一伙人带到这里来。巴罗朗加勋爵今天撞死了一个人！他是个很强壮——很难控制、很了不起的人吗？"

巴恩斯坦波尔看着他旁边这张娇美的脸，心里突然产生了一丝疑虑。

"我从来没有见过他。但我相信，他是个看上去很年轻、秃顶、个子不高的人，肝和肾脏都有毛病，这使他无法在体育运动上消耗体力和寻求快乐，因而他有更多的时间和机会去获取财富，所以他能为自己买来高贵的头衔，这刚好迎合了你的想象。跟我走，去看看他。"

女孩站在那里看着他的眼睛，没有动。她只有十一岁，个子却同他一样高。

"过去没有过浪漫吗？"

"只在年轻人的心中，但已死了。"

"现在也没有浪漫吗？"

"浪漫是不会消失的——浪漫已经来了，为你而来。"

四

巴罗朗加一伙人的出现是巴恩斯坦波尔高兴的一天中的一大遗憾。他不知道为什么突然一下子感到很疲惫，他憎恨那些人对乌托邦的入侵。

所有地球人都被集中到距巴罗朗加乘坐的飞机降落的草坪不远处的一个灯光辉煌的大厅里。新来的几个地球人一起走出来，眨着眼睛，满脸疲惫。有过这样一个令人迷惑不解的经历后，他们能看到其他地球人了，一下子放松了很多。但是，他们对会议大厅里进行过的平静、理智的讨论一无所知，对自己是如何进入这个星球的仍感到是一个谜。

巴罗朗加就是那辆灰色大轿车的主人，在梅顿海德路他的车超巴恩斯坦波尔的车时，他还透过车窗看了看巴恩斯坦波尔。他的脑门同眉毛紧紧相连，很低、很宽，整个脑袋看上去就像一只玻璃瓶的大瓶塞。他好像感到很热，很疲惫，衣服和头发乱蓬蓬的，像刚从战场上回来似的，一只胳膊挂着吊带，一双棕色的小眼睛警惕地转着，像是被警察逮着的小淘气。同他站在一起的那个人神色跟他一样，个子不高，可能是个驾驶员。巴罗朗加喊他里德利。里德利的脸上带有一种在任何困难面前都不屈服的神色。他的左

118

耳和左脸在车祸中受了重伤，上面缠着橡皮膏。格丽达·格雷小姐，这伙人中唯一的女性，身穿白色的法兰绒套装，是个性格开朗、金发碧眼的美人。她对所发生的一切丝毫也不在乎，好像对此一点感觉和反应都没有。她脸上带着漂亮女人习惯性的傲慢，即使在危险时刻，傲慢也不会从她脸上消失，不管在什么地方。

这伙人中的另外两个人，一个是脸色发灰、身穿灰衣服的美国人，巴恩斯坦波尔从穆什那里得知，他是个影星，名字叫亨克；另外一个是自高自大的法国人，穿着一身很得体的黑衣服，英语说得不怎么样。他好像碰巧加入了巴罗朗加一伙，所以不能算是他们一伙的。巴恩斯坦波尔得出这样一个结论：对电影的兴趣把他带进了巴罗朗加的小圈子里，就像外行人很容易因好奇心被吸引，他参加了这个跟他的情趣大相径庭的周末考察团。事实证明，巴恩斯坦波尔的判断是正确的。

当巴罗朗加和亨克走过去跟伯利和凯思基尔打招呼时，这个法国人走到巴恩斯坦波尔跟前，问他是否说法语。

"我真搞不懂，"他说，"我们本来打算去弗尔特——威尔特郡，可是，可怕的事情一个接一个地发生了。我们怎么会来到这里？那些说着一口流利法语的人是些什么人？这是巴罗朗加勋爵开的玩笑，还是一场梦？到底发生了什么事？"

巴恩斯坦波尔给他做了一些解释。

"另外一个星球！"法国人说，"另外一个世界！真是不可思议。可是，我在伦敦还有许多事情要办，我可不需要用这种方式把我送回法国，另外一个星球上的另外一个法国。这个玩笑真有点开大了。"

巴恩斯坦波尔试着做进一步的解释。这个法国人迷惑不解的神色告诉他，他用的词对他来说太难了，他无法理解。巴恩斯坦波尔没有办法，只好求助于斯特拉女士，她已准备好来完成这项任务。"这位女士将把事情给你说清楚。斯特拉女士，这位先生是……"

"埃米尔·杜邦。"法国人弯了弯腰，"我是个记者兼评论员，从教育和宣传的角度看，我对电影很感兴趣。这就是我和巴罗朗加勋爵在一起的原因。"

能说法语是她的主要特长，就这些问题，她应对自如。在向杜邦解释的同时，她还插空对格丽达·格雷说："在这个陌生的星球里能跟另外一个地球上的女人在一起真是件令人高兴的事。"

从杜邦那里解脱出来，巴恩斯坦波尔转过身审视了一下站在大厅中间的地球人。乌托邦人围成一圈，同地球人保持着一定的距离，他们在注视着地球人。伯利对巴罗朗加十分热情，而亨克在不停地恭维伯利，说能见到他这个"英国最伟大的政治家"感到十分高兴。凯思基尔很友好地站在巴罗朗加旁边。他俩以前就认识。阿莫顿神父在同穆什交换意见，里德利和庞克向其他人很正式地打过招呼后，两人到边上私下讨论这一天中经历的车技问题。没有人注意到巴恩斯坦波尔的存在。

这些人好像是在火车站准备赶火车，又像是在参加一个招待会。所有这一切看上去既有些不可思议，又显得极其平常。巴恩斯坦波尔感到很累，他被所经历的事情搞得精疲力竭。

"噢，我准备去睡觉了！"他打了个呵欠，"我要到我的床上睡觉了。"

他从目光友好的乌托邦人那里走了出来。夜空星光闪烁，十分宁静。他朝猎户星座角落里的星云点点头，就像疲惫的父母朝缠扰不休的儿女点点头。明天早晨，他还要继续考虑这些问题。他昏昏沉沉地穿过花园，朝自己的房间走去。

他脱掉衣服，像一个十分疲惫的孩子一样，很快就睡着了。

第八章
乌托邦的清晨

一

巴恩斯坦波尔慢慢地从酣睡中醒来。

他有一种模糊的感觉，一个非常美好的梦正从他的脑海中溜走。他不想睁开眼睛，希望能把这个梦留住。这个梦是有关一个伟大的星球，上面住着漂亮的人，他们把他从地球的苦难中解救出来。但遗憾的是，梦慢慢地从他的脑海中消失了。巴恩斯坦波尔近期很少做梦。他常常闭着眼睛，静静地躺着，很不情愿地从睡意中醒来，去面对每天都无法摆脱的琐事。

前两个星期所经受的烦恼和担忧又回到了他的身边。他真的能通过单独外出休假逃避那些烦恼吗？他记得他把行李放在"黄祸"里，但是记不清是在昨天晚上还是在前天晚上。他还记得开始时为了不让太太起任何疑心，他是如何胆战心惊地走出大门的。他睁开眼，盯着白色的天花板，努力回忆这次旅行的前前后后。那个晴朗的早晨，他是如何拐进坎伯韦尔的新开路，如何驶过瓦斯豪尔桥，在海德公园的拐角处如何遇到交通阻塞。他总以为伦敦西部交通条件比东部差得多。后来他过尤克斯桥了吗？没有。他想不起来过了斯洛以后发生的事情了。

天花板真是太美了！上面一个污点都没有！

这一天余下的时间他是怎样度过的？他肯定到达一个什么地方，因为他现在躺在一张舒适的床上———一张绝好的床。歌鸫在唱着优美的歌。他总认为一只好的歌鸫完全可以胜过一只夜莺。这只歌鸫嗓音刚劲而抒情，简直就是卡鲁索的翻版；另一只歌鸫在跟它对唱！在七月天！潘布恩和卡文沙姆是聆听夜莺唱歌的好地方，但需在 6 月份，可是现在是 7 月份，听到的居然是歌鸫的歌……在昏昏欲睡的幻觉中出现了鲁珀特·凯思基尔的身影，他背着手，身体前倾，正在讲着令人吃惊的话。又出现了一个坐在那里、全身赤裸着、脸色苍白的人。还有很多人，其中一个长得像特尔斐·西比尔。巴恩斯坦波尔开始认识到，从某种意义上说，他和参加泰普洛聚会的人混在了一起。他现在是在泰普洛吗？在泰普洛，人是穿衣服的。也许这些人是隐居在……

乌托邦……这可能吗？

巴恩斯坦波尔十分惊奇，一下子从床上坐了起来。"不可能！"他说。他房间前面是个半封闭的凉廊，透过柱子之间明亮的玻璃他看到远处冰雪覆盖的高山，还有开满深红色鲜花的植物。鸟在唱着歌——一只神气的歌鸫，在一个神气的世界里。现在他什么都想起来了，一切都搞清楚了。车突然打了一个滑，发出的声音就像小提琴的弦突然"噼啪"一声断了似的——然后就来到了乌托邦！他什么都想起来了，从看到格林雷克的尸体到巴罗朗加一伙的出现，再加上夜空中陌生的星星。这不是梦。他把一只手放在精美的床罩上，另一只手摸了摸自己的胡子，这一切都是真的。该刮胡子了，也该吃早饭了，他昨天错过了吃晚饭的时间。好像他把想法告诉了谁，一个面带微笑的女孩，手里端着托盘，上了楼梯后朝他房间走来。看来，伯利先生说的话还是起了作用。正因为他政治家的敏捷，他才能享受到这杯早茶。

"早上好。"巴恩斯坦波尔说。

"为什么不？"年轻的乌托邦女孩放下茶，像母亲一样朝他笑了笑便走开了。

"我看，这是一个很好的早晨。"他用膝盖托着下巴考虑了一会儿，然后把目光集中在面包、黄油和茶上。

二

昨天晚上，巴恩斯坦波尔胡乱地把衣服扔在那个小更衣室里。现在他突然发现这个小更衣室特别简单，这引起了他极大的兴趣。他边来回走动边观察着这间小更衣室，嘴里还不停地哼着歌。

浴缸比地球人用的普通浴缸浅得多，很明显，乌托邦人不喜欢躺在浴缸里进行热浴。里面所有的设施都与众不同，陈设雅致。在地球上，要想成为一名艺术家是很难的，要有高超的智慧。艺术家们要依靠有限的几种难得的材料根据需要来进行创造，他们的工作就是把这些难得的材料进行调和和完善，把这些材料按照人的审美观点、材料的特色做进一步的加工。比如，地球上的木匠用木材等材料制作出来的东西是多么精美啊！但是，这里的艺术家有取之不尽的材料，他们的作品已经不再是对材料进行巧妙加工，他们所依据的数据完全来自人的大脑和身体。这个小房间里的每一样东西都不大引人注目，但却非常方便实用，你很难把它们错用。如果你不小心把水溅得到处都是，浴缸边沿的一个装置会帮你把水清理干净。

　　浴缸旁边的托盘上放着一大块精美的海绵，由此看来，乌托邦人要么采集海绵，要么种植或培育海绵。（谁能说清楚呢？）

　　巴恩斯坦波尔在从玻璃架上取香皂一类卫生用品时，不小心把一只平底玻璃杯碰到了地上，但杯子并没有碎。他把杯子拾起来，又做了一个试验，杯子还是没有碎。

　　开始时，他找不到水龙头，尽管屋子里有洗衣盆和浴缸。后来，他注意到墙上有几个按钮，旁边有黑色标记，可能是乌托邦的文字。他试了试这些按钮，发现有很烫的热水和冰凉的冷水流入浴缸，一股温和的肥皂水和其他几种液体也一同流出，有的液体带有松子味，还有的带有淡淡的氯气味。一时间他对按钮旁边的乌托邦文字产生了极大的兴趣。这是他第一次看到乌托邦文字，它们以字符的形式出现，但他不知道它们是简化的象形文字还是代表一种发音。他的注意力又被另一个让他感到新奇的事情吸引住了，因为在这个更衣室里，他能发现的唯一一种金属就是金子。他注意到，房间里有许多金子，许多东西都是用金子包着，或用金子嵌边。这些金子闪闪发光。如此他可以断定，黄金在乌托邦可能很便宜。也许他们知道怎样开采和制造金子。

他开始洗漱。房间里没有镜子，但当他试了试他以为是衣柜把手的一个装置时，他的面前出现了一面同他一样高的镜子。后来，他才注意到在乌托邦镜子一般是不裸露在外面的。他了解到，乌托邦人认为用这种方式来提醒自己的言行举止是不雅观的。他们的做法是，早晨起床后，仔细对照镜子检查一下自己的全身装束，在一天剩下的时间里要暂时忘掉自己。他站在镜子前，看到自己还穿着睡衣，胡子也没刮，感到很不体面。为什么一个很体面的公民要穿上这么一件丑陋的、带桃红色条纹的睡衣呢？他拿出洗漱用品。他觉得这些东西很滑稽。他的牙刷太旧了，要是在维多利亚火车站旁边的商店买个新的就好了。

他的衣服看上去是多么古怪、庸俗啊！

他的大脑出现了一个奇怪的想法，他想穿乌托邦的衣服，想按照乌托邦人的装扮来打扮自己，但是他在镜子面前站了一会儿，又改变了主意。他想起来了，他带了一件丝质网球衫和一条法兰绒裤子。假设他穿上这套衣服，没有领子，没有纽扣，也没打领带，而且是光着脚走路，会是什么样呢？

他打量了一下自己的脚，他的脚并不难看，但是在地球上谁也没注意到他这双漂亮的脚。

三

一个整洁、容光焕发的巴恩斯坦波尔出现在乌托邦的清晨。他穿着一身白色衣服，没有领子，光着脚。他面带微笑，伸伸胳膊，深深地吸了几口新鲜空气。突然，他的脸变得严肃起来，一点儿表情也没有。

阿莫顿神父从离他不足二百码的另一个寝室里走出来，凭着直觉，巴恩斯坦波尔知道，对于昨天晚上的争辩，这次不是他去请求神父原谅，就是神父要求他理解自己。不管这次他是一个冒犯者还是一个受害者，对他来说都是一个好机会。有一点是可以肯定的，那就是他可以用这清洁、迷人的景色来掩盖他们内心潜在的不愉快的关系。巴恩斯坦波尔的右前方是通往湖泊的宽大台阶，他朝前走了三大步就来到台阶前，然后一步两个台阶地朝下面走去。也可能是他的幻觉，他突然听到阿莫顿喊他的名字："巴恩——斯坦——波尔先生。"

巴恩斯坦波尔加快了脚步，走上了一座横跨在湍急水流上的小桥。桥的主体框架为砖石结构，还有一些典雅别致的玻璃柱子。阳光照在玻璃柱上，柱子反射出五颜六色的光。下了桥后，在长有蓝色龙胆树的草地上，他差点同凯思基尔撞了个满怀。凯思基尔先生仍旧穿着昨天穿过的衣服，唯一不同的是，今天他没有戴大礼帽。他正在背着手散步。"你好！"他说，"为什么这么急急忙忙的？看来我们俩起得最早。"

"不，我看到阿莫顿神父也起床了……"

"这就是你这么匆忙的原因。你害怕被他逮着去和他一块儿做晨祷。躲开他是明智的。我会为我们祈祷的，你也会这样做的。"

他没等巴恩斯坦波尔对他的话做出回答就又接着说："你昨晚睡得好吗？你觉得那个老头儿对我的讲演反应怎样？嗯？含糊其词，全都是陈词滥调。毫无疑问，他们这样说是因为他们是乌托邦人，是东道主，他们可以随心所欲。"

"你指的是哪个老头儿？"

"就是那个在我发言之后，自以为是的那位。"

"你说的是厄斯莱德！他不超过四十岁。"

"他已经七十三岁了。他自己后来告诉我的。在这里他们的寿命要比我们的长。在他看来，我们的寿命很短。但是，丁尼生先生说过这样一句话：'生命的质量并不取决于生命的长短！'他对我提出的问题并没有给予直接回答，而是拐弯抹角，扬长避短。这里是安乐乡，落日乡，我们不必担心打扰他们的睡眠。"

"我怀疑他们是否睡觉。"

"也许你太迷信乌托邦了！是的，我看你已经对乌托邦着迷了！相信我，乌托邦社会是一个彻底堕落的社会。我们应该打破这个酣睡不醒的社会。不要害怕，你会看到，最后的胜利应该属于我们。"

"但是我没有看出它的堕落之处。"巴恩斯坦波尔说。

"没有人比长着眼睛还看不清东西的人更瞎。乌托邦到处都充满了堕落。他们的脸色发红，身体臃肿不堪，就像肥牛，完全不是真正健康的体魄。你看，他们是怎么处理巴罗朗加的？他们根本就不知道该怎样处置他。他们甚至都不逮捕他。他们在一千年的时间里连一个人都没逮捕过。他在他们的土地上撒野，滥杀无辜，制造恐怖，扰乱治安。他们对此只是大吃一惊！他就像一条疯狗在满是绵羊的世界里狂奔，如果不是因为翻车，我相信，他们还会继续按着喇叭，疯狂地乱跑乱撞，还会压死许多人。他们已经失去了理智。"

"我怀疑。"

"你说得也对。终究有一天你会认识到我的话是正确的。嗯？噢！你看，他就在那块草坪上！那不是巴罗朗加勋爵和他的法国朋友吗？是他们。他们正在呼吸新鲜空气。如果你不介意，我准备过去和他们说几句话。刚才你说看见过阿莫顿神父，他在哪个方向？我不想打扰他。是这个方向吗？那么，我就应该朝右走……"

他耸了耸肩，做了个鬼脸。

四

巴恩斯坦波尔在花园里遇到了两个正在修整花园的乌托邦人。

他们推着两辆轻便的银白色独轮车。他们正在铲除一些枯草，清理从灌木丛吹过去的落叶。这片灌木丛范围很大，一直延伸到一块粗糙的岩石上，灌木丛中还生长着一些深红色的玫瑰花。两名园林工人戴着长长的皮制手套，腰上扎着肉皮色的围裙，手里拿着钩子和刀子。

巴恩斯坦波尔从来没见过这么漂亮的玫瑰，玫瑰发出阵阵清香，令人陶醉。他不知道双瓣玫瑰还能生长在山上。他曾经在瑞士的高山上看过单瓣的玫瑰，但绝不是这种高大的玫瑰。它的叶子很小，茎很长，多刺，呈红色，弯弯曲曲地趴在岩石上。它的花瓣长得像红色的雪，蠕动的蛾，趴在棕色的岩石上。

"你们是我看到的第一批在工作着的乌托邦人。"他说。

"这不是我们的工作。"他身边的一个乌托邦人说。这个人长了一头金发，脸上还布满雀斑，眼睛是蓝色的，看起来富有朝气。"因为我们喜欢这些玫瑰花，所以我们就格外爱护它。"

"这是你们的玫瑰花吗？"

"很多人把这些双瓣山地玫瑰花看成是一种令人讨厌、不能碰的东西，因为它们的茎多刺，到处乱爬。他们认为只有单瓣玫瑰应该生长在高原地区，而这种可爱的双瓣玫瑰不应生长在这里。你喜欢我们的玫瑰吗？"

"你是说这种花吗？"巴恩斯坦波尔问道，"我和你们一样，喜欢。"

"太好了！那么，帮我把独轮车推到那些枯草边。我们准备修剪那些伸到水边的灌木丛。"

"你们必须自己照看这些玫瑰花吗？"

"那还有谁？"

"你们可以找人——给他点钱，让他帮助你们照看啊！"

"噢，你真是个老古董！"年轻人说，"一个来自野蛮世界的活化石！你难道不知道在乌托邦没有劳动阶级吗？大约一千五百年前它就消失了。拿工资的奴隶，这种人已经不存在了。我们是从书里知道的。谁喜欢这种玫瑰，谁就应该照顾它——只要他愿意就行了。"

"但是你毕竟在工作。"

"并不是为了挣钱，并不是因为有什么人喜欢或想得到什么好处才来工作。我们并不是为了工作而工作，我们之所以这么做，是因为我们喜欢这样做。"

"我可以问一下你的工作是什么吗？"

"我的工作是研究我们星球的内部结构，属于高压化学，我朋友是搞……"

他看了看他的朋友。他的朋友是一个皮肤黝黑，长着一双褐色眼睛的小伙子。他一下子从花丛中站了出来。"我是研究食品的。"

"你是厨师？"

"也算是吧。刚才我研究了一下你们地球人的饮食情况，我感到很有趣，也很好奇——我觉得你们的饮食结构不太合理，有许多营养都被破坏了。我负责你们的膳食……我看出你们有点饿了，今天的早餐我会让你们吃好的。"他看了看防护手套下面的手表。"大约一个小时就能准备好。早茶的味道怎么样？"

"太好了！"巴恩斯坦波尔说。

"很好，"皮肤黝黑的年轻人说，"我会尽我最大的努力。我希望早餐会让你们满意的。昨天晚上我开着飞机到两百多英里以外的地方找了一头猪，我亲手把它杀了，开了膛，还要学习怎样加工处理它。吃咸猪肉在乌托邦早就过时了。我希望我做的咸肉片会令你们满意。"

"这似乎可以称为快速咸肉加工法了，"巴恩斯坦波尔说，"我们不是非吃它不可。"

"你们的发言人也是这么说的。"

这个年轻人好不容易才从灌木丛里钻出来，推着他的独轮车走了。巴恩斯坦波尔对他说了句"早上好。"

"为什么不呢？"皮肤黝黑的年轻人问道。

五

他看到里德利和庞克朝他走来。里德利的脸上和耳朵上还缠

132

着绷带和橡皮膏，他的表情看上去很焦虑。庞克紧跟在他后面，一只手还放在一侧脸上。他们俩都穿着职业装，戴着白帽子，穿着皮衣和黑色的高筒靴，他们对乌托邦恨之入骨。

里德利往前走了一段距离，估计巴恩斯坦波尔能够听清他的话，就开始喊了起来。

"先生，你知道那帮颓废者把我们的车弄到哪里去了吗？"

"我想，你们的车已经报废了。"

"劳斯莱斯车是不会轻易报废的，不会的。雨刮器、挡泥板，还有脚踏板可能报废了。我们只不过是翻到了路边。我想看看我们的车。我还没有把油路切断，汽化器还有点漏油。这是我的错。过滤器我也没有仔细检查。如果汽油流完了，在这个该死的地方去哪儿找汽油呢？我没看见乌托邦哪儿有汽油。我知道，要是在巴罗朗加勋爵需要用车前我不能把车修好的话，我会倒霉的。"

巴恩斯坦波尔不知道车在什么地方。

"你不是也有一辆车吗？"里德利用一种责备的口气问道。

"我是有一辆。但是，从我下车后，我连想都没想我的车。"

"自己最好开自己的车。"里德利说。

"不管怎么说，我不能帮你找车，你问过乌托邦人了吗？"

"没有。我们不喜欢他们的样子。"里德利说。

"他们会告诉你的。"

"他们会观察我们的，看我们怎样修车。他们不是每天都有机会看到劳斯莱斯车，下一步他们会让我们开车带他们出去兜风。

我不喜欢这个地方，也不喜欢这里的人。他们太古怪、太不雅致。他们说我们正在退化，也许他们说得对。这些人不穿衣服，四处乱跑，我实在接受不了。我希望我能知道他们把我们的车藏在什么地方了。"

巴恩斯坦波尔上下打量着庞克，问："你的脸没受伤？"

"没什么好说的，"庞克说，"我认为我们应该继续找我们的车。"

里德利看了一眼庞克，又看了看巴恩斯坦波尔。"他有点曲解了你的意思，"他紧绷着的脸终于露出了一丝笑意。

庞克说："如果我们想找到车，现在就应该动身了。"

里德利的脸上出现了一丝狞笑。"他刚才撞到了什么东西。"

"噢——闭嘴！"

"那东西太有魅力了，可就是没留住。是一位姑娘撞上了他。"

"你这是什么意思？"巴恩斯坦波尔说，"你不是在开玩笑吧？"

"当然不是，"庞克说，"既然里德利先生对这个话题如此感兴趣，我想，我还是说说到底发生了什么事。同我们中间的半人半兽的疯人在一起，你不会有片刻安宁的。"

里德利皮笑肉不笑地朝巴恩斯坦波尔眨眨眼睛。"她把他打了一顿，把他放倒了。她把他举过头顶，'砰'的一声把他扔了出去。然后她就走开了。我从来没见过力量这么大的女人。"

"太不幸了。"巴恩斯坦波尔说。

"很遗憾，发生了这种事。"

"先生，你是不是言过其实了？难道你自己跑过去就不带有任何坏主意？"庞克说，"我不想让每个人都知道这件事。如果伯利先生知道了这件事，这会对我很不利的。该死的里德利管不住自己的嘴。我不知道怎样招惹了她。

我起床时，她来到了我的房间。就像你说的那样，她几乎没穿什么衣服，而且看上去她有点随便。当时我想——我想跟她讲几句话。一个人有时候是很难控制住自己的感情的，是不是啊？毕竟我们是有血有肉的人啊！如果一个男人希望把自己的心里话对一个女孩倾诉的话，换句话说——我不知道该怎么说。我真的不知道。这是违背大自然规律的。我什么也没说出来，尽管我心里有这种想法。里德利会为我作证的。我没有同她说一句话。还没等我开口她就开始打我，把我打倒在地。她好像用一种像九柱戏的木柱把我打倒的，她站在我旁边好像并没有太生气。"

"可里德利说你摸她了。"

"可能碰到她肩膀了，我只是像一位父亲一样碰了她一下。当她转身要走时——我搞不清楚跟她讲了什么。坦白地说，就是这样！如果我有什么过错的话，那就是因为我爱开玩笑。"

庞克做了一个富有表情的姿势来表达他对这个世界的失望。

巴恩斯坦波尔想了想，"我们不应该自找麻烦，同时，我认为同这些乌托邦人在一起的时候，我们应该格外小心谨慎。他们的生活方式和我们的完全不一样。"

"感谢上帝!"里德利说,"我希望尽快离开这个星球,早日回到我们古老的苏格兰去。"他转身要走。

"你应该听他老人家的话,"里德利说,"他说这是个极其堕落的世界,腐朽堕落——实际上,你会原谅我的——堕落,嗯?他们所有人都是这样。"

"那位年轻姑娘的胳膊好像还不算太退化吧?"巴恩斯坦波尔不知道哪来的勇气,他自己都感到吃惊。

"是吗?"里德利愤愤地说,"这就是你所知道的。如果堕落有什么标记的话,那么女人能把男人打倒在地就是一个很好的标记。这是违反天性的。在任何一个文明世界里,这种事情是不会发生的。绝对不会发生!"

"不会发生。"庞克赶紧附和着说。

"在我们地球上,如果有人想跟女孩调情,她会感到很快乐的,你明白吗?"

巴恩斯坦波尔突然发现阿莫顿神父正穿过一片开阔的草坪朝他们快速走来。他意识到,他得想办法摆脱他。

"看,能帮你们找到车的人来了,只要他愿意帮助你。他是个喜欢帮助别人的人——他是阿莫顿神父。他关于女人的观点和你们的一致。你们应该站在一起。你们可以让他停下来,把事情的经过对他说一说——简单、清楚地说一说。"

他迈着轻快的步伐朝湖滨走去。

湖边有一个伸到水面的凉亭。他现在离凉亭已经很近了。一些五颜六色的小船停泊在凉亭周围。

如果他能登上其中一只船，划到湖中心，就再好不过了。这样的话他就可以摆脱阿莫顿神父，即使他有天大的本事，他也不可能追上他，他就不可能再去听他那雄辩的演讲了。

六

巴恩斯坦波尔选了一只白色的小船，船头上画了一只蓝色的大眼睛。就在他解开缆绳时，斯特拉女士出现了。她从凉亭里走出来，她的动作相当快，从她敏捷的动作来看，巴恩斯坦波尔断定她是有意躲在那里的。她朝四周望了望，急切地说："你准备划到湖中心去吗？我能同你一块儿去吗？"

他注意到，她做了一番打扮。从衣着上看，既有地球人的特点，又有乌托邦人的风格。她穿着一件乳白色的罩衣，也可能是一件复杂的浴衣，这使她显得格外苗条。胳膊露在外面，手腕上戴着用金子和琥珀制成的手镯。她赤着脚穿着凉鞋，两只脚长得特别漂亮。她没戴帽子，头发梳得很整齐，一根黑黄相间的发带扎在她乌黑的头发上，正好和她俊俏的脸相配。巴恩斯坦波尔对女性服装注意的不多，但他却很欣赏她的聪明，因为她已经注意到了乌托邦人的穿戴。

他扶她上了小船。"我们开始划吧。"她边说边坐了下来，不时地回头看几眼。

巴恩斯坦波尔开始用力划船，展现在他面前的是蓝蓝的天空，碧波荡漾的湖水，还有湖边的小山，美丽的花园，漂亮的房屋和绿茵茵的草坪。斯特拉女士假装在很投入地欣赏这一切美景，但是他明白，她并非真正在欣赏美景，而是在不停地搜寻某一样东西或某个人。

　　她故意同他聊天，她跟他谈起乌托邦可爱的早晨，美丽小鸟愉快的歌唱——她说："乌托邦现在正值7月份。"

　　"不一定是7月份。"巴恩斯坦波尔说。

　　"我太傻了！当然不是。"

　　"好像是春光明媚的5月份。"

　　"现在可能还早，"她说，"我忘了给表上弦了。"

　　"真奇怪！我们两个星球在时间上好像是一致的，"巴恩斯坦波尔说，"我的手表现在是七点钟。"

　　"不，"斯特拉女士一边自言自语地回答着自己脑海里的问题，一边看着远处的花园。"那是个乌托邦女孩。今天早晨——你见过我们其他的——地球人吗？"

　　巴恩斯坦波尔把船头调了个头，以便他也能看到湖岸。从这里他们可以看到所有的风景，宽阔的梯田和高高的墙壁，美丽的溪谷和陡峭凸出的悬崖交错相映，构成了一幅壮丽的画卷。一些藤本植物沿着松树爬着，弯弯曲曲。山涧溪流同从雪山顶上飞泻下来的瀑布汇聚在一起，又被合理地运用于灌溉的农田和花园。梯田层层叠叠，一望无际，上面生长着多种多样的植物，五颜六色，有深红色、紫金色、白色和绿色等。纵横交错的水渠把梯田分割成一块块整齐的畦田。远处的绿坡上零星地分布着一群群建筑物，建筑物色彩分明，风格别致，就像点缀在阿尔卑斯山上鲜艳的花朵。

巴恩斯坦波尔深深地被这美丽的景色吸引住了。过了一会儿他才想起斯特拉女士的问题。"我碰见了鲁珀特·凯思基尔，还有两个司机，"他说，"我还看到了阿莫顿神父、巴罗朗加勋爵和鲁珀特。我没看到穆什先生和伯利先生。"

"在几个小时内是不会看到他的，他要在床上躺到十一点钟。特别是当他公务繁忙、遇到棘手的事情时，他总是在床上躺上一上午。"

这位姑娘犹豫了一下，接着问："我想，你没看到格丽达·格雷小姐吧？"

"没见到，"巴恩斯坦波尔说："我不是在找我们的人，我只是随便走走而已——我不想见某一个人。"

"你是指那个举止和着装都很古怪的人吗？"

"是的……实际上，这就是我上了这只船的原因。"

斯特拉女士想了想，终于开口说："我也是正在摆脱某人。"

"不会是那位神父大人吧？"

"不，是格雷小姐。"

斯特拉女士很明显把这个话题避开了。"在这个星球上待下去是越来越难了。乌托邦人品味太高了，稍不注意就会冒犯他们。"

"他们很聪明，会理解我们的。"

"是得饶人处且饶人吗？我不相信这个谚语。"

巴恩斯坦波尔不想再多说了，所以他只是划着船，不作声。

"你知道，格雷小姐曾经在一个讽刺剧中扮演过癞蛤蟆。"

"我好像听说过这件事，报纸还做了很多报道和评论。"

"可能对她有偏见。"

巴恩斯坦波尔用力连续划了三次。

"今天早晨她到我房间，告诉我她准备穿乌托邦的衣服，准备把自己完全装束成一个乌托邦人。"

"怎么讲？"

"我想她应该少抹一点儿口红，少擦一点儿粉。她不适合浓妆艳抹。巴恩斯坦波尔先生，这样做有点下流，太不检点了。她在花园里跑来跑去，她会遇到各种各样的人。幸亏伯利先生还没起床。要是她碰见了阿莫顿神父……算了，最好别去想这些了。巴恩斯坦波尔先生，你知道，在我眼中，乌托邦人穿得不多，裸露着棕色的肉体，就像一幅画，我倒没觉得有什么特别的地方。可是，格雷小姐——一个来自地球的文明女孩看上去像是被扒光了衣服，被剥了皮，满脸涂得白白的，我真替她感到难为情。那个叫莉切妮丝的女人还不错，可是她总喜欢在我们房间逗留，她总向我建议穿什么样子的衣服，可是她从来没仔细地告诉我到底该穿哪一类衣服……当然，由于我对她不太了解，所以还不便对她说什么，另外，像她这种女人，人们很难了解她是一个什么性格的女人……"

巴恩斯坦波尔朝岸上望了望,连格丽达·格雷小姐的影子都看不到。他想莉切妮丝一定会把她照顾好的。

"我想她会的。也许,在我们不在期间……"

"会有人照顾她的,"巴恩斯坦波尔说,"但我认为,格丽达·格雷小姐和巴罗朗加一伙人肯定会给我们惹麻烦的。我真希望他们没和我们一起来。"

"伯利先生也是这么想的。"斯特拉女士说。

"正常情况下,我们这些人会被按照同一罪名处罚的。"

"那是自然的。"斯特拉女士说。

一时间她没有再说话,很显然,她的话还没说完。巴恩斯坦波尔慢慢地划着船。

"巴恩斯坦波尔先生。"她又开始说话了。

巴恩斯坦波尔停了下来。

"你害怕吗?"

巴恩斯坦波尔想了想。"我遇到的事情太多了,都不知道什么叫害怕了。"

斯特拉女士说:"我害怕,开始时,我并不害怕。可是,当我晚上醒来后,我感到非常恐惧。"

"不,"巴恩斯坦波尔说,"我现在还没有这种感觉……也许以后会有的。"

斯特拉女士把身体朝前倾了倾,故作神秘地对巴恩斯坦波尔说话，还偷偷地观察他对她所说的话的反应和表情。"这些乌托邦人——刚开始我还以为他们是很单纯、很朴实、很健康的人。但后来我发现他们并不是这样。他们身上隐藏着一种我们没有，而且无法理解的东西，这种东西看不见，摸不着，给人感觉很复杂。他们根本不关心我们。他们看我们的目光是冷漠无情的。莉切妮丝这个人不错，其他人半点儿好心都没有。我认为他们觉得我们是他们的累赘。"

巴恩斯坦波尔思考了一会儿。"也许他们是这种人。我心中充满了对他们的崇拜，觉得这个社会比梦还要好，所以我没有太多地去想我们对他们造成的影响。是的，他们好像在忙其他什么事情，不太把我们当回事儿。那几个被派来监视和研究我们的人除外。巴罗朗加一伙人在这个国家横冲直撞，惹了很大麻烦。"

"他撞死了一个人。"

"我知道。"

他们一段时间里谁也没有说话，都在沉思。

"还有一些事情，"斯特拉女士接着说，"他们的思维方式同我们的有很大不同。我认为他们根本瞧不起我们。我注意到了……昨天晚上，当伯利先生问及他们的哲学问题时，你没和我们一起到湖边。他给他们讲述有关黑格尔、柏格森、霍尔丹以及他自己伟大的怀疑论。他讲得异常精彩，连我都非常感兴趣。可是，我却发现厄斯莱德和莱昂等人并没有在听他的话。我看到——我敢肯定，他们在悄悄地进行私下交谈，谈论一些和哲学无关的话题。他们只不过是假装听听而已。弗莱迪·穆什向他们介绍了新格鲁吉亚的诗歌，以及战争对文学的影响，同时他还希望在乌托邦发现能有《伊利亚特》一半好的作品，尽管他相信在乌托邦是找不到这样好的作品。他们根本没有在听，也没有做出任何反应。我们的话对他们来说好像一点儿意义都没有。"

"在这方面，他们要领先我们三千年。但是，不管怎么样他们应该对我们感兴趣才对。难道需要找一个霍屯督族人来给他们介绍一下伦敦的情况，他们才能感兴趣吗？也许会是这样，但我认为他们不喜欢让我们待在这里，我认为他们不喜欢我们，我不知道，如果我们给他们带来了太多麻烦，他们会怎样对待我们，我不敢想象，我害怕。"

她把话题转了一下，"一到晚上，我就想起我妹妹凯林夫人的猴子来。"

"养猴子是她的一大爱好。这些猴子在花园里、房间里到处乱窜，到处惹麻烦。它们根本不知道该做什么，不该做什么。它们的目光时刻都充满了忧郁和恐惧，经常挨巴掌，时常被扔到外面去。它们经常损坏东西，扰得客人不得安宁。你永远也不会知道一只猴子下一步会做出什么事情来。除了我妹妹外，没有人愿意收留它们。尽管如此，她还要不断地对它们大喊大叫：'下来，杰克！塞迪，把东西放下！'"

巴恩斯坦波尔被她的话逗乐了。"我们的处境还没有这么惨，斯特拉女士。我们不是猴子。"

她也笑了。"也许我们的处境会比猴子好。但是，一到晚上我就觉得我们跟猴子一样。我们是低级动物。我们必须承认这一点。"

她抖了抖眉毛，俊俏的脸上透露出一丝机灵。"你想到我们是怎么与世隔绝的吗？……也许你会觉得我的问题太傻，巴恩斯坦波尔先生。昨天晚上睡觉前，我坐下来给我妹妹写信，趁着所经历的事情在我脑海里还有印象，把事情的经过对她讲了讲。我突然意识到我可以给万利乌斯·凯撒写信了。"

巴恩斯坦波尔没有想过这点。

"这一点我实在想不通，巴恩斯坦波尔先生——在乌托邦没有信件，没有电报，没有报纸，没有列车时刻表。我们跟我们所关心的人和事都隔绝了！我不知道这会持续多长时间，但我们彻底被隔绝了……他们要把我们困在这里多久？"

巴恩斯坦波尔在不停地思考着。

"你敢肯定他们有能力把我们送回去吗？"女士问。

"好像还有一定困难，但他们是非常聪明的人。"

"来到这里真是太容易了——似乎拐个弯就到了——但是，很可能我们已经脱离了空间和时间……甚至比死人走得还远……北极圈或非洲中部好像已不再遥远了……在阳光下，所有的东西都是那么明亮，那么熟悉……然而，昨天晚上有好几次我想大叫几声……"

她突然不说话了，朝湖岸看了看，鼻子还不停地嗅来嗅去。

巴恩斯坦波尔闻到从对岸飘来一阵阵令人胃口大开的香味。

"是的。"他说。

"是早饭吃的咸肉味！"斯特拉叫了一声。

"跟伯利先生给我们说的完全一样。"巴恩斯坦波尔下意识地把船朝岸边划过去。

"咸肉早餐！这是最实实在在的东西……我们不要太害怕了。他们在向我们招手呢！"她挥了挥手。

"格丽达穿着白色的罩衣——正像你说的——穆什先生穿着一件长外袍，正在同她交谈……他从哪里弄来了这么一件外袍？"

他们听到远处传来招呼他们的声音。

"我们来了！"斯特拉女士喊道。

"我希望自己不要太悲观，"斯特拉女士说，"可是一到晚上我就感到害怕。"

中篇

隔离岩

第一章
流行病

一

在地球人进入乌托邦的第二天，流行病出现了。各种传染病和流行病在乌托邦已消失了两千年。从人和动物身上不仅再也看不到严重的传染病和皮肤病，就连像感冒、咳嗽这类常见病也绝迹了。他们采取控制和隔离病菌携带者等一系列措施征服了有害细菌。

乌托邦人的生理结构也随之发生了相应的变化。为人体提供免疫力的分泌系统已不再工作。由于缺少了防御能力，乌托邦人的生理结构变得简单、直接。传染病在乌托邦消失很久了，只有那些专门从事病理学研究的人才知道人类在有传染病时期所遭受的苦难。即使那些专家也搞不清楚他们的免疫力已损失到什么程度。第一个认识到他们已失去免疫力的人是鲁珀特·凯思基尔。巴恩斯坦波尔回想起在会议花园他们见面的第一天，他就曾暗示过，大自然以一种无法解释的形式站在地球一边。要是说大自然站在乌托邦人一边那只不过是为了不引起他们的不快而已。从他们到达乌托邦的第二天晚上开始，除了莉切妮丝、瑟潘泰恩和三四个身上带有祖传抗毒素的人以外，几乎所有同地球人有过接触的人都开始发烧，并伴有咳嗽、咽炎、头痛、骨头痛以及其他一些并发症。这些病状在乌托邦已有两千年不为人所知了。第一个受害者是一只豹子，它头一天闻了闻凯思基尔的身体，第二天不知什么原因就死掉了。同一天下午，帮助斯特拉提包的那个女孩突然病倒了，很快就断了气……乌托邦对这些病菌的到来根本没有准备，就像他们对病菌的携带者，地球人的到来丝毫没有准备。那些仅仅存在于混乱年代的医院、医生、药店之类的东西早已从他们的记忆中消失了。尽管乌托邦有为因意外事故而受伤做手术的场所，也有照看婴儿和老人的场所，但他们几乎没有同疾病做斗争的医疗机构。很快，乌托邦人不得不把很久以前早已解决了且早已放在一边的问题重新捡起来，临时凑集了一些已经被人遗忘的设备和相关的医疗机构来对付传染病和治疗病员。他们几乎又恢复到两千年前向疾病开战的状态。那可是一次划时代的革命，从某种意义上说，乌托邦人是最大的受益者，几乎所有带病菌的昆虫都灭绝了，老鼠以及一些不干净的鸟类已不再对健康构成威胁，这就最大限度地控制了病菌的传播，传播的路径也被堵住了。造成地球人身上病菌传播的路径主要是近距离的呼吸和某些直接接触。地球人自己没有任何病痛感，但他们当中有人把潜伏的麻疹病毒带进了乌托邦，还有三四个人身上长期带有流感病毒，但他们本人却没有患病。这些人成了这两大流行病的传染源。他们的受害者在咳嗽，打喷嚏，相互轻抚、耳语，因此，流行病在乌托邦传播得很快。直到地球人进入乌托邦的第二天下午，乌托邦人才认识到发生了什么事，这才开始着手处理这些复发的疾病。

二

巴恩斯坦波尔可能是地球人当中最后一个听到有关流行病这个消息的。他一直在想着自己的心事，没有和其他人在一起。

他现在明白了为什么乌托邦人不愿再花时间和精力同地球人交流的原因了。他们对地球人如何进入乌托邦做了简单的解释后，便不再向地球人介绍有关乌托邦宪法和执行宪法的情况，仅仅就地球的现状提出了几个简要的问题。地球人大多数时间都被安排在一起，相互闲聊。尽管有几个乌托邦人对他们有明显的好感，但他们好像不再愿意向地球人介绍情况了。巴恩斯坦波尔对同伴们的观点和评论都相当不满，他决定按自己的愿望，一个人去探索乌托邦。在飞机降落前，他注意到湖外有一大片平原。这片平原引起了他极大的好奇心。第二天早晨，他划着小船去观赏蓄水大坝，同时，通过大坝的护栏还能看到这片大平原。

湖比他想象的宽得多，大坝也比他想象的宏伟得多。湖水清澈、冰凉，里边几乎看不到鱼。他吃过早饭就出来了，但是，到达大坝护栏时几乎是中午了。现在，他终于可以看清山谷低处的大平原了。

大坝是用带金色条纹的红色石块砌成的，坝顶有台阶通向大路。大坝上面有许多巨大的座式雕像，俯瞰着远处的平原。一座座雕像宛如一座座高山，人物的表情看上去自然、愉快。巴恩斯坦波尔估计每座雕像高有二百英尺。他测量了一下两座雕像之间的距离，数一数雕像的数量，他得出结论：这座大坝的长度在七到十英里之间。大坝的尾部几乎垂直下落了五百英尺，一些巨大的扶壁把大坝同岩石连成一体。在扶壁的凹处传来了叶轮机的响声，把水从一个湖中抽到大约两英里外。由另外一座大坝拦截到湖中，然后还有第三个湖、第三座大坝，最后才是平原。只需观察三到五分钟就可以得出一个结论：乌托邦本身就是存在于这些巨大的工程之中。

站在这些巨大的工程面前，巴恩斯坦波尔觉得自己是如此渺小。他凝视着远处雾蒙蒙的平原。

那里的生活会是什么样呢？一边是高山，另一边是平原，这使他联想起阿尔卑斯山脉和意大利北部的大平原。在他年轻时，他曾在那里度假，这给他留下很多美好、愉快的回忆。他记得，在意大利，这样的平原有很好的灌溉系统和良田，还坐落着很多城镇和乡村，那里人口密集，食品厂到处都有。人口在不断增长直到人满为患。疾病、瘟疫成为平衡人口和土地的一个主要工具。一个男人可以生产出比他自己的消耗多得多的粮食，而一个女人却生育出很多孩子，以至于现有的土地已无法养育这么多的人口。结果，多余出来没有土地的人只好集中到城市里，去从事法律、金融等行业，或者生产和销售商品。

百分之九十九的人从小到大都在为糊口而努力拼搏。还有一小部分人，如牧师、僧侣、修女等，借用赎罪的美名，建造庙宇、神殿，过着寄生虫般的生活。吃饭、生育，自人类社会开始以来，人的生活就这么简单。人们不仅忙于获取糊口的食物，还煞费苦心地去猎取财富，同时还要担惊受怕地过日子。这就是从人们繁衍生息的土地上看到的情景，尽管那里也有笑声，有幽默，有短暂的休假，有闪光的青春，但是无休止的劳作、人口爆炸所带来的灾难以及永久性的贫困成为这一风景的主宰。男人一到六十就老态龙钟，女人一到四十便人老珠黄。乌托邦这片肥沃的大平原，在阳光的照射下，呈现出的却是另一番天地。这里，古老的传统、一代一代流传下来的笑话和传说，节假日，纵容放肆，有限的希望，痛苦和悲伤，所有这一切都远离乌托邦而去，早已永远地离开了这个古老的世界。土地还是富饶的土地，阳光还是灿烂的阳光，但生活却改变了。

一想到乌托邦在仅仅两千年内就使普通人的生活发生了这么彻底的变化，巴恩斯坦波尔的心中不由得产生了一种敬畏感。人的思想、灵魂、肉体和命运都牢牢地掌握在自己手中。他知道，作为一个过渡时期的人，自己仍紧抱着旧习惯不放，对地球上的一些新思想仅仅是抱有同情心。他知道自己在过去很长一段时间内是如何强烈地憎恨和藐视充满臭气的农民生活。现在他第一次认识到他对乌托邦这种朴素的生活是多么恐惧。这个星球对他来说是如此的美丽，但又如此的可怕。他们在远处的大平原上做什么？过着一种什么样的生活？他对乌托邦了解的已经够多了。他觉得这个大平原也应该像一个大花园，到处都充满了美，一切丑陋的东西都得到了克服和纠正。他知道，那里的人是在为美而努力工作和奋斗，因为那两个种玫瑰的人已经给他讲得够多了。生产食品、建造房屋以及从事其他日常工作的人来来往往，使经济机器十分平稳地运转，没有任何刺耳、不和谐的内部破裂，而内部破裂正是地球人生活的主旋律。无休止争执的年代已经过去，人们找到了解决问题的正确途径。乌托邦的人口曾经缩减为两亿人，现在又开始增长，以便跟上对人力资源不断增长的需要。摆脱了无数邪恶的东西之后，这个民族成长得更快了。

在这片雾蒙蒙的平原上，那些没有从事食品加工，产品制造，没有从事教育、卫生与此相关工作的人正忙于一些创造性的工作。他们用科学研究、艺术创作来探索这个星球和这个星球以外的世界。他们在设法增强人们的生命力，提高生命的价值。

巴恩斯坦波尔习惯把地球看成是富有知识和发明创造的世界，但是，地球人在一百年时间里取得的进步，也远不如乌托邦

152

人在一年内取得的进步。知识在飞速向前发展，黑暗就像狂风中的乌云，转瞬即逝。有人在分析从他们星球深处采集到的矿石；有人在编制用于吸收太阳能的网罩。生活在不断前进，在以惊人的速度前进。惊人——是因为在巴恩斯坦波尔以及许多聪明的地球人大脑中，他们已接受了这样一个观点：现在已没有不被人知道的东西，科学发展已到了尽头，人们可以永远幸福地生活下去。

他还没有适应时代的发展。他总把乌托邦看成是一个静止的世界，一个所有事情都已得到完美解决的世界。今天，在这片宁静、雾蒙蒙的平原上，他知道，这种宁静就像平稳的水流，看上去似乎纹丝不动，只有上面漂浮的枝条和树叶才能显示出它的流速。

生活在乌托邦会有什么感觉呢？这里人们的生活肯定同这个星球上成功的艺术家和科学家的生活一样，充满着对新生事物的新鲜感和对新生事物的探索精神。在娱乐方面，他们着眼于自己的星球，到处都有爱心，到处都有欢歌笑语和友谊，到处都有丰富多彩的社会活动。那些只注重技巧和力量抗争而忽视体能锻炼的活动早已不存在了，但是他们有许多为了娱乐和展示体魄而举行的运动项目。对接受过这类教育的人来说，这肯定是非常有意义的生活，也是令人羡慕的生活。

这里的人们心中肯定充满了幸福感，这种幸福感永远不会消失。毫无疑问，他们的爱一定很微妙，一定很有趣，或许还有点艰难。也许远处的大平原上没有同情心，也没有温柔。乌托邦人个个都很漂亮、可爱、了不起——没有需要别人同情的地方。同情心这种品质不需要存在。

不过，莉切妮丝这个女人看上去倒是蛮善良、友好的……

他们也像地球上的情侣那样相互保持忠贞或需要保持忠贞吗？乌托邦的爱情是什么样子的？他们在黄昏下也喃喃低语吗？爱情的本质是什么？是一种偏爱，还是一种甜美的自豪？是一个令人开心的礼物，还是思想和肉体完美的结合？

去爱一个乌托邦女人或被一个乌托邦女人爱会是什么感觉呢？——让她俊俏的脸贴在自己的脸上——她的吻会不会使我的生命活跃起来？

巴恩斯坦波尔赤着双脚，穿着法兰绒裤子，席地坐在一块巨石投下的阴影处。他觉得自己就像一只可怜的小昆虫栖息在一座大坝上。在他看来，像乌托邦这样能够主宰万物的社会是永远也不会倒退的。这种社会在大踏步地向上攀登，而且在不断地攀登。他们取得的成就如此之大，但这些成就的取得仅仅用了两三千年的时间。

在这么短的时间内，这个民族竟然发生了根本性的变化。在两千多年前的石器时代，这个民族还不知道什么是金属，既不会阅读，也不会书写。他们深受大自然的束缚，还没有完全开化。生活中充满了愤怒、恐惧和战争。或许在今天的乌托邦还有不安分、不顺从的精神存在，优生学在这里几乎是刚刚开始。他还记得在他到达这里的第一天晚上在星光下跟他聊天的那个女孩，长着一张天真俊俏的脸蛋，当她问他巴罗朗加是不是一个很了不起、很残忍的人时，她的声音里充满了对浪漫的渴望。

浪漫精神在这里仍然影响想象力吗？可能只干扰青少年的想象力吧。

这里会不会产生一段混乱阶段？这里的教育体系会不会使人感到厌倦而成为另一种精神的牺牲品呢？会不会有一个无法预见的灾难在等待着它呢？假设阿莫顿神父对宗教的狂热、鲁珀特·凯思基尔不可治愈的冒险精神感染了它，这个民族会是什么样子呢？不会的！这是不可想象的。这个星球取得的成就是伟大的，是有保证的。

巴恩斯坦波尔站起来，下了大坝的台阶，朝远处的那只轻舟走去，这只小轻舟像一片花瓣漂浮在清澈的水面上。

三

他看到在召开会议的地方有一片骚动。

有三十多架飞机在那一带上空盘旋、起降。公路上有许多白色的大交通车在来回穿梭。不少人在几栋房子间来回走动。由于距离太远，他看不清那些人到底干什么。他盯着看了一会儿，然后登上了他的小船。

他划了一段时间，仍然看不清发生了什么事情，因为一处山坡挡住了他的视线。一架飞机正朝他飞来，而且飞得很低，他已经能看到飞机上的人，他们正在注视着他。他停了下来，坐在船上，朝四周看了看，看到岸上还有两个人在抬着担架。

他一到岸边，一只船马上迎了过去。他很惊奇地发现船上的人戴着像防护面具的东西，白色的防护镜凸出在外。他对此感到非常惊奇和疑惑不解。他们一靠近他，他的耳边就响起他们洪亮的说话声："隔离，你们必须去隔离区。你们地球人引起一场严重的流行病。我们必须把你们隔离起来。"

他们戴的是防毒面具！

他们靠近他后，他看清了，是防毒面具，是用透明的、柔韧性很好的材料制成的。

四

巴恩斯坦波尔被带到一个凉廊上，有不少乌托邦人躺在那里，还有一些戴防毒面具的人在照料他们。他发现所有的地球人和他们除汽车以外的物品都被集中到会议大厅里。有人通知他：所有的地球人将转移到一个新地方，在那里与乌托邦人隔离开并接受治疗。

和地球人在一起的两个乌托邦人也戴着防毒面具，身体倚着门廊，像卫兵或看守一样，表情十分严肃。

其他地球人坐在椅子上围成一圈，只有鲁珀特·凯思基尔在半圆形的大厅后殿来回走动，不停地说着什么。他没戴帽子，脸色发红，头发有些零乱。他显然有些激动。

"这就是我预见要发生的事情，"他不停地重复，"我没有告诉过你们大自然是站在我们这一边的吗？我说过没有？"

伯利先生对他的话感到有点意外。他带有争辩的口气对他说："我一辈子都搞不明白这是什么逻辑。你们看，我们是这里唯一有免疫力的人。他们反而要把我们隔离起来！"

"他们说，他们从我们身上染上了病。"斯特拉女士说。

"很好，"伯利用苍白的手打着手势，"很好，应该把他们隔离起来！这就是颠倒黑白。我对他们很失望。""我想，"亨克说，"既然我们在他们的星球上，我们就不得不按他们的要求做。"

凯思基尔把目光集中到巴罗朗加和两名司机身上。"我喜欢这种待遇，我从心里喜欢它。"

"你有什么主意，鲁珀特？"巴罗朗加问道，"我们已失去了行动自由。"

"恰恰相反，"凯思基尔说，"恰恰相反，我们获得了行动自由。他们把我们隔离起来，我们将被单独放在某个海岛或大山里。很好，太棒了！这仅仅是我们冒险的开始。让我们等着瞧吧！"

"我们能做什么呢？"

"等一等，等到我们能更自由地说话的时候……那是些可怕的措施。这流行病仅仅是刚刚开始，一切事情都刚刚开始，相信我。"

巴恩斯坦波尔含怒不语地坐在自己的行李旁边，尽量回避凯思基尔富有挑战性的目光。

第二章

岩石上的城堡

一

　　地球人要去的隔离区距离出发点肯定很远，因为他们在路上花了近六个小时的时间，而且飞机一直飞得很高、很快。他们共乘一架宽敞、舒适的大飞机，其载客量至少是目前的四倍。大约三十个戴防毒面具的乌托邦人陪同他们一起前往隔离区，其中有两名女性。飞行员的服装是白色的羊毛制品，这引起格雷小姐和斯特拉女士的羡慕。飞机越过山谷和大平原，穿过一条狭窄的海域，进入岩石叠嶂的海岸和茂密森林的上空，一转眼又飞过一片宽阔的海域。巴恩斯坦波尔在地球上从来没有见过这样渺无人迹的海洋。只有一两次他看到海面上漂浮着的船只，但绝不像地球上的船只，倒像巨大的木排或平台，根本不像船。不过有一只船倒像地球上的货船——上面装有桅杆和帆。大海上空的空气也比较稀薄。从起飞到降落他在空中只看到三架飞机。

飞机飞过一条人口密集、景色怡人的海岸线后进入人烟稀少、干旱的沙漠地带，那里好像有矿区和巨大的工程，远处是高耸入云的雪山。飞机的飞行高度在到达雪山之前就开始下降。地面上是一堆堆矿渣，宛如一座座高山。从地面深处的矿坑中传出机器的轰鸣声，浓烟不断地从矿坑中升起。一群群工人好像就生活在由碎石铺成的工地上。他们在这里轮班工作，并没有把家人一同带到这里。飞机又进入乱石遍野，几乎看不到树木的沙漠地带，上面看不到任何人，但好像也有工程的迹象。一条狭长陡峭的峡谷把这片沙漠一分为二。在峡谷每一处急流和瀑布旁边都有叶轮机在工作，巨大的电缆沿着峡谷的悬崖通向广阔无边的沙漠。在峡谷的开阔处还有松柏和很多其他植被。

在两段峡谷的连接处凸出一块独立的巨岩，这就是他们的终点站。这块巨岩高高耸起，离下面的水流足足有两千英尺。巨岩上有淡绿色和粉红色的石头。巨岩一边的峡谷要比另一边陡峭得多，实际上已向外凸出，搭起一条幽暗的隧道。大约距岩顶一百英尺有一座用金属制成的桥，悬挂在两座峡谷之间。桥上方几码远处有几处凸出部分，可能是早期石桥的遗迹。巨岩垂直朝下延伸几百英尺，与一条长长的斜坡连在一起。斜坡上的植被稀疏，一直通向群山，看上去好像一道水平的高墙。

飞机在巨岩上着陆了，停靠在几部机器旁边。巨岩上有一处古代城堡的废墟，废墟四周的墙中央是一排房屋。前不久，一批学化学的学生曾聚集在这些房子里进行原子结构的分析研究。巴恩斯坦波尔对此项研究一窍不通。现在，研究已经结束，学生们都撤走了，所以房子空出来。实验室的门上着锁，里面有实验仪器和实验材料。峡谷上空的管道和电缆分别把水和电输送到房间里。房间里还储藏着充足的粮食。地球人到达后，乌托邦人为了尽快把地球人安顿下来，在忙着清理房间。

瑟潘泰恩在一个戴防毒面具的人陪同下出现了。陪同他的人叫塞达，一个细胞学家，负责管理和安排这座临时的疗养院。

瑟潘泰恩告诉大家他是提前飞到这里的，因为他懂得这里的设备和进行过的研究，再加上他对地球人了解得比较多以及他自身有着相对较强的免疫力，他充当地球人同医务人员之间的中间人。他的话是对伯利、巴恩斯坦波尔、巴罗朗加和亨克这几个人说的。其余的地球人围成一组站在他们乘坐的飞机旁边，注视着巨岩上的废城堡，以及周围矮小的灌木丛和峡谷间陡峭的悬岩，脸上没有任何表情。

凯思基尔离开人群走到了峡谷的边缘，像拿破仑一样，背着手站在那里，眼睛注视着见不到阳光的深渊，陷入了深深的沉思。深渊底部的水流时而轰轰作响，时而默默无声，溅起的水雾在空中弥漫。

格丽达·格雷小姐突然掏出照相机。（她在整理行李包时，有人提醒她带照相机。）她对准所有人，拍了张快照。

塞达准备解释一下他将实施的治疗程序。"鲁珀特。"巴罗朗加喊了一声，把他叫回人群中以便听塞达讲说。

跟厄斯莱德一样，塞达讲得很简明、精确。他说，很明显，地球人就是病菌的携带者，由于地球人本身有很强的免疫力，这些病菌对他们已不构成健康威胁，但是乌托邦人的身体中并没有这个防卫体系，只有经过一个痛苦、灾难性的流行病以后，他们才可能获得一些免疫力。阻止流行病蔓延的方法首先是把患病的人集中起来进行治疗。他们已把会议中心改成了医院，对那些病人进行集中治疗。然后控制住地球人，在把他们身上的病菌清理干净之前，要把他们同乌托邦人绝对隔离开来。他承认，这样做的确不太友好，但这好像是唯一可行的办法。他们只好将地球人送到这块地势特别高，气候特别干燥的沙漠地带，来寻求清除他们身上病菌的有效方法。如果能成功地做到这一点，地球人仍可以按自己的愿望自由出入乌托邦。

"如果你们无法让我们重返地球呢？"凯思基尔突然问道。

"我想会有办法的。"

"一旦你们失败了呢？"

塞达朝瑟潘泰恩笑了笑。"在物理研究领域，阿登和格林雷克是先驱者，我们不久将会有能力继续他们的实验，然后再把实验过程反过来操作就可以把你们送回去了。"

"你们把我们当作实验品了？"

"在我们没有绝对把握之前，我们是不会这样做的。"

“你的意思是准备把我们送回地球？”穆什也加入了对话中来。

“要是我们留不住你们的话。”塞达笑了笑。

“前景真是很美好！”穆什满脸不高兴，“就像用枪在空中把我们打死一样，实验性的。”

“我是否可以问一问，”阿莫顿神父开始说话了，“我想知道你们治疗的实质是什么？是不是说我们将成为你们用于实验的动物？是不是要给我们注射预防接种一类的东西？”

“给我们打针。”巴恩斯坦波尔插了一句。

“我还没有决定，”塞达说，“这方面的很多问题离开我们的时间太长了。”

“我要告诉你，我是一个竭力反对接种的人，”阿莫顿神父说，“绝对反对。接种是对大自然的蹂躏。如果说在我来到堕落的世界之前，我对此还有一点怀疑的话，现在没有了，一点怀疑也没有了！如果上帝要我们身体内有这些特殊的液体，他会向我们提供获得这些东西更自然、更典雅的办法，而不必去搞什么接种注射。”

塞达没有就这一点同他争辩，他继续向地球人道歉。同时，他要求地球人必须遵守一定的限制公约。地球人的活动范围仅限于巨岩和山，最远不过悬崖处。另外，不可能像前几日那样有年轻人照顾他们，他们需要自己煮饭，自己照顾自己。所需的炊具可以从岩顶找到。如果有必要，他和瑟潘泰恩都可以为他们做更详细的解释。他们将带地球人去看看粮食的样品。

"那么，我们将被单独留在这里？"凯思基尔问。

"在一段时间内是这样。等我们把自己的问题搞清楚后，我们还要到这里来，告诉你们我们下一步该做什么。"

"很好，很好！"凯思基尔说。

"早知道这样，我就不会让我的女用人乘火车而是跟我一起走，那就好了。"斯特拉女士说。"我只剩一条干净的衣领了，"杜邦一边做滑稽的鬼脸一边说，"这个周末跟巴罗朗加勋爵在一起可真不容易。"

巴罗朗加把脸转向他特殊的同伴。"我相信里德利是个很不错的厨师。"

"我会尽力的，"里德利说，"我做过许多这方面的事情，我曾经还开过蒸汽机车。"

"一个能把这些事情办好的人一定能办好任何事情。"庞克脸上带有一种特殊的表情："我愿在里德利旁边给他打下手。我的事业实际上就是从餐厅开始的，我并不觉得难为情。"

"最好这位先生能带我们看一下厨房设备。"里德利对瑟潘泰恩说。

"最好具体一些。"庞克接了一句。

"只要我们这些人不自找麻烦就行。"格雷小姐勇敢地说。

"我想我们有能力处理好这些事情。"伯利对塞达说，"在开始阶段能否给我们一些建议和帮助？"

二

塞达和瑟潘泰恩陪地球人待在隔离岩上直到下午才离开。他们帮助地球人准备好了晚饭，并把饭桌摆在城堡的院子里。他们答应第二天再过来一趟。地球人看着他们上了飞机，不多时，飞机腾空而起，直入云霄。

巴恩斯坦波尔很惊奇地发现，在他们走后，他心中不由自主地产生了一种沮丧的感觉。他认识到，他的同伴们正在酝酿着一种危机，乌托邦人一撤走，危机的裂缝就暴露出来。他帮助斯特拉煎蛋饼，蛋饼煎好后，他又得把盘子和煎锅送回厨房，如此一来，他成为最后一个就座的人。他发现他所担心的危机已经开始了。

凯思基尔已经吃完了。他把一只脚踩在一张长凳子上，大言不惭地发表演说。

"女士们，先生们，我问你们，我们的命运同这次经历是不是连在了一起？这个地方曾经是古代战场上的一个堡垒，现在，它将再次成为一个战斗堡垒。嗯——一个战斗堡垒……我们的行动将会使科尔特斯和皮萨罗的故事变得黯淡无光！"

"亲爱的鲁珀特！"伯利叫了一声，"你到底在打着什么主意？"

凯思基尔像演戏一样，挥舞着他的手臂，"征服一个星球！"

"天哪！"巴恩斯坦波尔惊叫了一声，"你病了吗？"

"就像克莱夫，"凯思基尔接着说道，"或者像苏丹·巴伯尔那样走进潘尼伯特。"

"这个提议有点过火，"亨克好像早就有思想准备。"但是，我赞同这个提议。在我看来，我们在这里能做的事情只不过把自己里里外外清洗干净，然后再等着被送回地球——回地球的路上还有碰撞到什么坚硬东西的危险。凯思基尔先生，你给大家说说。"

"告诉大家，"巴罗朗加也准备好了，"这是一场赌博，我承认，但是现在的情况是，我们要么主动去赌，要么被动去赌。我完全赞成这个观点。"

"这是一场赌博，当然是。"凯思基尔说，"在这狭小的半岛上，在这片不到一平方英里的土地上，先生们，两个星球的命运正等着我们去裁决。我们必须马上做出决定。赶快计划，赶快行动。"

"这太令人激动了！"格丽达·格雷用手拍打着自己的膝盖，朝穆什很兴奋地笑了笑。

"这里的人，"巴恩斯坦波尔插了一句，"比我们先进三千年。我们就像厄尔斯康特演出中的小丑密谋想征服伦敦。"

凯思基尔背着手，很幽默地对巴恩斯坦波尔说："这里的人距我们三千年之遥——是的！领先我们三千年——不对！这就是你我之间的分歧点。你说他们是超人，嗯——超人；我说他们是退化的人。请听听我对自己见解的解释——尽管他们很漂亮，尽管他们在物质上和知识上取得了相当大的成就，我承认，他们是完美的人……还有什么？……我的意思是，他们已经到达了顶峰，跨越了顶峰。他们在靠惯性向前发展。他们不仅失去了对疾病的抵抗能力——我们能看到他们越来越虚弱——而且也失去了对付陌生人和对紧急情况处理的能力。他们太虚弱，太无能了。他们根本不知道该做什么。看看阿莫顿神父，他用近乎侮辱性的语言干扰上次会议（你清楚你自己所做的事情，阿莫顿神父，我并不是在责备你。在道德伦理问题上，你是很敏感的。当时有许多事情确实让你感到气愤）。他受到威胁，就像一个小男孩受到一个虚弱无力、弱不禁风的老妇人的威胁一样。他们说要处理，但他们对他做了什么？"

"确有一男一女两个乌托邦人找我谈过话。"阿莫顿神父说。

"你是怎样做的？"

"仅仅是驳倒他们。我抬高声调，把他们驳倒了。"

"他们对你说了些什么？"

"他们能说什么？"

"我们当时都认为可怜的阿莫顿神父要倒霉了。还有更严重的事，我们的朋友巴罗朗加勋爵疯狂地驾着车，撞死了他们一个人。即使在国内，他们至少也会在他的驾驶执照上注上违章记录并罚款。但是在这里呢？这件事连提都没提，为什么？因为他们不知道该说什么，不知道该做什么。现在他们把我们放在这里，恳求我们老老实实待着，直到他们来对我们进行实验，给我们打针。我不知道他们还能做什么。先生们，如果我们屈服，我们就会失去控制这个星球的力量。我知道，我们的力量并不是在我们遭受抢劫时所表现出的勇气。他们可能轻视我们的内分泌腺，但是科学告诉我们，我们的内分泌腺隐藏着我们的个性，在精神上、道德观念上我们将融为一体。但是，假设我们不屈服，那会怎样呢？"

"那会怎样呢？"巴罗朗加问道。

"他们将不知所措。不要被他们表面的美丽和繁荣所欺骗。他们活着就像皮萨罗时代的秘鲁人，活在虚无的梦境之中，他们被虚无的社会主义给灌醉了。像古代的秘鲁人一样，他们已失去了健康，失去了有力的思想意识。只需几个有决心、有毅力的人就能战胜这样一个星球，只要我们敢去这样做。这就是我的计划。"

"你的意思是我们要占领整个乌托邦星球？"亨克问。

"是的。"巴罗朗加说。

"我的意思是，先生们，用一种富有朝气的社会生活方式取代一种没有生机的社会方式。我们现在是在一个堡垒中，这是一个真正的堡垒，有很强的防御能力。在你们打开自己的行李包时，我和巴罗朗加，还有亨克就已看出了这一点。这里有一口加盖子的井，如果需要，我们可以从下面打上水来。岩石已被凿开了一条隧道，直通房间和隐蔽处。靠近平地的那面墙很高、很结实，上面还涂着一层无法剥去的釉料。如果有必要，那道大拱门可以很容易被堵上。有一段台阶通向小桥，而且根据情况，小桥也可以拆除。亨克是我们这里的化学家——制作电影胶片的化学家——他说，实验室里有制作炸药的材料，我们这些人可以凑成五支左轮手枪和一些弹药。我还真没敢期望会有这种可能性。现在的粮食足够我们用上一段时间。"

"噢!太荒唐了!"巴恩斯坦波尔站起来,紧接着又坐了下来。"这太荒唐了!就这样对付那些友好善良的人!况且他们随时都可以把这里炸成碎片。"

"啊!"凯思基尔伸出一个手指来,"我们已想过这一点。但是我们可以从科尔特斯的故事中学点什么。他在墨西哥腹地把阿兹特克皇帝给俘虏了,并扣为人质。我们也可以有我们的人质。在我们采取行动之前,首先要有人质在手。"

"他们会用空气弹来对付我们。"

"乌托邦有这东西吗?或者说有这种想法吗?无论如何,我们要有人质。"

"人质还必须是些重要的人物。"亨克说。

"塞达和瑟潘泰恩都很重要。"伯利漫不经心地说。

"可是,先生,你怎么能支持这种小学生般地掠夺梦想!"巴恩斯坦波尔确实感到很震惊。

"小学生?"阿莫顿神父说,"他可是一个内阁大臣,而且还是个了不起的企业家!"

"我亲爱的先生们,"伯利说,"总之,我们得正视不测事件的发生。我一辈子也不明白,为什么我们不反复推敲一下这样做的可能性,尽管我向苍天祈祷,我们永远不会实施它。鲁珀特,你说到哪儿了?"

"我们必须在这里站得住脚,维护我们的独立,让乌托邦人感到我们的存在。"

"先生，"里德利很谦卑地说，"我有一些想法。我们应该把这座监狱变成我们的首府，变成我们地球人进入这个星球的门槛。它将是我们一扇永不关闭的大门。"

"它已经关上了。"巴恩斯坦波尔说，"如果没有乌托邦人的同情，我们永远也回不到地球上。即使有了他们的同情，这也是值得怀疑的。"

"这个问题困扰得我几夜都没睡着觉。"亨克说。

"我们每个人都有这种想法。"伯利说。

"这个问题让人感到极不愉快，没有人愿意谈论它。"巴罗朗加说。

"我只是刚刚才想起这件事，"庞克说，"先生，你不是在说我们无法回到地球上吧？"

"该怎样就怎样，"伯利说，"这就是我为什么急于想听凯思基尔先生的想法。"凯思基尔仍背着手，表情很严肃。"曾经，"他说，"我也有过巴恩斯坦波尔先生的这些想法。我也认为，能再见到我们可爱的城市的机会实在太少。"

"我也感觉到了。"斯特拉女士嘴唇苍白，"我是两天前就有这样的感觉。"

"看来，我的周末休假将无休止地延续下去！"杜邦说。一时间谁也没有说话。

终于，庞克开口了，"这好像——何必呢！人总有一死！"

"我必须得回去，"格丽达·格雷小姐突然蹦出一句，"真荒唐，

9月2日我必须去爱尔汗布拉宫，这是我必须做的事情。我们轻易就来到这里，为什么不能按原路返回呢？真是太荒唐了!"

巴罗朗加不怀好意地看着她，"等着吧。"

"我必须回去。"她高喊着。

"就连格丽达·格雷小姐这样的大人物也有做不到的事情？"

"租一架特殊的飞机!"她说，"什么东西都行。"

他摇了摇头。

"亲爱的大男人，你仅仅看到我休假时愉快的心情，我工作起来可是非常认真的。"

"亲爱的小女孩，你的爱尔汗布拉宫现在与我们的距离就像古巴比伦王国的空中花园一样遥远……我们到不了那里。"

"我必须得去，"她说话的口气俨然是个皇后，"没有别的选择。"

巴恩斯坦波尔从桌边站起来，朝着远处荒野外的城墙的一个缺口处走去。他在那儿坐下来，目光从围绕在餐桌边谈论不休的一伙人身上移开，朝着横跨峡谷的悬崖峰顶望去，峰顶阳光灿烂，他又朝悬崖下面荒凉的山坡看了看，他不禁感慨万分，哎！他不得不在此度完他的余生。

如果凯思基尔先生还坚持那么做，恐怕连这种日子也不会太长了。悉顿汉姆老家，他的太太和孩子们现在离他越来越远了，就好像古巴比伦王国的空中花园一样遥远。

自从他在维多利亚给家人寄走了一封信，他再也没有想过家里的事情。现在他有一种说不来的强烈愿望，想给家里写封信——假如他可以做到的话。一想到家人再也收不到他的信，听不到任何关于他的消息，他就感到非常难过。没有他，他们又该如何生活呢？家人对银行存款的账号和保险金的费用清楚吗？他一直想和太太到银行去办理几个账号，可是他一直没去做。一个男人应该承担家庭的重担，尽自己的职责……他的注意力又回到了凯思基尔等人谈论的话题上。

"我们得研究一下对策，也许我们会被长期困在这里，在这一点上，我们要面对现实，敢于正视现实，不要自欺欺人。我们也许会在这儿待上数年——也许会待上几辈子。"

"我已经有心理准备了。"凯思基尔说。

"太让人伤心了，"庞克说道，他的脸色很不好，非常难过地看了看斯特拉女士。

"我们不得不待在这儿，我们是一个小小的同盟军，在占领和统治乌托邦以前，我们要团结一心。我们要掌握乌托邦人的先进科学技术，征服乌托邦，实现我们的目标。这会是一场持久战，确实是一场艰苦而长期的斗争。在这期间，我们一定得团结一致，拧成一股绳。我们必须把自己看成是一个殖民团队，一群游击队员，直到取得最后的胜利。我们必须得抓住几个乌托邦人做人质，它对于我们目标的实现很有必要。凡是对实现我们目标有用的事情我们都要去做。我们要抓几个年轻人，对他们进行培训、感化，让他们按照我们的旨意去做事，按照地球人的伟大传统去教育他们。

亨克先生好像要说点什么，但是又把话咽了下去。

埃米尔·杜邦从桌边猛然一下站起来，走了五步远，然后又走回来，一动不动地站着，眼睛死死地盯着凯思基尔。

"你说要在这儿待几辈子？"庞克问道。

"不错，"凯思基尔说，"是要在这待上几辈子。因为在这里我们是陌生人——举目无亲的陌生人。我们就像2500年以前的那一小帮罗马冒险者，敢在人来人往的台伯河边的国会大厦旁建立起自己的城堡。这里就好像是我们的国会大厦。在这个浩瀚无边的星球上，这里就是我们的国会，一个像古罗马议会的伟大国会。像那一帮古罗马冒险者，我们也不得不以牺牲我们周围的'萨宾人'为代价来扩大我们的队伍，我们可以牺牲我们的用人和帮工，甚至还可以牺牲我们队伍中的某些人！为了实现我们的目标，我们可以付出任何代价。"

杜邦看起来十分害怕成为牺牲品。

这时，凯思基尔先生又开始说话，他说："我们应该坚持留在这里，照顾好自己，最后定会占领这块荒凉的田野，扩大我们的优势和影响，把我们地球人的精神渗透到这个颓废的乌托邦世界中。最后，我们一定会发现阿登和格林雷克正在努力寻求的秘密，找到返回地球的路，回到我们的帝国中去！"

三

"等一会儿,"亨克说,"等一会儿!关于这个帝国……"

"请说得具体一点儿,"杜邦说,"请详细谈谈你的帝国是什么样子!"

凯思基尔仔细想了一会儿,然后有点不高兴地说:"我所说的帝国就是指广义上的帝国。"

"请再具体一点儿。"杜邦说。

"我正在考虑从多方面来解释我们的大西洋文明。"

"在你还没开始讲述盎格鲁·撒克逊统一和说英语的民族之前,"杜邦说,"请允许我提醒一下你似乎忽略了的重要问题,那就是乌托邦人的语言是法语。我想提醒你的就是这点。在这里,我不想强调法国人在文明方面所做出的贡献和付出的代价。"

伯利先生打断了杜邦的话,他说:"你的说法是不正确的,但是,如果你能允许我帮你纠正一下,那么让我告诉你,乌托邦的语言不是法语。"

巴恩斯坦波尔先生当然也在思考这个问题。由于杜邦的英语水平很差,所以他没太听懂伯利先生的话。

"先生,请允许我再说两句,请相信我的所见所闻,"杜邦用非常高贵、礼貌的语言说道,"这些乌托邦人,我敢发誓,除了法语他们不说其他的语言——而且他们的法语说得相当漂亮。"

"他们根本没有什么语言。"伯利说道。

"你是说他们连英语都不说?"杜邦讥讽地说。

"是的，连英语都不说。"

"也许他们连国际联盟成员国都不是？但是——呸！我为什么要同你们费口舌呢？他们就是说法语。即使是一名德国佬也不会否认这一点。"

巴恩斯坦波尔在一旁静静地听着，他想，这是一场多么"激烈的辩论"啊！我们身边一个乌托邦人也没有，没有人能够纠正杜邦的错误辩解，他极力坚持自己的观点。巴恩斯坦波尔对他们既生气又同情，他对他们喋喋不休的争论感到好笑。在这个无边无际、陌生，甚至是一个非常不友好的星球上，他们钩心斗角，争强好胜。他们吵得越来越激烈，越来越起劲。三个不同国家的人都在竭力维护本国的利益和形象，都极力声称自己的国家有能力"占领"乌托邦，都想捞取最后的"胜利果实"。他们是那样贪婪、自不量力。谁也不肯服输。亨克先生对有关"大英帝国"的事一点儿也听不进去，杜邦先生除了对"至高无上"的法国滔滔不绝外，对其他东西一概不能接受。凯思基尔先生在中间走来走去，不停地维护着秩序。而对巴恩斯坦波尔来说，他们这场"无限爱国"的争论，就像在一条沉船上进行的狗咬狗的争斗。最后，还是凯思基尔足智多谋、狡猾机智战胜了其他两位对手。

他站在桌子旁边，开始对大家表示"歉意"，他说在使用"帝国"这个词时太随便，欠考虑。他还说，其实他所说的"帝国"已经包括了所有西方文明。他转向亨克说："当我使用'帝国'这个词时，就是指我们之间兄弟般的联盟关系，是指我们几个同盟国而言的。"接着，他又转向杜邦，"我是指我们伟大、不可战胜的协约国。"

"这里幸亏没有俄国人，"杜邦说，"幸亏没有德国人。"

"不错，"巴罗朗加勋爵说"我们一定能打败这里的德国人，我们会取得胜利的。"

"我同意这个观点，"亨克说，"我们中间也没有日本人。"

"同时，"杜邦急切地说，"请原谅我的冒昧，我想让你对我们法国人所做出的贡献做出担保——一些有效的担保措施。你们应该承认我们对文明所做的贡献和正在做的贡献。一旦这次冒险行动成功，我们应该理所应当地得到很大的回报和补偿……"

"我所求的只是一点公平。"杜邦说。

四

巴恩斯坦波尔对他们的争论感到气愤。他从墙边的高坡处走下来，来到了桌子旁边。

"你们难道疯了吗？"他说，"还是我疯了？"

"你们关于国旗、国家、国家权力和利益的争吵真是太离奇了！你们的目标是根本没有希望实现的，完全是一次愚蠢的行动。难道你们连现在我们所面临的困境都没有意识到吗？"

他气得有点说不出话来，然后又接着说。

"难道你们除了会说旗子、战争、占领和掠夺的话以外，就不会说点别的什么东西吗？难道你们还没意识到我们和乌托邦之间的力量和势力相差得多么悬殊吗？就像我说过的，我们就像在厄尔斯康特上演的一场戏剧中的一群小丑，正在阴谋征服伦敦。我们就像一群饥饿的同类相食的野兽，梦想把我们已经忘却的残忍和无情旧戏重演。这是一场荒唐可笑的行动，我们怎么能有希望取胜呢？"

里德利立刻对巴恩斯坦波尔的话给予指责："你忘了刚才跟你讲的事，全忘了。你忘了他们现在得了流行病和麻疹。在乌托邦不会发生像在地球上那样激烈的战斗。"

"太正确了。"凯思基尔说道。

"好吧，就算你们有希望取胜，那么这个计划也是非常恐怖的。我们现在来到了一个在各方面都优于我们地球的星球，我们摆脱了地球上的烦恼和痛苦，我们来到了一个真正文明的世界，一个我们地球需要几十个世纪才能追赶上的世界！这是一个充满了和平、美好、幸福、智慧和希望的世界！如果我们能用微薄之力和拙劣的才智就能征服乌托邦的话，我们就会战无不胜，就会没有克服不了的困难！我们正在密谋摧毁一个美好星球！我想告诉你们，这不是一次冒险行动，是一次犯罪。这是一个罪恶滔天的罪行。我绝对不会参加你们的行动。我反对你们野心勃勃的阴谋。"

阿莫顿神父想说点什么，但是伯利先生给他打了个手势，示意他不要插嘴。

"那么你想让我们怎么做呢？"伯利问道。

"我们应该学习他们先进的东西，学习他们先进的科学技术，同时，我们要改掉自身的缺点。只有这样，我们才有可能被允许回到地球上去，离开这个乱石滚滚、荒无人烟的隔离区。在乌托邦我们可以知道什么是真正的文明……最后，也许我们能有机会回到我们那杂乱无章的地球上——带着知识，带着文明。"

"但是为什么……"阿莫顿神父想说话。

伯利先生再一次打断了阿莫顿神父的话。"你说的每一句话，"他说，"都是依据没被证实的假设。你把乌托邦想象得太好了。我们是——他数了数身边的人数——是十一比一，十一张赞成票，一张反对票——你太没有远见了。"

"先生，我可以问你，"阿莫顿神父把脚抬起来，朝桌子踢了一下，"我可以问一下你是谁吗？你把自己看成是一个评判大众舆论的法官，对吗？先生，让我告诉你，在这个孤独、邪恶、陌生的星球上，我们一共才有十二个人，要记住，我们这十二个人代表了整个地球人的形象。在上帝赐给我们的新世界里，我们是先头部队，是先驱。就像3000年以前，上帝把迦南赐给以色列一样。你知道你是谁了吧？"

"完全正确，"庞克说，"你到底是什么人？"

巴恩斯坦波尔完全招架不住这么多人的攻击。他孤立无援地站在那儿，这时斯特拉女士站出来帮助他，这使他惊讶不已。

"你们这样对待他太不公平了！阿莫顿神父，"她说，"不

177

管巴恩斯坦波尔是什么人，但他有权利表达自己的思想。"

　　"他已经说出了自己的观点，"凯思基尔说道，他从桌子一侧走到巴恩斯坦波尔跟前，"他已经说完话了，他同意我们继续我们要做的事。我早就预料到我们队伍中会有死心塌地的反对者，多数人是会支持我们的行动的。"

　　"我们是这样的。"穆什说道，同时用恶毒的眼光盯着巴恩斯坦波尔。

　　"很好。下面我们就应该按照惯例行事了。我们不会要求巴恩斯坦波尔先生去承担我们的风险和荣誉——不想让他成为一名勇士。我们会安排他从事一些非军事的行动……"

　　巴恩斯坦波尔举起他的手说："不，我不想帮任何忙。我想我们目前急需的不是战争，不管怎么说，我还是坚决反对你们的计划——这纯粹是强盗文明。你们不能把我看成是一个死心塌地的反对者，因为我不反对正义的战争。而你们的冒险行动不是一个正义的事业……我恳求你，伯利先生，你不仅仅是一个政治家，而且是一个有教养、有文化的哲学家，请你再慎重地考虑一下你们的计划——重新考虑一下你们将要表演的有去无回的恶作剧！"

　　"巴恩斯坦波尔先生！"伯利非常严肃地说，他的语气带着一种明显的嘲讽，"我已经考虑过了。我可以大言不惭地说，我是一个富有社会经验的人，我的经历太多了。我并不完全赞同凯思基尔先生的观点，不！更进一步说，在许多方面我和他的观点都不一致。如果你们认为我不十分独断专横，我认为我们应该对

178

乌托邦实行抵抗——为了我们的自尊——但是，对乌托邦不能采取暴力和侵略的手段。我们要想出比凯思基尔先生更巧妙、更成功的方法。但这只是我个人的观点。既不是亨克先生，也不是巴罗朗加勋爵的观点，更不是穆什先生和杜邦先生的观点，也不是其他朋友的观点。但重要的是，我们这些地球人，这些迷失在这个陌生星球的地球人应该是一个团结的集体，不管发生了什么事情，我们内部都不能发生分歧。我们应该行动在一起，团结在一起，生死共存。如果有什么要讨论的话，我们所要做的就是要互相征求意见，达成共识。关于凯思基尔先生要抓一两个人质的问题，我想这是对的，我不反对。"

巴恩斯坦波尔不善于狡辩。"但是乌托邦人和我们地球人一样都是人，"他说，"我们和他们在一起只能变得更加清醒，更加文明。"

里德利用早已准备好的粗鲁语言打断了他的话："噢，勋爵先生！"他说，"我们不必再跟这个家伙费口舌了。太阳已经落山了，这个先生啰唆得够多了。我们应该各就各位了，天黑之前我们应该弄清楚做些什么。我想我们可以推选凯思基尔先生作为我们具有绝对军事领导权的指挥官。"

"我当他的助手。"伯利自谦地说。

"杜邦先生也许会作为联络官和我一块行动，代表我们伟大光荣的同盟国，也代表他自己的国家。"凯思基尔说道。

"看来法国人的利益得到了正式的承认。"杜邦说。

"不知道亨克先生是否愿意担任我的中尉？……巴罗朗加勋爵将担任我们的军需主任，阿莫顿神父担任我们的牧师和检察官。伯利先生，不用说，担任我们的文职官员。"

亨克咳嗽了一声。他的表情很难让人猜出他的心情。他皱着眉头说："我不想成为一名中尉，"他说，"我不想当官。我对地球外面的事很反感。我只是想成为一名有用的旁观者。但是，我想，如果你们什么时候需要我，就可以喊我一声。"

凯思基尔靠坐在桌子上，把椅子让给身边的杜邦。格丽达·格雷小姐坐在凯思基尔和亨克中间。伯利还坐在离亨克一个椅子远的地方。其他人都围着凯思基尔站着，斯特拉女士和巴恩斯坦波尔除外。

巴恩斯坦波尔转过身，背对着他的新指挥官，他看见斯特拉女士正用异样的眼光看着那帮人，然后她把目光又移向了下面荒凉寂静的山崖。

她浑身冷得直发抖，只好站起来。"恐怕太阳落山后会更冷，"她说，没有人注意她的话，"我要去拿一条毛毯。"

她悄悄地回到她的住处，没有再出来。

五

巴恩斯坦波尔不想再去听这个"战争会议"。他走到那个古老城堡的墙边，爬上了几级石阶，沿着城堡四周的防御土墙走着，来到了一块高地上。两条大峡谷交汇处是波涛汹涌的激流，浪涛拍到崖石上，发出震耳欲聋的涛声。

悬崖顶部还留有一些残阳，整个山谷还没有完全黑下来。峡谷下面还笼罩着一层淡淡的云雾，依稀遮住了下面奔腾不息的洪流。云雾袅袅，几乎蔓延到了横跨在山谷之间的小桥上。来到乌托邦这么长时间，他第一次感到有点冷。人生最大的痛苦莫过于孤独寂寞了。

从两个大峡谷交会处的宽阔地带处传来了一阵发动机运转的声音，悬崖顶上不时地发射出一闪一闪的电光。远处群山上空正在飞行着一架飞机，飞机飞得很高，在夕阳的照射下，发出耀眼的金光。不一会儿，飞机穿破云雾，又消失在深蓝色的天空中。

他仔细地朝着石阶下面的城堡的庭院望去，在黄昏中，那些现代的房屋看起来就像空中楼阁，充满了梦幻般的诗意。院子中有一个人手里拿着手电筒，指挥官鲁珀特·凯思基尔正在对他的突击队员们部署着命令。他是新的殖民主义者——科尔特斯。

手电筒的光亮照在了格丽达·格雷小姐的脸颊、肩膀和胳膊上。她从指挥官胳膊的后面探出头来，想看看他在写什么。当她发现巴恩斯坦波尔先生看着她时，突然用手捂住嘴，假装打了个哈欠。

第三章
叛徒，巴恩斯坦波尔

一

巴恩斯坦波尔躺在床上大半夜没睡着觉，暗自思考着他所处的环境和与之有关的各种情况。他能做什么呢？他应该做什么呢？有谁能听进去他的意见呢？人类黑暗的传统和邪恶已经把这次美好的奇遇变成了一个丑恶和危险的对抗，而对于他来说，这种转变速度如此之快，以至于他根本无法面对新形势，无法调整自己的心态。摆在他面前的似乎只有两条路：要么他和那些野蛮人、所谓的聪明人，一块被乌托邦人像处理害虫一样斩草除根；要么就是凯思基尔之流实现了他们的野心，他们最后成了这个美好文明社会躯体上的一个日益扩散的大毒瘤。这些掠夺者和破坏者，每时每刻都在不停地把乌托邦拉回到最原始的落后状态。对于巴恩斯坦波尔来说，似乎只有一种摆脱困境的方法，那就是从这个尴尬的境地中走出来，加入乌托邦人的队伍中，向他们揭露地球人的险恶用心，使自己和他的同伙们完全服从于乌托邦人的领导。而这一点必须得在乌托邦人质被抓和地球人被杀戮之前做到。

但是，一方面他要从地球人中间逃出来，这是很困难的。凯思基尔肯定已经安排好了看守和警卫，每一条可以用来逃跑的咽喉要塞都有人把守；另一方面，巴恩斯坦波尔天生就有一种习惯，就是不喜欢搬弄是非，不喜欢与人作对。他在学校里就养成了一种逆来顺从、谦恭的性格，对他的同班同学、左邻右舍、家人、学校老师和俱乐部成员等都很俯首帖耳。对于一切邪恶的行为他总是从内心里憎恨。他不愿意参加任何政治党派，也不喜欢任何政治领袖，他讨厌并反对民族主义、帝国主义和一切华而不实的各种党派，他憎恨那些侵略成性的征服者、唯利是图的金融家和尔虞我诈的商人。他对他们恨之入骨，就像憎恶黄蜂、老鼠、猎狗、鲨鱼、跳蚤、水母等诸如此类的令人感到恐惧和厌烦的动物。他觉得自己很像一个乌托邦人，一生都是一个被流放到地球的乌托邦人。他按照自己的生活模式去生活，最后终于寻找到了自己的信仰——为乌托邦做点事。他为什么不这样做呢？因为几乎没有人支持他的观点，他现在感到孤独无援，这就是他为什么不想为自己所痛恨的人做事的原因。假如他们现在是一群让人感到绝望的人，那么从整体上来说，他们也应该是一帮邪恶堕落的人。

在这帮地球人中间，只有两个人同情并理解他，那就是斯特拉女士和伯利先生。他曾经对伯利先生产生过怀疑。伯利先生属于那些似乎对什么都很明白，却什么也感受不到的古怪人之一。他留给巴恩斯坦波尔的印象是：他非常聪明，但是却不十分可靠。难道不比像亨克或者巴罗朗加之流既有点聪明又喜欢冒险的家伙更邪恶吗？

巴恩斯坦波尔的思绪从思考道德伦理方面又回到了现实中来。明天他要弄清周围的地形，制订一个逃跑计划，也许天黑以后他就会悄悄溜掉。

他来到乌托邦的时间也不算短了，可是花了这么长时间才做出最后的决定，这完全是由他的性格决定的。他做什么事情都是唯唯诺诺，优柔寡断。

二

但是，事情不会像巴恩斯坦波尔想象的那么简单。

天刚亮他就被庞克叫走，他告诉他从今以后，每天早晨部队的起床号子都要使用他和里德利发明的电子警笛。庞克说，他们这项发明很了不起，填补了此项技术的空白。他递给巴恩斯坦波尔一张纸，上面是凯思基尔亲笔写的字：

"非军事人员。巴恩斯坦波尔。去帮助里德利准备早饭、午饭和晚饭。把开饭时间表和菜单钉到墙上，把餐具清洗干净，其余时间由亨克先生负责安排，负责清扫化学实验室和炸弹库的卫生。"

"这就是你的工作，"庞克说，"里德利正在等你。"

"好吧。"巴恩斯坦波尔站了起来。他想，如果想要逃跑的话，鲁莽地和他们大吵一番是没有用的。于是，他来到了伤痕累累、浑身缠着绷带的里德利身边。他在1914年第一次世界大战期间，曾经在英国军队的厨房里做过一年饭。

每天早晨六点半，当第二遍警笛吹响后，大家都来到厨房吃早饭。每个人都排好队，接受凯思基尔的检阅。杜邦站在他身边，亨克和这两个人平行站着，除了伯利先生是文职官员和巴恩斯坦波尔是非军事人员以外，其他所有的人都得集合列队。格丽达·格雷小姐和斯特拉女士正坐在庭院的一个阳光照射的角落里，缝制一面旗子。这是一面带有白星的蓝旗，设计得非常巧妙，而且和地球上所有的国旗都不一样，这样设计的目的是不损害任何国家的尊严。旗子象征着地球人国际联盟。

列队集合结束后，士兵们都解散了，各自回到了自己的执勤哨所和工作岗位。杜邦暂且担任总指挥，因为凯思基尔先生已经工作了一整夜，该回去睡觉了。他具有拿破仑的本事，在白天任何时间很快就会入睡。

庞克走到了城堡的上面，上面安装了警笛，这里被当成一个瞭望台。

巴恩斯坦波尔帮助里德利干完活，在亨克来检查他的任务完成的情况之前，有一段空余时间。他抓住这短暂的有利时机，仔细地观察着斜坡上城墙周围的情况。就在他站在破旧的防御土墙上，寻找着晚上天黑时可用来逃跑的路径时，一架飞机出现在悬崖的上空，而且越飞越低，最后落到了地面上。从飞机上走下两个人，同飞行员说了几句话后，就朝地球人的住处走去。

城堡上的警笛响了，惊醒了凯思基尔，他飞快地来到了巴恩斯坦波尔正站着的土墙边。他举起望远镜，注视着越来越近的两个人影。

"是瑟潘泰恩和塞达，"他边说边放下望远镜，"他们就两个人，太好了。"

他朝四周看了看，给庞克打了个手势，庞克立刻明白了他的意思，摇了摇手里的器具，器具发出了响声。这是总进攻的信号。

在斜坡下面的庭院里，所有的同盟军在听到信号声后都跑了出来，杜邦和亨克也在其中。

凯思基尔急急忙忙地从巴恩斯坦波尔身边走过，没有注意到他。他快步走到杜邦和亨克及其队伍前面，开始按照他的计划部署战斗任务。巴恩斯坦波尔听不清他们在说什么。当凯思基尔布置完任务，行完军礼，队伍开始解散时，巴恩斯坦波尔察觉到每个人的脸部表情似乎都不太好，好像对凯思基尔的分配和命令有些不满。他们开始各自行动了。

在庭院和墙的拱门之间有一段部分被毁坏的台阶，这个台阶是进出山坡的必经之地。里德利和穆什跑到这些石阶的右边，慌

186

忙蹲在一块凸出的大石头后面，以免被正从下面走上来的那两个人看见。而阿莫顿神父和亨克躲在台阶的左边。巴恩斯坦波尔注意到，阿莫顿神父的手里拿着一卷绳子，穆什看了一眼手里的手枪，然后又放回到口袋里。巴罗朗加为自己在穆什上方的石阶边上找了一个适当的位置，他把左轮手枪握在最擅长射击的一只手上。凯思基尔留守在台阶的最上面。他的手里也握着一把左轮手枪。他把头转向城堡方向，仔细观察了一会儿庞克那边的情况，然后就示意他下来，补充到其他人的行动中去。杜邦手里握着一根类似桌子腿的棍子，隐蔽在凯思基尔的右边。

巴恩斯坦波尔偷偷地观察着他们的战略部署，他怎么也搞不明白这些部署的高明之处在哪里。然后他把视线从隐蔽在城堡周围的地球人身上移到那两个丝毫没有察觉、正在走来的两个乌托邦人身上。他意识到不久瑟潘泰恩和塞达就会落入这些追捕者手中……

他觉得自己该采取行动了。他做什么事情都小心谨慎，优柔寡断。

他发现自己浑身抖得厉害。

三

即使在最后的关键时刻他仍然想要听听别人的意见。他举起一只胳膊，喊了一声"喂!"，他的喊声并不大，最多是地球人能听到，而乌托邦人根本没有听到。没有人对他的喊声做出反应。他的声音太小了。经过一阵激烈的思想斗争以后，他终于做出了大胆的选择。一定不能让瑟潘泰恩和塞达被地球人捉住。他为自己的踌躇不决感到吃惊和愤慨。当然，他们一定不能被捉住！他现在一定要勇敢地站出来。于是，他终于站了出来，四步就来到了拱门上面的墙上，大声并清楚地喊道："危险！危险！危险！"

他听到凯思基尔吃惊的叫骂声，然后一颗子弹从他的耳边呼啸而过。

瑟潘泰恩马上停了下来，朝四周看了看，然后抓住塞达的一只胳膊，朝巴恩斯坦波尔所在的方向望去。

"这些地球人想要抓住你们。不要过来！危险！"巴恩斯坦波尔挥动着胳膊高声喊道。"啪，啪，啪"，凯思基尔也尝到了左轮手枪没有命中目标的滋味。

瑟潘泰恩和塞达赶紧往回跑——但是，他们的速度太慢。

一时间，凯思基尔对于眼前突如其来的情况不知所措。他快速地跑下台阶，大声喊："跟上他们！截住他们！快点！"

"回来！"巴恩斯坦波尔对乌托邦人喊道，"回来！快点！快点！"

这时候从城堡下面传来了一阵急促的脚步声，从拱门下涌出了一支编制为八人的战斗队。穆什在前面领队，里德利紧随其后。

他手里握着枪，不时地射击，嘴里还不停地乱叫。杜邦也冲上来了。阿莫顿神父手里握着一卷绳子最后一个赶到。

"快回去！"巴恩斯坦波尔大声喊着，声音都有些嘶哑了。

突然，他停止了喊叫，愣愣地看着前方——还紧握着双拳。

这时候，飞行员从飞机上钻了出来，快步跑到斜坡下面，去增援瑟潘泰恩和塞达。这时候，天空中又出现了另外两架飞机。

很快地球人就追了上来，可是这两位乌托邦人并不惊慌失措。亨克、里德利和穆什跑在队伍的最前面，杜邦手里挥舞着棍子，跑得也不慢。但是他却跑在右边，好像有意识地要跑在他的同伙和飞行员中间。凯思基尔和庞克稍微落后于前面三个人，巴罗朗加和前面三个人的距离大约有十码远。阿莫顿神父停了下来，很有信心地整理了一下手中的绳子。

瑟潘泰恩和塞达两人好像进行了简短的交谈，然后瑟潘泰恩快速伸手抓住了亨克。就在这时，一颗子弹飞来，接着又是三声枪响。"噢，上帝！"巴恩斯坦波尔尖叫了一声。他看到瑟潘泰恩双臂抖了一下，然后就倒下了。塞达冲了上来，一把抓住了穆什，把他高高举了起来，在空中转了几个圈，然后扔向凯思基尔和庞克，正好砸到了他俩的身上，他俩被打翻在地，摔了个嘴啃泥。杜邦气急败坏地看着，朝塞达猛扑过来，但是他的动作并不太快，他在空中挥舞着棍子，塞达巧妙地躲过了他的棍子，然后看准时机，弯下腰，抱住杜邦的一条腿，趁机把他摔倒在地。塞达又把他高高举起来，就像旋转一只兔子一样把他在空中转了几圈，重重地摔到了亨克身上。

巴罗朗加往回跑了几步，开始向走近他的飞行员开枪。

地面上混乱不堪，乱作一团。整个战斗场面非常激烈。凯思基尔嘴里不停地喊叫着，手里拿着枪，步步逼近塞达。不一会儿，亨克、庞克、穆什和杜邦也围了上来。他们虎视眈眈地盯着塞达，就像一群野狗正在围攻一只可怜的猎物。塞达一次又一次地击退了他们的进攻。阿莫顿神父毫无用处地把绳子在手里绕来绕去。

　　巴恩斯坦波尔聚精会神地盯着眼前的战斗场面，突然他发现另外一些乌托邦人跑下山坡，加入了这场战斗……另外两架增援飞机也到了。

　　凯思基尔和巴恩斯坦波尔几乎同时意识到是乌托邦的增援部队到了。凯思基尔连忙喊："回去！快回城堡！"地球人马上乱作一团，急急忙忙朝城堡跑去。

　　里德利突然转过身来，朝塞达开了一枪，塞达捂住胸口，倒了下来。

　　这伙地球人，急忙登上了石阶，通过拱门进入了城堡。败下阵来的地球人个个气喘吁吁，他们有的在气急败坏地骂骂咧咧，有的在擦拭着身上的伤口。瑟潘泰恩仍静静地躺在五十码以外的地方，被巴罗朗加击伤的飞行员因伤痛在痛苦地呻吟着，塞达踉踉跄跄地从地上站起来，胸前被鲜血浸透了，五名乌托邦人跑过来帮忙。

　　"这次交战是怎么引起的？"斯特拉女士突然来到巴恩斯坦波尔的旁边。

　　"他们抓住了想要的人质了吗？"格丽达·格雷小姐问道。

"我的命差点丢了！"伯利先生说道，他已经从城墙走出了一码左右的距离，"这种事情从来没发生过，斯特拉女士，事情怎么会这么糟呢？"

"是我向他们大喊了几声！"巴恩斯坦波尔说。

"你——是你向他们——喊叫！"伯利先生有点不敢相信。

"我没有想到会有叛徒。"凯思基尔恼羞成怒的声音从拱门传过来。

四

巴恩斯坦波尔对眼前即将到来的危险处境表现得非常自若。他一直生活得很安全，对于他来说，和这么多"高度文明"的人在一起，他的生命显得那样苍白和渺小。他生来就是一个旁观者，所以对个人安危并不太在意。他一动不动地站在那儿，好像是一个悲剧的中心人物。一种很勉强、很内疚的逃跑想法萦绕在他的脑海里。

"向叛徒开枪，"他大声喊道，"向叛徒开枪。"

狭长的山谷上架着一座桥。如果他跑得快一点，他是能够跑过那座桥的。他很机灵地想了想，不能跑上那座桥，这样他们会追上来的。他慢悠悠地沿着城墙走着，不一会儿就找到了通向城堡的石阶，然后他又静静地站着，观察着四周的地形。凯思基尔正忙于往城门口布置哨兵。很可能他还没有想到那个小桥，以为巴恩斯坦波尔会随时听从他的支配。斜坡上，乌托邦人正在搬运战士的尸体和伤员。

巴恩斯坦波尔登上石阶，双手插在口袋里。他在城堡上站了一会儿，好像在低头沉思着什么。然后他转身走上通往下面警卫室的台阶，快速地朝警卫室走去。

警卫室结构很复杂。它有五扇门，除了刚才他进来的那扇门外，其他四扇门都可以通往那段石阶。有一堆捆扎得很整齐的箱子堆放在其中的一扇门中。只有三扇门可以选择。他从一扇门跑到另一扇门，然后把每扇门都打开。他不知道该从哪扇门出去。他在第三扇门前徘徊着，突然感到冷风习习。很显然，第三扇门可以通向悬崖的正面，要不然冷气是从哪吹来的呢？很肯定，第三扇门是直接通向石阶的门。

要不要把已经打开了的门关上？不！应该让它们全都开着。

他听到从城堡的石阶上传来了一阵阵脚步声。于是，他就轻轻地往石阶下面跑，在拐角处的一个石阶平台处停了一会儿。他不得不停下来，听一听后面追捕者的动静。"先生，这是通向桥的那扇门！"他听到里德利的喊叫声，然后又听到凯思基尔说："塔尔皮亚岩石，"而后又听到巴罗朗加说："说得对！我们何必要浪费子弹呢？里德利，你敢肯定这扇门通往那座桥吗？"

警卫室里传来嘈杂的脚步声，脚步声沿着石阶一点点传下来。

"我是死定了！"巴恩斯坦波尔自言自语地说，惊恐地停了下来。

他弄错了！后面追捕他的人所走的石阶是通向那座桥的。

他们会走到桥头，一旦他们走到桥头，就会看到他既没有在桥上也没在对面悬崖的台阶上。这样他就根本不可能逃掉。他们可以把门锁上，把他关在里面，在门口安排一个士兵把守，然后他们再返回去从背后追杀他，他很容易就被抓住。

凯思基尔说的"塔尔皮亚岩石"到底是什么意思？

太可怕了！

他们是不会让他活着的⋯⋯

他现在就像墙角里的老鼠，他认为有必要让他们向自己开枪⋯⋯

他继续往台阶下走，台阶四周黑漆漆的，突然又有了亮光。台阶在一间普通的地下室到了尽头。这间地下室可能曾经被用作火炮掩体或者印刷杂志的地方。地下室岩石墙壁上留有两扇没安玻璃的窗户，使得地下室的光线很充足。地下室里储备了很多食品，墙的一边摆放着一排乌托邦人用来装酒的烧瓶状的酒瓶；另一边堆放着一些捆扎好的行李和金纸包着的试管。他握住一只玻璃烧瓶，把它举起来，他觉得可以把它当作一根很不错的棍子，还可以把捆扎好的行李放在过道上，作为障碍物。他可以躲在过道边，当追捕者进入后，他就可以把烧瓶当作棍子敲打他们的头。玻璃瓶子会让他们的脑袋开花⋯⋯他挑选了三个比较大的酒瓶，把瓶子放在他容易拿取的地方。他觉得一切都准备好了，就朝窗外看去。他躲在台阶上听了一会儿动静，上面静悄悄的，没有任何声音。他爬到窗边，爬到内宽外窄的城堡炮眼上，向前蠕动着身体，直到能看清外面的一切情况。悬崖非常陡峭，下面是汹涌咆哮的急流，悬崖大约有一百五十英尺深。悬崖峭壁几乎全部都是由凸凹不平的垂直地层构成，一块巨大的壁石几乎把整个桥给遮挡住了，只有一段桥头露在外面。凯思基尔出现在桥上，仔细地搜寻着桥对面的石阶。巴恩斯坦波尔赶忙把头从炮眼缩了回来。过了一会儿，他又非常小心地把头伸出去，朝四周窥视了一番。凯思基尔不见了，他已经回去了。

必须开始行动了！没有多少时间了！

在第一次世界大战以前，他还很年轻，他曾经去过许多地方。他曾经参加过在瑞士举行的攀岩比赛，还参加过在坎伯兰和威尔士进行的攀岩比赛。他非常机敏、富有经验地观察着四周的岩石。这些岩石几乎被水平切开，水平表面渗透出来许多白色的晶体物质。他猜测这种物质可能比普通岩石风化的速度要快，在岩石壁上留下了一道道不规则的条纹。如果运气好的话，从这里可以通向岩石正面，可以从这里翻过那块大岩石，然后再爬到桥上。

他的脑子里又有了一个好主意。他可以轻而易举地爬到悬崖正面第一个岩壁的凹进处，把自己隐蔽在那儿，等到他们搜查完地下室后，他可以重新返回地下室。即使他们爬到窗口，把头伸出来四处张望，也发现不了他。即使他们发现了他的指纹，他们也会认为他已经跳崖了，滚入了万丈深渊。不过，要想爬到悬崖正面是要花费很长时间的……如果这样做的话，他把烧瓶当作武器的妙计就用不上了……

但是，隐蔽在第一个凹进处的想法在他的头脑里占了上风。他小心翼翼地从窗口爬出来，找了一个把手，把脚踏在一块凸出的岩石上面，开始朝第一个壁凹处爬去。

但是，意想不到的困难发生了。大约有五码宽的距离根本找不到任何把手。他不得不把身体紧贴着岩石表面，把身体的重心放在两脚上，在这个位置上，他待了很长一段时间。

紧接着，一块腐烂松动的岩石从他的一只脚下滑下去，情况非常危险，但幸运的是，他的双手紧紧地抓住了凸出的岩石，另一只脚站得比较牢固。一些松动的岩石不时地滚落到深渊下面，发出震耳欲聋的轰隆声。他惊恐地站在那儿一动不动，半天回不过神来。

"我没处在最佳状态，"巴恩斯坦波尔自言道，"我没处在最佳状态。"

他一动不动地站着，并不断地祈祷。

平静了一下自己的心境后，他又开始继续在陡峭的岩壁上攀爬。

这时，从他爬出的窗户那边传来了一阵微弱的嘈杂声，他赶忙朝窗户那边望去。里德利的脸不知被什么东西戳了一下，他叫了一声，嘴里骂骂咧咧地把头小心翼翼地缩了回来，透过绷带，巴恩斯坦波尔可以清楚地看到他那双布满血丝、闪着凶光的双眼。

五

刚开始他没有发现巴恩斯坦波尔。"上帝!"他边说边把头匆匆地缩了回去。

这时,不知从哪儿又传来了一阵巴恩斯坦波尔无法辨别的声音。

巴恩斯坦波尔错误的直觉促使他静静地站在那儿。尽管在凯思基尔手握左轮手枪发现他以前,他可以轻易地躲进第一个壁凹处,但是他没这么做。他被凯思基尔发现了。

他俩互相沉默地对视了一会儿,谁也没有说话。

"你是跟我回去还是把你毙了?"凯思基尔先开口说了话。

"开枪吧!"巴恩斯坦波尔想了想说道。

凯思基尔伸了伸脑袋,望了一下下面阴森可怕的峡谷。"不必向你开枪,"他说"我们得节省子弹。"

"你没有这个胆量。"巴恩斯坦波尔说道。

"不完全是这样。"凯思基尔说道。

"不,"巴恩斯坦波尔说,"不是这样,你还算得上是一个文明人。"

凯思基尔没有敌意地看了看他。

"你的想象力倒挺丰富的,"巴恩斯坦波尔说,"问题是你没有受到良好的学校教育。你的毛病是什么呢?你被吉卜林同化了。你满脑子都是帝国、盎格鲁-撒克逊、童子军和侦探。如果我进的也是伊顿公学的话,我想我也会变得和你一样。"

"哈罗公学是一所极其令人讨厌的公学，位于郊区，所有的男孩子头上都留有发髻，并戴上草编花环。我想象不出哈罗公学是什么样子。如果我是你们校长的话，我会给你们传授正确的思想，那么你肯定不会是现在这个样子——可是，现在太晚了。"

"是这样的。"鲁珀特·凯思基尔温和地笑了笑，斜着眼睛往斜谷下面看。

巴恩斯坦波尔用一只脚支撑着身体。他开始朝周围看了看，试图再找一个把手。

"暂时不要动，"凯思基尔说，"我还不想开枪。"

这时，从窗户里面传出了说话声，很可能是巴罗朗加的声音。他建议朝巴恩斯坦波尔扔石头，还有一个人的声音，可能是里德利的声音，他恶狠狠地表示赞同这个建议。

"我们会按照法律审判你的。"凯思基尔抖了抖肩膀说。他的面部表情神秘莫测。但是巴恩斯坦波尔的脑子里闪现出了一个怪诞不经的可笑念头，那就是凯思基尔不想杀死他。他全面衡量了一切，觉得应该让他现在就跑掉——跑到乌托邦人那儿去，也许可以跟乌托邦人住在一起。

"先生，我们要审判你，"凯思基尔说，"我们要审判你。我们要传讯你。"

凯思基尔舔了舔嘴唇，想了一会儿。"法庭马上就可以设立。"他用褐色的小眼睛快速地扫视了一下巴恩斯坦波尔现在所处的位置。他朝桥那边看了看。"我们不要在审判程序上浪费时间。"他说，

"我对我们的判决没有什么怀疑的。我们会判你死刑的。所以，先生，在你被处死之前，我们得有十五分钟的准备时间。"

他朝上面望了望，试图看看悬崖顶部的情况。"我们很可能从岩顶向你扔石头。"他说。

"你们太善良了！"巴恩斯坦波尔诙谐地说，"假如你能原谅我的话，我可以换一个姿势，找一个舒服的落脚点。"

凯思基尔用锐利的目光看着他。

"我再也没有机会领略你的坏思想了。"巴恩斯坦波尔说道，"如果我是你的校长，现在一切就不会是今天这个样子了。谢谢你给我提供了十五分钟的时间。如果偶尔……"

"的确是这样。"凯思基尔说道。

当巴恩斯坦波尔一脚跨进壁凹处的时候，凯思基尔仍然在四处张望着。巴罗朗加勋爵还在一个劲地建议往下面投掷石头。

六

人的情绪往往会从一个极端走向另一个极端。巴恩斯坦波尔的心情已经从极度的绝望变得轻松愉快。刚开始，当他无可奈何地贴在岩壁上走投无路时，他的心情沮丧不安，可是现在他却非常自信，显得那样从容不迫。马上就要死了的念头在他的脑子里消失得无影无踪。现在，他非常欣赏刚才的惊险场面，事实上，他确实喜欢攀岩。他现在已经把生死抛到了脑后，对任何后果都不想在乎了。

他费了好大劲才爬到岩石的拐角处。尽管他胳膊已经开始酸痛，但是他的心情并不坏。他突然吃惊地发现，现在他可以完整地看到整个桥身和狭窄的山谷底部了，而他正在攀爬的岩壁并不通向那座桥，它低于桥大约三十英尺。更糟糕的是在他和桥之间还隔着两条深不可测的大峡谷。由于这个意外的发现，他开始后悔当初没留在地下室和他们做一番殊死较量。

一时间，他没了主意，胳膊的疼痛也加剧了。

从岩石上面快速飞来一只大鸟，把他从无计可施的呆状中惊醒过来。

那只大鸟又飞回来了，他希望不受它的攻击。他曾经读过一个故事——不过，现在对他来说已无所谓了。

这时，从他的头上传来一声噼里啪啦的巨响，他抬头看了看，看见上面的一些岩石已经松动，裂成了许多碎块，碎石正飞快地往下落。他对自己的处境十分清楚。第一，法庭已对他做出了裁决；第二，从上面他可以被清清楚楚地看到。因此，他觉得自己已经没有后路可走，只能继续攀爬下去。

这段峡谷比他预想的情况要好得多，峡谷非常狭窄，如果向上攀爬的话会很困难，但向下滑动却很容易。峡谷的形状完全是倒挂着的。可能在下面一百英尺左右处有一个类似台阶式的壁凹处。这个壁凹处空间很大，足够躺下一个人。只要爬进这个壁凹处，巴恩斯坦波尔的胳膊也可以休息一下，不必再为没有什么抓靠东西而担心。后面的追兵发现不了他，想抓也够不着他。于是，他一纵身爬了进去。

壁凹处的背后有一淙涓涓细流。他喝了一些水，又在思考如何搞点吃的东西，他后悔没把地下室里的储备食品随身携带一点儿。如果他把食品带来就好了！他现在就可以把包着金纸的瓶子打开，喝上几口酒。如果现在有一瓶酒该有多好啊！但是想这些都是没有用的。他在壁凹处待了很长时间，仔细地观察着下面的峡谷。看来，滑下峡谷是可行的。峡谷的侧壁非常光滑。巴恩斯坦波尔把他的后背靠在一侧岩壁上，双脚抵在另一侧岩壁上，慢慢向下滑动。

他看了一下手表。时间仍然没到上午九点钟——还差十分钟。他是早晨五点半被里德利喊走的。六点半他把早饭端到了庭院里。瑟潘泰恩和塞达肯定是在八点左右出现的。大约十分钟，瑟潘泰恩中弹身亡。紧接着就是逃跑和追捕。事情变化得多快啊！

他把全天的计划想了一遍。到九点半，他要继续往下滑。然后再休息一会儿……现在就感到饿，这多么可笑啊……

还没到九点半他就继续向下滑动。有一百英尺左右的距离滑动起来很顺利。后来，峡谷逐渐变宽。由于岩壁太光滑，他无法控制自己的身体，身体剧烈地快速滚落下去，大约滑动了二十多英尺，他落到了一块凸出的岩石上，这块凸出的岩石形成了一个无形的支架，比上面第一个壁凹处要宽得多。他支撑着爬了起来，觉得头晕目眩。他晃了晃脑袋，努力使自己清醒过来。他受伤了，但伤得并不重。"我很幸运,"他说,"我的运气开始好转了。"他稍微休息了一会儿,整理了一下衣服,开始观察下面的下滑路线。他不敢相信自己的眼睛,下面这段峡谷根本无法下滑。这段峡谷至少有二十码深,六英尺宽,而且两侧的岩壁完全是垂直的,又陡又滑。与其在这儿等死,还不如直接滚下去。再说他发现要想原路返回同样是不可能的。他不敢相信眼前的事实,他觉得自己很愚蠢。他无可奈何地笑了起来,就像一个人离开家才一天,而他的母亲却不认识他一样。

他突然停止了大笑。

他仔细地观察每一个能看到的地方,手不断地抚摸着身边光滑的岩石。"真荒唐。"他说道,出了一身冷汗。他费尽周折才爬到这个地方,可是现在却走投无路。他既不能前进,也不能后退。他被困住了。他的好运气到头了。

七

到了中午,巴恩斯坦波尔还是待在壁凹处,像一个得了不治之症的人。他黔驴技穷,没有一点希望。要想从这里出去几乎是不可能的。他的背后有水流,而且找不到吃的,甚至连一根草都找不到。他明白,摆在自己面前的只有一条路,那就是直接滚落到谷底,不然的话就会活活饿死……况且晚上很可能非常冷,但是,不至于冻死。

现在，他确实完全摆脱了来自伦敦新闻界和悉顿汉姆家庭的烦恼。

　　他想起了度过的时光，想起他驾驶着他的"黄祸"到处旅行的日子。那时，他该有多么快乐啊——从伦敦郊区、维多利亚、豪斯陆、斯洛到乌托邦，他走过无数高山大川，领略过许多奇观异景，体味过人间真正的幸福和快乐，他曾经乘坐宽敞、舒适的飞机飞遍半个地球……可是现在他却面临着死亡。

　　他不想用跳崖的方式来结束自己的生命。他要继续待在悬崖上，品尝一切痛苦，直到死去。在三百码左右的地方还有他的地球人同伙，他们和他一样，同样在等着命运的裁决……人在死到临头之前，心情往往是惊恐不安的，但有时候却是非常平淡无奇的。

　　人在快要死的时候，他的所有人性会得以复苏。

　　人早晚要经历痛苦和死亡。面对死亡，他们不得不去思考。他们的思维在不断变化，由强到弱，直至最后死亡。

　　总之，他希望能突然死去。一个人在无法改变死亡的厄运之际，就会勇敢地面对死亡，能够从容不迫地在脑海里为自己的生命画上句号，能够独立、公正地评判自己的一生，这是难能可贵的。

　　现在，他的头脑很清醒，心情也很平静，他此时的心情如晴朗的冬日，清冷宁静。他清楚地知道，摆在他前面的是痛苦，但是他相信这些痛苦不是无法忍受的。如果要说有什么东西无法忍受，那就是脚下的这个大峡谷。从这一点来说，他现在所在的这块岩石倒是一块最好、最方便的临终床。而一个人的病床是经过精心设计才做出来的,病床给人带来的是无尽的痛苦。他从一本书上曾经看到,书上说挨饿并不是十分可怕的,大约在第三天,饥饿和疼痛才达到最难熬的地步。三天后,人才会变得虚脱,再就没有多少感觉了。这种痛苦远远不如癌症或者高烧给人带来的痛苦,甚至连十分之一都比不上。死在外面只不过是感到孤独而已。但是,一个人如果孤零零地死在家里难道不是更孤独吗?当你死后,人们会跑到你家并且说:"在那儿!在那儿!"他们会为你处理丧事——但是这有什么用呢?……你还是要走你的孤独死亡之路。他们也许会围在你的尸体旁说长道短,在你的身边走来走去,可是最后他们还是从你的身边走开了……无论走到哪里,死亡都是一种孤独的行为,一次永远的分离……

一个年轻人也许会觉得独处深谷是十分可怕的,但是,巴恩斯坦波尔却觉得好像四周都有他的朋友。他好像同他的太太做了最后一次长谈,和孩子们做了最后的道别,甚至这些奢求比真实情况还让他伤感动情。当他同孩子们谈话时,他很容易害羞。当他们到了青春期,有了自己的个性时,他越来越觉得和他们强制性地交谈是对他们权利的侵犯。他们和他在一起的时候也很害羞,这是一种自卫防守性的羞涩。孩子们以后会长成男子汉——不过,他们也许永远不会知道他们的父亲是怎么死的。他希望孩子们知道爸爸所经历的事情,可是这一点使他感到很为难,他无法与孩子们取得任何联系。他希望告诉孩子们实情,否则他们可能会认为他已经从他们身边离开，或者至少已经从思想上离开了他们，甚至认为他已经落入坏人手里或已经被杀，那么这对于他们的个性发展是毫无益处的。他们将为他经受毫无必要的担忧和耻辱，或者花费大笔钱到处寻找他。如果这样，那就太遗憾了。

一个人迟早要死。许多人在快要死的时候其实就等于已经死了。比如说，陷入了陌生的地方、在山洞里迷了路、被流放到荒无人烟的孤岛上、迷失在澳大利亚丛林中、被判无期徒刑等。没有痛苦和凌辱的死是最好不过了。他想起了那些被罗马人钉死在十字架上的人——是八千还是一万斯巴达克思军队被钉死在亚壁古道沿线的十字架上？还有许多黑人奴隶被带上镣铐吊起来，直到活活饿死。还有许多说不完的悲惨的死亡例子。对于那些富有想象力的年轻人来说，这些恐怖的死亡在他们的脑海里烙下的烙印要比现实中的死亡更可怕。死亡只不过是一件多一点儿痛苦或者少一点儿痛苦的事情——但是，上帝是绝不会浪费任何痛苦的。无论是被钉死在十字架上，被车轮碾死，还是被送上电椅或者病死在床上——总之，你必须得死。

一个人能勇敢、镇静地面对死亡是了不起的。一个人被捉住，并且他没有因此而变得沮丧悲哀也是了不起的。巴恩斯坦波尔现在正面临死亡的威胁，但是他对此并不十分在意。他不知道自己死后能否流芳百世、永垂千古。他对此倒显得很有信心，至少别人会全部或部分想起他，不会就那么默默无闻下去。如果有人固执地认为，人死后他的灵魂和道义不会以任何方式存在，这种观点是可笑的。但是，他发现根本无法想象死后的生活是什么样子的。死后的生活是难以想象的，也是无法估测的。他对死后生命的延续一点儿不感到害怕。他不去想也不害怕死后会受到什么样的惩罚和暴虐。对他来说，宇宙的组合似乎那样杂乱无章，粗心大意，但他永远不相信宇宙是一个邪恶的低能儿的作品。宇宙留给他的印象是一个浩瀚无际、纷乱无序的整体，但宇宙给予人类的并不完全是残暴和痛苦。他还是以前的他，软弱，能力有限，有时候还有点儿傻，但是上帝对于这些缺陷给予的处罚还在于这些缺陷本身。

他不再去想死亡。他开始回顾自己的一生，开始思考目前的处境，还有自己没完成的雄心壮志。乌托邦是一个在许多方面都值得我们学习的星球，他感到非常遗憾再也看不到乌托邦了。可是，让他感到欣慰的是，地球通过不断的努力和追求是可以赶超乌托邦的。但让他感到伤心的是，他看不到地球实现乌托邦的那一天了。他发现自己一直在探索有关经济、爱情和斗争方面的问题，可是他始终找不到正确的答案。不管怎么样，他对自己走过的人生道路非常满意。换句话说，死亡也是一件好事，死了以后，他就可以完全摆脱那个阴郁可怕、让人感到无望的佩弗先生。

公元 1921 年那场浩劫使这个社会不可避免要爆发的一场灾难。"混乱年代"在当时也是时代的产物。蹲在这险峻的悬崖上面，爬也爬不上去，下也下不来，进退两难，又冷又饿，巴恩斯坦波尔感到极不舒服，但却有一种不可思议的快感。

可是，他和伙伴们却没有机会生活在乌托邦，这该有多么痛苦啊！没有人能挺身而出去制止凯思基尔那幼稚的幻想，没有人去阻挠他们野蛮的侵略行径。阿莫顿是一个多么能言善辩、口是心非的神父啊！伯利是一个多么虚伪、不诚实的人啊！格丽达·格雷小姐是一个没有任何主见、轻浮的女孩。只有斯特拉女士还算不错，可是却很保守，总是袖手旁观。

地球人用来报复乌托邦人的手段就是尽快地挡住乌托邦的前进道路，对乌托邦实行侵略、镇压、暴行和掠夺。瑟潘泰恩和塞达，一个是科学能人，一个是医疗专家。地球人想把他俩当作人质，但是他们失败了。

他们企图把乌托邦拖回到地球状态，的确如此，如果地球上没有愚蠢、邪恶和软弱，那么地球现在早就成为乌托邦那样的星球了。地球刚刚形成的时候就像现在的乌托邦，到处充满了鲜花和明媚的阳光，可是现在却被成千上万个凯思基尔、亨克、巴罗朗加、里德利、杜邦之类的人践踏得一塌糊涂，尸野遍地，尘埃四起，满目疮痍。

巴恩斯坦波尔发现自己又陷入了对老朋友的回忆之中。那位学校督导员和教材撰写人，他们对工作勤勤恳恳，耗尽了毕生精力，最后却悲惨地死去。他为了实现自己的目标不停地工作。地球上有成千上万的像乌托邦人一样的人吗？是什么魔力支撑他们工作？

"我希望能够把我的口信捎给他们，"巴恩斯坦波尔说，"给他们加油鼓劲儿。"

尽管他像野兽一样落入了陷阱，不得不忍受饥饿和死亡的威胁，但是他相信乌托邦人在这场战斗中取得了胜利，而且一定会取得胜利。人类社会的一切掠夺者、战争狂、迫害狂、滥施私刑者、拒减佃农地租者以及丑恶现象，都将被消灭。即使那帮可恶的地球人活着，也不懂什么是真正的幸福。他们的发展规律就是从兴奋到兴奋，从满足到衰竭。他们的野心和成功，战争和荣誉，就像天上的流星转瞬即逝。只有一件事情会永存，那就是真理。真理就像闪烁在黑暗中的钻石，永远闪烁着耀眼的光芒。

悬崖上面那些可怜的地球人的命运会是什么样子呢？也许他们的处境比他更危险，因为他在临死之前，还可以躺在岩石上，慢慢地忍受饥饿的折磨，而他们却享受不到这一点。他们和乌托邦人面对面地发生冲突，聪明智慧的乌托邦人一定会战胜他们，也许他们已经被包围。他还有一个小小的内疚，就是他背叛了凯思基尔，是他让乌托邦人识破了凯思基尔的阴谋。他笑了笑，很自信地认为，如果凯思基尔能够抓住他所需要的人质，那么这伙地球人就会战胜乌托邦人。

他很庆幸自己大喊了几声，似乎他的背叛对避免这场恐怖的灾难起了一定作用。但是，设想一下，如果他不这样做，而且和其他地球人一样同流合污，按照凯思基尔之流的旨意去攻打乌托邦，现在的结果会是什么样呢？

每当他想起塞达就像扔一只小狗一样把穆什扔向空中的情

景，还有瑟潘泰恩那魁梧、高大的身躯，巴恩斯坦波尔就怀疑石阶上那帮地球人是否能战胜这些勇敢的乌托邦勇士。当他们刚刚走到斜坡上时，他们就对这两个人开了枪。凯思基尔没有抓到人质，只是枪杀了两个人。

凯思基尔的整个作战计划是多么愚蠢啊！但是作战计划再愚蠢也没有凯思基尔的行为愚蠢。伯利和其余的政治家们也许不会生存在地球上。在地球充满战争痛苦的年代里，乌托邦对地球的影响会越来越大。乌云终究遮不住太阳，黑暗之后总会迎来光明，一个新的地球总会诞生。可是这一小撮民族主义者、金融家、传教士和所谓的爱国者并没有给我们带来任何光明和希望。他们依靠毒药和细菌来扼杀弱小的文明精神。他们扛起武器、设下埋伏，命令他们的妇女缝制不协调的国旗……

一时间，他们扼杀了希望，但是，时间并不长。因为希望是人类的救世主，是永恒不变的。"乌托邦人一定会战胜他们。"巴恩斯坦波尔说道。他坐在岩石上，听到了一种他以前曾经听到但没太在意的声音。好像是某种大机器在运转时发出的声音，震得他四周的岩石都有些颤动，声音一开始很大，后来就一点一点地消失了。

他又想起了那伙地球人。他希望他的几个伙伴不要过于痛苦，也不要过于恐惧。他希望斯特拉女士坚强起来，他很为她担忧。至于其他人，他希望他们能保持旺盛的精力，坚持到最后，也许他们会为凯思基尔卖命到底。除了将要退休的伯利先生以外——

他会和从前一样处处以一个绅士的派头出头露面。即使不是这样，也没有多大关系。阿莫顿和穆什也许会重新寻得一个宗教信仰——这样做会激怒他的信徒。也许格丽达·格雷小姐和斯特拉女士会服安眠药，而庞克会跑到地下室里喝闷酒……

他们也许会循规蹈矩地遵循乌托邦的法律去做人，按照乌托邦的习俗去做事。哪一种猜测可能性更大呢？

想到这，巴恩斯坦波尔的意识突然间沉入了深不可测的山谷……

苏醒后，他看了看自己的手表，时间是十二点十二分。他一遍又一遍地看着自己的手表——要么就是时间走得比以前慢了……是该给手表上弦还是放任自流？他感到很饿，但是这种饿并不是真正的饥饿，一定是他的大脑失去了控制。

第四章
告别隔离岩

一

巴恩斯坦波尔从睡梦中慢慢醒来。在梦中，他梦见自己是有名的主厨索耶。他正在发明和品尝一种新的菜肴。但是，在美好的梦中王国，他不仅仅是主厨索耶，同时也是一位非常聪明的生物学家，还是一位全能的神。他不但能做新菜，而且也能制造蔬菜和肉食品。他尤其对一种新型的夏多布里昂家禽情有独钟。这种家禽的胸脯肉在味道和营养上都可以和优质的上等牛排相媲美。他把这种家禽配上甘椒、洋葱和蘑菇。梦中，还有一位助理厨师，后来又来了几位，他们都像乌托邦人一样赤裸着身体。他们本来手里握着几只家禽，可是他们却说手里什么也没有，然后他们就飘到空中，越飘越高。这些厨师把家禽高高举过头顶，开始跳跃到厨房的墙壁上。墙壁是用岩石砌成的，坚固耐用。然后他们的影子变黑了，突然他们被猛地扔进了热气腾腾的大煮锅里，可是煮锅里的汤不是热的，而是冷的，蒸汽也是凉的。

巴恩斯坦波尔从梦中醒了过来。

梦中的蒸汽原来是笼罩着整个山谷的云雾。清新的月光下面有两个乌托邦人影子在晃动。

他们是乌托邦人吗？

巴恩斯坦波尔的大脑在梦境和清醒之间激烈地斗争着。他开始仔细观察乌托邦人。他们走起路来姿态正常，根本就不知道他就在他们附近。他们已经架起了一架绳梯，梯子一头固定在他们头上的某个支撑点上，但是他搞不清他们是怎样设法把绳梯架上去的。一个乌托邦人静静地站在支架上；另一个在他头上的地方来回摇晃着，双脚踩着岩石，爬上绳梯。这时，悬岩凸出的支架上出现第三个人的身影。绳梯左右来回摆动，他肯定是从第二架绳梯爬上去的。他们正在互相说着什么。巴恩斯坦波尔最后终于明白了他们的意思。原来，最后来的那个乌托邦人认为他和同伴爬得太高，可是爬在最上面的那个人坚持认为他们应该再爬高一点儿。不一会儿，问题就解决了。

爬在梯子最上面的那个乌托邦人行动很敏捷，猛地一跳就从巴恩斯坦波尔的视野里消失了。他的同伙跟随其后，一个接一个地从他的视线里消失了。除了一架左右摇摆的绳梯和一段垂悬的绳子以外，他们什么也没留下。

巴恩斯坦波尔紧张的心情开始放松了。他轻轻地打了个呵欠，伸了伸酸痛的四肢，小心翼翼地站了起来。他朝山谷上面看了看，乌托邦人好像已经到了顶部，并且他们正在忙着什么。悬吊在悬岩上的绳子变得越来越紧。他们正在用绳子从下往上拽拉什么东西。他们拽拉的东西是一个大包裹，为了防止和岩石摩擦，大包裹的外面包着一层东西。大包裹里面装的可能是工具或武器之类的东西。乌托邦人小心翼翼地收缩最后一段绳子，绳子在空中摇摆了几下，大包裹被提上来了。紧接着就是一阵寂静。

接着，他听到一阵由金属工具发出的敲击声，"呼，呼，呼"。这时，一根细绳子从上面的滑轮上飞速滑落下来，他赶忙往后退了一步。不一会儿，从上面又传来了用铁锉子锉东西的声音，紧接着，一些岩石从他的身边滚落下来，滚落到了谷底。

二

他不知道该做些什么。他不敢喊这些乌托邦人，也不想让他们知道他在这儿。在瑟潘泰恩被地球人杀死后，他不知道乌托邦人会如何处置一个躲在黑暗角落的地球人。

他仔细地观察着眼前的绳梯。绳梯的一头由一个长钉钉在岩石的侧壁上。很可能在他昏迷的时候，乌托邦人把这个长钉从谷底发射到了岩石上。梯子又直又长，上下两个踏脚的间隔大约有两英尺宽。绳梯的绳子又轻又细，如果不是他亲眼看到乌托邦人踏在梯子上，他真的不敢相信这么轻细的绳子能承受住一个人的重量。他突然产生了想从这个梯子上爬下去的想法。他准备碰碰运气，冒一把险，和任何一个可能还待在下面的乌托邦人较量一下。如无意外，他基本上可以避过已经爬到上面的三个乌托邦人的耳目。不过，如果刚开始时他就慢慢地从上面往下爬，一旦下面还有乌托邦人，他就会被发现。他想了想，还是下决心爬下去。

他握紧绳索，一只脚踩在脚踏上，另一只还留在壁架上，他朝四周望了望，发现没什么动静，就赶忙沿着梯子往下爬。

沿着梯子爬到山谷下面，不是一件很容易的事。因为这段山谷很深。他有点后悔在爬梯子之前没有仔细数数到底有多少个脚踏。他估计已经爬完至少一百多个脚踏了，但是脚下还是黑洞洞的，望不到底。天也越来越黑了。山谷太深了，连月光都透不过来。

他还在继续往下爬，突然他觉得梯子好像不存在了，落入了深不可测的山谷，他不由得吓出一身冷汗。他赶紧用手摸了摸脚踏，感到绳梯还在，这下他放心了。他的手都磨破了，出了一点血，很痛。也不知道是自己太紧张了还是身体太虚弱了，巴恩斯坦波尔的脑袋昏沉沉的。他觉得好像下面有人在往上爬，可是，转眼他又一想，如果有人向上爬，绳子会变紧的，绳梯也会抖动。如果真的有人这样做，他就会大喊："我是一个地球人，我正在往下爬。我是一个人畜无害的地球人。"

他开始练习喊这几句话。山谷响起了他的回音。没有人回答他的话。

他不再喊了，继续用力往下爬。他尽可能使自己的身体保持平衡。现在他唯一的奢求就是赶快从这个可恶的绳梯上下来。他的手和脚几乎要撑不住了。

"噼！"突然一道绿色电光闪了几下。

他马上警觉起来，眼睛朝幽暗的深谷望了望。绿色电光又出现了，透过电光，他看清了谷底。到谷底还有一段距离。他又抬头朝岩顶看了看，隐约发现上面有什么东西，他无法看清到底是什么东西。刚开始他以为是一条蟒蛇在蠕动，可是再仔细一看，原来是一根又粗又结实的缆绳，是由几个乌托邦人从崖顶放下来的。他无法想象这几个乌托邦人是如何抬动这根又粗又重的缆绳的。缆绳顶部和岩壁几乎成四十五度角，也许是被另外一根看不见的绳子拉斜的。他在等待第三道绿色电光的出现，可是它并没有出现。他听了一下四周的动静。除了听到轻轻地震动声以外，他什么也没听到。这种声音好像是一台运转良好的发动机发出的。

他又继续往下爬。

当他把脚放在一个脚踏上的时候，他吃惊地发现，绳梯到了尽头。绳梯摇晃得很厉害，这时他突然发现他身边的岩壁上有一处水平通道。他马上伸出一只脚，把脚放在通道上，然后把身体小心翼翼地从绳梯上移开，另一只脚用力一蹬，跳到了岩壁的水平通道上。等他站稳以后，才发觉自己的双手已经伸不开了。他的手已经麻木了，连他自己都不知道是怎么挺过来的。绳梯在他的身边晃了几下，就"噼里啪啦"地落进了谷底，滑稽的是，绳梯又弯弯曲曲地弹了回来，轻轻地拍打了一下他的肩膀，然后又落了下去。

他发现这个通道好像跟一个水晶石矿井相连。通往矿井的出口有一人高。他仔细查看着矿井并沿水平通道移动了一小段距离。很明显，如果这是一个矿井，他就可以从这儿到达谷底。谷底激流的咆哮声依稀可闻。看来，至少已经完成了三分之二的路程。他想最好是等到天亮以后再继续往下爬。他看了看手表，现在是凌晨四点钟，离天亮还有不长时间。他找了一块稍微光滑的岩石坐了下来。

天似乎很快就亮了。其实他已经睡了一觉。他又看了看手表，已是五点半了。

他朝着架着缆绳的那个山谷望了一下。周围的一切都清晰可见，眼前陡峭的悬崖似乎比以前更高、更陡了。他又看了看脚下的谷底，看到一个乌托邦人正躲在峡谷边的一个洞穴里。他想，一定是为了不被人发现，缆绳才被吊到离隔离崖很近的地方。

在水平通道上，他找不到往下走的石阶，但是在离他三十或四十码远的地方有五六根缆绳，他可以利用这些缆绳到达对面的山谷。于是，他就沿着这些缆绳往下爬。每一条缆绳上都吊有一个挂钩，挂钩下面吊着一辆小型货运车。有三辆缆车是空的，有两辆装着东西，缆车在空中不停地运来运去。巴恩斯坦波尔观察着这些缆车，发现有一辆缆车立刻落了下来，差一点撞到他身上。他慌忙抓住一根缆绳，救了自己一命。落下的缆车重重地摔到了谷底汹涌奔腾的激流中去，溅起了层层浪花。

他又朝着另外几辆缆车移动。他感到很紧张，神经绷得紧紧的。他现在浑身已经没劲儿了，看来，要想到达剩下那几辆缆车，还需要费好大劲儿，更何况时间又太长了。于是，他来不及多想，非常麻利、迅速地跳过那段山谷，跳到了下面的激流岸边。岸上有好多堆水晶矿石，还有一根缆绳，显然这些缆绳是用来运输水晶矿石的。矿石被从悬崖顶部运下来，整个过程是由发动机来操作的。他沿着岸边走着，水流变得越来越宽。

他走着走着，太阳已经很高了。周围不再又黑又暗了，一切又恢复了生机。露水滋润着万物，露珠在阳光的照射下，晶莹剔透，分外妖娆。他太饿、太疲倦了，几乎到了无法忍受的地步，两条腿也像灌了铅似的。他真有点举步维艰了。他觉得再也走不动了，必须等待救助。于是，他坐到一块岩石上，朝头上高耸云天的隔离岩望去。

三

隔离岩后面是另外两座高高的悬崖。崖顶云雾袅袅，遮天盖日。连接两座峡谷的小桥也包围在云雾中。巴恩斯坦波尔静静地坐在云海中，他周围的一切都显得飘忽不定，模糊不清。天渐渐变得更亮了，厚厚的云雾也偶尔露出一丝蓝色。他注视着天空，太阳照射在古老的城堡上，地球人的防守要塞——古老的城堡，在阳光的照射下，显得格外醒目。

在桥和城堡之间有相当长的一段距离。远处的山峰就像一位戴着帽子的士兵，威武挺拔。在和桥平行高度的地方，也就是那三个乌托邦人正在工作的位置，有一条黑色的条形物在来回穿梭着。他断定这个条形物一定是他夜间看到的缆绳。他还看到在两个峡谷顶峰比较开阔的地方有一个很特别的物体，这是一个圆盘，圆盘被放在对面悬岩的峭壁上。在小桥边的悬崖上还有一个相同的圆盘，不过，这个圆盘被凸出来的岩石挡住了，很难发现它的存在。崖顶上，两三个乌托邦人正在走来走去，好像正在操作什么机器。由于悬崖太高，所以他们看上去很小。

巴恩斯坦波尔静静地观察着这一切，不知道这些设备是干什么用的，也不知道乌托邦人究竟在干什么。

这时候，从隔离岩传来了一阵警笛声。巴恩斯坦波尔知道，这是城堡里地球人的起床号子。警笛声是那样懒散，了无生气。巴恩斯坦波尔朝远处望去，看到矮小的拿破仑似的人物——鲁珀特·凯思基尔来到了庭院里。接着庞克也出来了，站在凯思基尔的后面。凯思基尔举起望远镜，看到了穿过他们城堡的圆盘。

"我不知道他们会如何处理这些圆盘。"巴恩斯坦波尔自言自语地说。

凯思基尔转过身，对庞克吩咐了几句。庞克听完后，行了个军礼，就走开了。

突然间，从桥附近传来了"咔嚓"一声巨响，巴恩斯坦波尔不由得猛一回头。他立即朝桥那面望去，桥下是一条急流。他发现桥的金属框架已经断裂，桥身的一部分正"咣当、咣当"地往下落，重重地落进水里，一时间浪花四溅。

"到底是谁干的呢？"巴恩斯坦波尔自言自语道。他看到凯思基尔正慌忙地跑到城堡的一个角边，盯着下面所发生的一切。巴恩斯坦波尔明白了，是乌托邦人把桥给弄断了。

凯思基尔慌忙召集亨克和巴罗朗加，看来他们正在商讨对策。

太阳光不知不觉地就照射到了隔离岩的正面，照射到环绕在顶峰的缆绳上。光线在太阳的照射下，色彩斑斓。在夜里曾经吵醒巴恩斯坦波尔的那三个乌托邦人现在也变得清楚可见。他们正快速地从绳梯爬下。这下巴恩斯坦波尔终于搞清楚了他在夜间听到的声音的来源了。不过，这种声音现在越来越大。

突然，巴恩斯坦波尔看到城堡上空升起了一种黑色、像矛形状的东西。这种东西一点一点地升高，最后停了下来。原来是一面旗子。巴恩斯坦波尔长这么大也没见过这种旗子。

就在这时，不知从哪里吹来了一阵风。旗子迎风摆动了几下。这是一面底色为蓝色的旗子，上面嵌有一颗白星。

这是一面地球人的旗子——这是一面讨伐乌托邦、恢复竞争、恢复冲突和战争的旗子。旗子下面站着他们的领袖伯利先生，他正手持望远镜，仔细观察着乌托邦人的圆盘。

四

机器的震动声越来越大，到了震耳欲聋的地步。突然，从圆盘里发出了紫色的光线，光线朝着隔离岩方向闪去。

光线在城堡上空转来转去。

突然，地球人的旗剧烈地摇晃了几下，就被严重撕裂开了。伯利先生的帽子也不翼而飞。凯思基尔的外衣被这强大的光线击穿。他吓得惊慌失措，抱头鼠窜。与此同时，巴恩斯坦波尔看到城堡下半部在飞快地旋转着，好像有一个巨人正抓着山岬的牙齿，轻轻地把它举起来，在空中转几下，然后随手把它抛了出去。城堡不一会儿就不见了。

这时，城堡四周尘埃四起，尘雾遮盖了天空，被抛出的城堡落到了山下的激流中，空中顿时喷射出高高的喷泉，浪花又重重地摔回山谷，声音响彻云霄。

强大的气流把他也带到了空中，他飘了十几码远后，又落到满是沙石的水中。他摔伤了，几乎昏了过去。

他朝隔离岩看了看，隔离岩的峰顶已经被截去了一大半，就像一块奶酪被锋利的尖刀削去一块。地球人所在的城堡更是无影无踪了。他现在已经非常疲惫了。他向前爬了一会儿便精疲力竭了，只好有气无力地躺在那儿。

下 篇

乌托邦的新成员

第一章
青山绿水

一

"上帝创造了浩瀚无尽的宇宙，天体的数量比地球上图书馆所有藏书的页码还多。人类可以在上帝创造的众多星球上耕耘收获，繁衍生息。"

巴恩斯坦波尔有一种强烈的愿望，想遨游宇宙空间，自由自在地在宇宙中翱翔，从一个星球到另一个星球，从一个太空到另一个太空，看遍宇宙间所有的奇观异景，感受天地万物的风云变幻。他跨过脚下的悬崖，又漂泊数日，翻越了无数个悬崖峭壁和崇山峻岭，马不停蹄地登上了一个又一个星球，历尽千辛万苦，最后来到了一个幽静美丽的地方。天上飘着朵朵白云，夕阳散发着和煦的阳光；地平线上群山起伏，重峦叠嶂；山顶上一片金黄，山坡上树木茂盛，褐色的树枝上飘着片片金黄色的叶子；田野上到处都是带圆顶和平台的漂亮房子，还有美丽的花园、小巧玲珑的别墅和波光粼粼的水池。

有许多树木看上去像桉树——只有这种树才有深色的叶子——山坡上和他周围全都长满了这种树。一条河流冲积的宽阔溪谷是肥沃的良田，河水碧波荡漾，缓缓流淌。从远处望去，河流形成了弧形的水道，最后消失在朦胧的夜幕中。

一阵轻微的脚步声引起了巴恩斯坦波尔的注意。他回头一看，是莉切妮丝坐到了他身边，正对他笑呢，还把一只手指放到嘴唇上。他并不是很想跟她打招呼，只是微微地笑了笑，摇了摇头。她站了起来，从他床边走过，他太虚弱了，根本不想抬起头看看她到哪里去了。莉切妮丝在一张白桌子旁坐了下来，桌子上有一个银制花瓶，花瓶里插满了蓝色的鲜花。他很喜欢这种蓝花，花的颜色让他有了一点好奇的冲动。

他不知道乌托邦的色彩是否比得上地球上的鲜艳，也不知道乌托邦的空中是否有什么东西促进了他的理解力，使他的思维变得敏捷起来。

桌子旁边是凉廊白色的柱子，长有青铜色叶子的树枝从外面几乎伸到凉廊里了。

这里还有音乐，那是小溪涓涓的流水声。小溪慢慢地流淌着，就像一首优美动听的乐曲，令他心旷神怡。这真是仙境，还有德彪西优美的乐曲！

二

他又醒过来了。

他努力回忆着刚才发生的一切。

他记得他是被一个又巨大又猛烈的东西打翻在地，几乎昏死了过去。

然后，他的周围站着一帮人，对他指指点点，评头论足。他还记得看到了他们的脚，这肯定是因为他躺在地上的时候，把脸贴在地上了。然后他们又把他翻过来。正在升起的太阳发出耀眼的光，照得他睁不开双眼。

两个善良的女神在一座高高的悬崖脚下给了他一些滋补食品。一位妇女把他抱在怀里，就像抱着一个小孩儿。以后发生的事情他的记忆有些模糊，好像经历了一次长途旅行，一次漫长的空中飞行。在这以后，他又想起一些事情。他想起有一台独立庞大的机器，好长一段时间他都没搞明白那到底是一部干什么用的机器，后来他干脆不再去想它了。再后来他听到医生的会诊声，他还被打了一针，被迫吸了一种特殊的气体，然后就睡着了——也许睡了又睡，做了很多梦……

现在他又想起那道峡谷，他是怎么到那里的呢？

那道峡谷——在绿光的照射下——有一些乌托邦人正忙着架设巨大的缆绳。

突然，隔离岩的峰顶出现在他的脑海中。高耸入云的隔离岩在慢慢地旋转着，上面的旗子在飘扬着，一些衣冠不整的人在慢慢地移动，像一艘大船慢慢地驶离码头，直到船上的旗子和乘客渐渐看不见了。巴恩斯坦波尔伟大的冒险中的那些奇遇重新回到了他的脑海中。

三

他带着一些疑问坐了起来，莉切妮丝又出现在他的身边。

她紧挨他坐在他的床边。她抖了抖他身后的枕头劝他仰靠在枕头上。她告诉他，他的病已被控制住了，不会再传染了，但是他仍然很虚弱。"我得的是什么病？"他问自己。刚刚发生的事情他几乎都想起来了。

"是一种流行病，"他说，"一种混合流行病——是由我们地球人传染的。"

她温和地笑了笑。这场流行病已经结束了。乌托邦的科学和英明对策已控制并排除了险情。莉切妮丝没有参加这次快速消灭病菌的工作，她的任务是帮助护理病员。凭借巴恩斯坦波尔的聪明头脑，他断定莉切妮丝会感到有些遗憾，因为再没有谁需要她去同情。他目不转睛地看着她那双美丽、善良的大眼睛。他遇到她那充满深情和忧虑的目光。她并不是因为乌托邦再次消灭了病菌而遗憾，而是因为自己再没有机会去帮助别人而忧伤。她现在很开心，至少巴恩斯坦波尔现在仍需要帮助。

"岩石上的那些人现在怎样了？"他问她，"其他地球人现在的处境如何？”

她不知道。她想，他们已经从乌托邦驱逐出去了。

“他们回地球了吗？”

她认为他们没有回到地球上去。他们很可能去了另外一个宇宙空间，她说不准。她不是数学天才，对物理、化学知识以及复杂的多维理论也了解甚少。在乌托邦有很多人对数学、物理、化学非常感兴趣，而她不属于这个圈子的人。她认为隔离岩已从乌托邦消失了。有相当多的人现在对用物理实验去探索未开发的宇宙空间特别感兴趣，但是这些事情对她来说很可怕。一想到这些实验研究她就有一种恐惧感，就像一个人到了悬崖边会畏缩不前。她不想去考虑那些地球人到哪里去了，也不想知道他们所受的打击是多么惨痛，也不想了解他们后来经历了什么。一想起这些，她原来认为稳定、可靠的东西又开始走向深渊。在乌托邦，她属于比较保守的那类人。她自始至终热爱生活，对现在和未来都满怀着希望。当她发现巴恩斯坦波尔逃脱了其他地球人的厄运，现在需要帮助时，她就主动帮助他。她不想费神去想其他地球人的命运如何，她有意回避这个问题。

“但是，他们现在在哪儿呢？他们究竟到什么地方去了呢？”

她不知道。

她简单地把那些她并不感兴趣但曾经激发乌托邦人的想象力的发明创造讲给巴恩斯坦波尔听。在这些发明创造中，最关键的是阿登和格林雷克的实验，他们把地球人带进了乌托邦，导致了两个星球第一次发生冲突，两个星球从此有了不可逾越的障碍，使宇宙形成了三维空间。这同样也为乌托邦人进行各种新的研究提供了良机。乌托邦人复杂的网络理论和演绎推断法终于得到了实践的检验，并取得了初步成果。跟乌托邦的发明创造相比，巴恩斯坦波尔觉得地球上的发明创造真是不足挂齿。从富兰克林的风筝到避雷针，从伽伐尼做青蛙解剖发现生物电现象到把电用于服务人类，这一过程经历了半个多世纪，这是因为地球上的技术工人实在太少，而人类社会的偏见陋习、人与人之间的尔虞我诈时刻都在阻碍着社会的发展。然而在乌托邦，任何一项新发明都将引起一场知识的飞跃。成千上万的科学家正在沿着阿登和格林雷克开辟的科学大道前进。每一天甚至每一个小时他们对存在于两个星球之间的疑难问题都有新的发现，他们感到疑惑不解的东西越来越少了。

巴恩斯坦波尔用手搓了搓头，揉了揉眼睛，然后躺下来，看着下面的大峡谷。太阳西下，金色的晚霞慢慢升起。在这个宁静、温暖的星球中，他觉得他是最安全、生命最有保证的一个人。其实，这种宁静的背后隐藏着一种欺骗。这个宁静的夜晚隐藏着无数危机。

人们所看到和将要看到的和平与宁静只不过是风平浪静的表面现象。在风平浪静的背后，有多少惊涛骇浪、激流洪魔在以令人难以置信的速度奔泻着。今天，就连一个小学生也懂得连绵不断的群山会经受霜冻、暴风疾雨年复一年、日复一日地吹打，正在日益分化和遭受破坏，正在发生变迁。我们脚下这块被看成是纹丝不动的大地正绕着太阳在银河系公转。巴恩斯坦波尔的眼前出现了一幅画卷：落日余晖正悄悄落下，蓝色的夜空星光闪烁，整个天空形成了一个不可分割的优美图画。

巴恩斯坦波尔的思绪又回到了他最挂念的人和事上。

"其他地球人到哪里去了？"他问她，"他们的尸体在哪里？他们还活着吗？"

她回答不了他的问题。

他躺在床上思考着……由一个相当保守、落后的女人照顾他对他是有好处的。对他来说，乌托邦聪明敏捷的女人就像地球上那些牵着宠物的漂亮女人，对他不会有什么帮助。莉切妮丝根本不去想两个星球之间的关系，这个问题对她来说太难了，因为她是乌托邦接受教育最少的人之一。她非常温柔地坐在他的身边，脸上带着和蔼慈祥的神色。他觉得自己对她的评价就像是一种自我背叛。他急于知道其他地球人到底去了哪里。

他猜想整个隔离岩在空中旋转了几圈后被抛到某个遥远的太空中去了。这一次，地球人不太可能再进入某个距离很近的星球。可能性最大的是他们被抛到某个空间，一个无人知晓的宇宙空间……

如果是那样的话会发生什么事呢？他们也许会冻死或者因缺氧而窒息。他们自身的引力会把他们砸扁，把他们摔得粉身碎骨。幸运的是，他们没有时间去忍受痛苦，就像一个人突然掉进寒冷的冰窟窿。

　　他把各种可能性都想到了。

　　"扔出去了！"他大声说道，"就像笼子里的老鼠被扔到船边。"

　　"我听不懂你在说什么。"莉切妮丝把脸转向他。

　　"现在——告诉我，以后我会怎样？"

第二章

乌托邦里的闲人

一

　　几天之后，巴恩斯坦波尔的体力和脑力都得到了很好的恢复，不需要整天躺在凉廊的床上了。现在，他可以自由地四处走走。他很快就能沿着乌托邦的乡间小路走上很长一段距离，边走边观察，看看能否遇到什么老熟人。同时他还在不断地加强对这个人类美好愿望都得以实现的世界的了解。

　　乌托邦这样的社会留给他印象最深刻的是：人类社会中各种各样的邪恶已完全消失；战争、瘟疫、抑郁、饥饿和贫穷都远离他们；艺术家的梦想，人们追求漂亮、完美的心愿在这里都得到了实现；这里的人们整天兴高采烈，喜气洋洋，社会组织管理井然有序。乌托邦取得的巨大成就改变了人类生活的方方面面。

巴恩斯坦波尔疗养的地方气候温和，阳光明媚，仿佛置身于南部欧洲，但在这里他却看不到具有意大利或西班牙特色的风光。这里也看不到驼着背、背着篓子、干瘪的老太婆，也看不到喋喋不休的乞丐和穿着破衣服为提高待遇而在街上举行示威游行的工人。到处都是漂亮的小别墅，到处都是现代化的机器设备。橄榄树枝繁叶茂，果实累累，葡萄架上挂满了葡萄；一块块农田和果园，设施齐全的灌溉系统，呈现出一派丰收在望的迷人景色。这里土地肥沃，阳光充足，没有骨瘦如柴的儿童和毛稀肉瘦的羊只，看不到被套上绳索的牛在限定的草地上吃草；道路两旁看不到乱七八糟的简陋房屋，看不到令人发怵的神殿、庙宇，看不到流血冲突；没有见不得人的私生子，没有虐待、鞭打牲畜的行为，见不到满载负荷的牲畜气喘吁吁、大汗淋漓地奔跑在凹凸不平、满地粪便的泥泞小路上。相反，宽阔平坦的公路遍及整个乌托邦，雄伟壮观的高架桥穿梭于高山峻岭之间，构成了一幅壮丽的风景线。休息处和遮阳处随处可见，还有通向凉亭的台阶以及避暑别墅。朋友可以在这里闲聊，情侣可以在这里谈情说爱，分享爱的喜悦。大街两旁绿树成荫。巴恩斯坦波尔叫不上这些树的名字，他在地球上从没有见过这些树。地球上的森林都遭受了虫害的破坏，同时由于受真菌的侵袭正变得枯萎，枝干也变得歪歪曲曲、坑坑巴巴。地球上的树木在遭受病虫害侵袭的同时，人为的破坏也从来没有停止过。

这样美好的景色是乌托邦二十五个世纪艰苦奋斗的结果。巴恩斯坦波尔看出有一个地方正在进行着一项巨大的工程：一座桥被拆掉了，但并不是因为这座桥太古老不能再用了，而是因为有人提出了一个更大胆、新颖别致的设计方案。

巴恩斯坦波尔一直没看到电话或电报等通信设施，那些被看成是农村现代化标志的邮局和电话线在这里已经消失了。他是后来才搞清楚为什么乌托邦和地球相差这么大。他一直也没看到铁路、火车站和路边的乡村客栈。人们在房屋里出出进进，脸上带着很感兴趣、很投入的表情，看来，这些房屋一定有什么特殊用途。他们当中有些人嘴里还哼着小曲，再加上房屋里机器发出的"嗡嗡"声，很显然，工作正在进行当中。因为他对机械工作的了解非常肤浅，所以他弄不明白这里正在进行的工作到底有什么重大意义。他傻乎乎地在花园里走着，张着大嘴，不停地走着。

到目前为止，他还没有看到任何一个成规模的城镇。人类需要紧密地居住在一起的前提条件在这里已经不存在了。在乌托邦的某些地方，他倒也见过人口相对集中的地带，他了解到，人们聚集在一起，是为了相互学习、进行娱乐或交换思想观念等，这些场景大都发生在一些庞大的通信中心，遗憾的是，他还没有参观过这样的中心。

乌托邦人个子都很高，为人正直、忠厚。当他们在路上碰见巴恩斯坦波尔时，总是面带微笑，很友好地向他打招呼，但他却没有机会向他们提点问题或跟他们聊聊天。他们有的驾着车匆匆忙忙地在高速公路上行驶，有的在徒步行走。这时，一架无声滑翔机的影子从他头上掠过。他对乌托邦人多少有点敬畏，每当他同乌托邦人的眼睛对视时，就感到自己像是乌托邦里的一个怪物。他们如希腊和罗马神话中的神一样，仁慈、纯洁。对他来说，他们是神。即便那些被驯服的动物在这个世界里自由漫步的时候，都表现出一种特殊的神情，注视着巴恩斯坦波尔的友好表情。

二

近来，他在散步时结识了一位新伙伴，他是一个十三岁的男孩，莉切妮丝的侄子，名字叫克里斯多尔。这位小伙子满头鬈发，跟莉切妮丝一样长着一双棕色的大眼睛。他利用学校放假的时间自己读点儿历史方面的书籍。

巴恩斯坦波尔了解到这个男孩的主要专业是同物理、化学有关的数学研究，但是，他所学的知识都远远超出了地球人的研究范畴。这项数学研究的大部分工作需要同其他孩子共同合作才能完成。在地球上，我们通常称这种工作为科学研究。巴恩斯坦波尔对这些深奥的自然科学了解甚少。是对历史的共同兴趣使他俩走到了一起。这个男孩通过借鉴混乱年代的经验和成果来分析研究乌托邦社会制度的发展成长过程。他对乌托邦社会新秩序创立时期所进行的悲壮战斗充满了丰富的想象。他为巴恩斯坦波尔准备了好多问题。他信息灵通，知识面很广，这为他以后的成长打下了一个稳固的基础。巴恩斯坦波尔对他来说就是一本书，而他又是巴恩斯坦波尔的一位向导。他俩一块儿散步，一起交谈，彼此间互相尊重，平等相处。一位是非常聪明的地球人，一位是乌托邦的普通男孩，两人站在一起，乌托邦小男孩要比地球人至少高出一英寸。

男孩对乌托邦的历史了如指掌。他能解释，而且能用有趣的事例解释说，乌托邦的和平和美丽有其虚假的一面，从本质上说，现在的乌托邦人同新石器时代他们的祖先没有什么两样，也就是说，仍然停留在一万五千年到两万年前的状态，跟同一时期的地球人区别很小。从那时起以后的六百到七百代人期间，在人种方面没有任何本质上的变化，甚至连一般的种族混合都没有发生过。跟地球一样，乌托邦也有过黑色人种和棕色人种，他们之间是有界线划分的。尽管不同种族的人之间可以进行一些社会交往，但交往得并不深。他们彼此都在想方设法来净化他们的人种，扩大他们的社会影响。尽管不同种族的人相互会产生爱情，但是这种爱情从来就没有结果。尽管在以后的十几个世纪中，社会上的丑陋、恶毒、狭隘、愚蠢和黑暗现象得到了清除，但是，乌托邦人除了认识到自己的潜力之外，同石器时代或者青铜器时代的人没有太大区别。他们吃得富有营养，受到良好的训练和教育，无论在身体素质和大脑发育上都有很大的优势，但他们身上的肉还是原来的肉，本质还是原来的本质。

"但是，"巴恩斯坦波尔考虑了好半天才决定问这个问题，"你的意思是说，今天地球上出生的孩子，半数以上可以成为我在乌托邦看到的像神一样的人吗？"

"如果给他们提供像我们这样的环境和气氛。"

"他们还需要有像你们这样优秀的遗传基因。"

"他们还要享有我们这里的民主和自由。"

令巴恩斯坦波尔印象很深的是，在混乱年代，乌托邦的每个人都是在畸形的社会环境下成长的，他们承受着很多空洞的束缚，被各种各样的花言巧语所欺骗，自己的愿望却得不到实现。乌托邦人生来就有这样的想法，人的本质像动物一样具有很强的野性，人们必须改变自身的本质以适应社会的需要。可喜的是，乌托邦人找到了改变自己的最好方法——在经受了无数次的失败，忍受了残酷和欺骗之后。"在地球上，我们用烧红的烙铁来驯服动物，用暴力和欺骗手段驾驭自己的同胞。"巴恩斯坦波尔解释说。紧接着他又向他的小伙伴描述了20世纪初地球上的学校、书籍、报纸和公共舆论的混乱状态，男孩简直不敢相信他所说的话是真的。"你想象不出，在地球上，即使是上流社会的人是如何遭受挫折，整天如何担惊受怕。你只是从历史书上了解了一些混乱年代的情况，但你不知道在一个失去理智、法律苍白无力、到处都是敌意和迷信的社会氛围下，会是一种什么样的现实状况。夜幕降临之时，无数本该躺下睡觉的人却在睁大着眼睛，总是心有余悸，害怕遭到流氓的骚扰，害怕残酷激烈的竞争，害怕自己患了不治之症，为一些不理智的争吵而伤心，为自己多年的夙愿得不到实现而伤痛。"

克里斯多尔承认，从人类所经受的苦难角度来看，混乱年代真是不可想象。地球上每天都存在的苦难真是难以用语言来表达的。乌托邦经历了漫长的路程以后才逐渐发展成为今天这样一个具有健全的法律制度、和谐统一的风俗习惯和完善的教育体系的国度。人们不再受到压抑和束缚，像动物一样，欲望得到满足，本能得以释放。乌托邦人的生活丰富多彩，快乐无比，每天有享用不尽的美味佳肴，各式各样的娱乐活动。人们轻松愉快地工作，甜甜蜜蜜地生活。人口的数量也达到历史的最低点。然而，乌托邦教育还是在人的动物般本性得到满足并开始转化之后才真正开始发挥作用的。乌托邦人终于摆脱了人类社会的混乱状态，他们开始对周围的一切充满好奇心，而这种好奇心成为他们无止境地追求科学、追求知识、勇于创新的原动力。所有的乌托邦人，从儿童时代开始，就成为学习者和创造者。

　　听这个男孩对他的学科和乌托邦教育发展过程侃侃而谈，巴恩斯坦波尔感到很惊奇，特别是这种年龄的小孩竟然能如此坦率地谈论性。

　　地球上的人对性这个话题一向表现得羞羞答答，所以巴恩斯坦波尔似乎有点不太好意思问这类问题。"你们——你们做爱吗？"

　　"我曾有过好奇心。"很明显，男孩得到过这方面的教育。"但是，没有必要过早地过性生活，更不应该让性欲支配一个人。过早地涉足于性生活会削弱年轻人的意志，一旦迷上它，想摆脱都摆脱不掉。它会破坏和阻碍年轻人的想象力和创造力。我要像爸爸那样，多做一些有益的工作。"

巴恩斯坦波尔瞥了一眼站在他旁边这个男孩的侧影，突然间想起了自己经历过的一些往事。他想起了自己在四年级，在青春期，在空气沉闷的小屋里干的那些丑事。对往事的回忆令他感到很惭愧。他觉得地球上的人比以前更像野兽了。"哎!"他叹了口气，"你们的星球像星光一样纯洁，像尘雾中清新爽口的甘霖一样令人陶醉。"

"我爱许多人，"男孩说，"但并不带有性欲成分。我想有一天会有的。但是一个人不必太急于寻求充满激情的性爱，否则他就得不到真正的爱情……不必着急。等我到了那个时候，没有人能阻止我。在这个世界上任何好事都是水到渠成。"

但是工作不等人，一个人得工作，因为工作关系到一个人的切身利益，所以人必须得去工作。克里斯多尔对他以后可能从事的工作想得很多。但是，巴恩斯坦波尔觉得辛勤的劳作好像从乌托邦已经消失了。然而，每个乌托邦人都在工作，每个人都在发挥自己的聪明才智，各尽其能。每个人都在愉快地、主动地工作着——就像我们地球上被称为"天才"的那些人。

不知不觉中，巴恩斯坦波尔意识到自己正在向克里斯多尔述说地球上真正的艺术家和科学家，以及有独到见解的人所感受的快乐和幸福。他们也和乌托邦人一样，做着跟自己研究领域有关的工作。辛勤劳动是他们的本性。在所有的地球人当中，他们理所应当地成了最了不起的人。

"如果这样的人在地球上并不感到快乐，那是因为他们受到庸俗、低级思想的侵蚀，他们仍然关心平庸之辈所追求的卑鄙、龌龊的成功和荣耀，仍然感到自己受人限制，被人忽视。但是，如果他能亲眼看一看这美丽的乌托邦，他就会觉得，地球上最荣耀、最光彩的成功在乌托邦并不意味着什么。这些所谓的荣誉并不值得去追求，去拥有。"

三

克里斯多尔仍然是个孩子，正处在为自己的本领和才能沾沾自喜的年纪。他把课本拿给巴恩斯坦波尔看，给他介绍他老师的情况和老师布置的作业。

乌托邦仍然使用印刷的课本，课本非常简单，通俗易懂。克里斯多尔的课本装订得特别漂亮，他妈妈还专门用弹性很好的皮罩给书的封面做了个书皮。课本的封面是用手工制作的纸做成的，上面印有书写很流畅的发音表。巴恩斯坦波尔一个字也不认识，他觉得有点像阿拉伯语。课本里还附有常见的图形标志、简易地图和一些图表。克里斯多尔的老师建议他在假期多阅读一些和自己学科相关的书籍。他准备给老师写一个阅读报告。他还去了博物馆以扩大自己的知识面。遗憾的是，在巴恩斯坦波尔疗养地带没有很方便就能去的博物馆。

克里斯多尔说他已通过了初级教育阶段的学习。在乌托邦，所有的儿童都必须接受这一阶段的学习。对十一二岁孩子的教育要比地球上对这一年龄段孩子的教育严格得多，格外受关注和重视。任何亵渎孩子们心灵的恐惧、邪恶说教和有碍孩子身心健康的行为举止都要像消灭病毒感染和瘟疫一样，必须坚决、及时地消除。在孩子八九岁时，乌托邦人特有的性格就已经形成了。爱清洁，敢于追求真理，为人正直、坦率，乐于助人，对社会和人生充满自信心，同时还具有大无畏牺牲精神和民族自豪感。

只有到九岁或十岁以后，乌托邦的孩子才走出家园，开始了解社会。在这期间，孩子们主要是由保姆和老师照看，过了这个年龄段父母就成为他们的看护人。当孩子们上幼儿园的时候，孩子们的父母就养成了一个好习惯，他们尽量和孩子们保持亲近、密切的联系，经常去幼儿园看望孩子，而地球上的父母在孩子上学期间主张同孩子保持一定的距离。乌托邦的父母越来越让孩子们感到亲近。在乌托邦有这样一种观点，父母和孩子之间应相互信任和理解。孩子们期望从父母那里得到友谊和关怀，而父母则期待及早发现孩子们的兴趣和爱好。尽管父母没有多大的权力干涉儿女的生活，但是，他们自然而然就成了孩子们人生旅途中的拥护者、保护者、倡议者和富有同情心的朋友。父母和孩子之间的友谊是真挚、坦率、亲密的，因为乌托邦的父母没有盛气凌人的家长权威。他们之间相处得非常融洽，因为乌托邦的父母比地球上的父母思想开化，能跟上时代的步伐。克里斯多尔看来对妈妈的感情很深，对他那位出色的画家和设计师的爸爸也感到很自豪。但是在他的心中，妈妈的分量似乎要比爸爸重一些。

在他和巴恩斯坦波尔第二次一起散步时，他说他要跟他妈妈通话。巴恩斯坦波尔终于有机会看一看乌托邦的通信设备了。克里斯多尔手里拿着一束电线和一只测杆，来到一块空旷的草地上，草地上立有一根柱子。他先把工具放在地上，用挂在脖子上的一把钥匙打开柱子上的一个小盒子，把话筒同他带的设备连接起来，然后对着话筒喊了几声，不一会儿就听到了对方的回话。

这是一位非常动听的女性声音。她连续讲了很长时间的话，然后克里斯多尔开始回答，后来，从话筒里传出其他一些人的说话声，他只对其中的一些话做了回答。完事之后，他把设备收了起来。

这就是巴恩斯坦波尔所看到的乌托邦的通信手段。在乌托邦，除了事先约定以外，人们是不在电话里交谈的。一条信息被发送到接收者所在地区的接收站，接收者可以在那里得到他所需的信息。如果需要把信息重复一遍，也可以轻而易举地做到。之后，他向信息发出者回话，发送他想发出的任何信息。这种传送方式是通过无线电来完成的。草地的柱子可以为传送器提供电源，也可以为乌托邦人提供所需的电力，比如说，可以为园林工人提供割草机、挖掘机、耕地机和压路机所需的电力。

克里斯多尔指了指山谷对面的远处，向巴恩斯坦波尔介绍了通信站的位置和分布情况。通常，通信站里有为数不多的人在工作，大多数设备都是自动化操作。这种通信站遍布乌托邦的任何角落，人们随时随地都可以发送和接收信息。

这使巴恩斯坦波尔产生了一连串的疑问。

他第一次发现乌托邦的信息机构对乌托邦每个人的情况都了如指掌，那里保存每一个活着的人的资料，知道每一个人所在的区域，并对每一个人都登记注册。

巴恩斯坦波尔早已习惯了地球上政府机构的残酷和不诚实，对他来说这种通信方式是一个可怕的发明。"要是在地球上，这种通信方式会被用来进行敲诈勒索和搞暴力恐怖活动，"他说，"如此一来，人人都可以公开地进行间谍活动。我在苏格兰有一个朋友，如果让他在你们乌托邦通信站工作，不出一个星期，他就会把乌托邦的正常生活搞得让人无法忍受。你想象不出他是一个多么令人讨厌的家伙。"

巴恩斯坦波尔还得给克里斯多尔解释敲诈勒索是什么意思。克里斯多尔说，敲诈勒索同乌托邦刚开始形成时期的邪恶没有什么两样。那时候，乌托邦人同现代的地球人一样，具有相同的自然天性，都想用知识和才智去窥探别人的缺点。他们有嫉妒心，对别人的隐私和秘密很感兴趣。在石器时代的乌托邦，人们不敢使用自己的真实姓名，仅仅让别人称呼他的绰号。他们害怕魔法的诅咒。"地球上的一些野蛮人仍然这样做。"巴恩斯坦波尔插了一句。经历了漫长的历程以后，乌托邦人才开始相信医生。又经历了漫长的历程之后，医生才变得值得信赖。经过了二十几个世纪的风云变化，乌托邦才发展成为今天这样一个现代化的社会。

每一个乌托邦的年轻人都要学习五项自由基本原则，没有这些原则，文明就无从谈起。第一项原则是隐私原则。根据这项原则，所有有关个人的情况，其他人和公共机构都不得公开，只有在个人允许的前提下才能引用。当然，公共机构做数据统计时，个人应该向其提供有关情况。第二项是行动自由原则。任何一个公民，只要他完成了应尽的社会义务，在不征求允许或不做任何解释的情况下就可以搬到任何一个他想去的地方，而且可以使用任何交通工具。每一个乌托邦人都可以按照自己的心愿，改变周围的生活、风尚和社会气氛。第三项是知识共有原则。除了活着的人的个人情况不准公开外，所有知识都被记录在各种名目的索引单、图书馆、博物馆和问询处。查阅起来非常方便，任何一个想了解某一方面知识的人，只要付出努力就能准确掌握这一方面的知识。他什么都可以查，什么都可以知道，什么东西也骗不过他。这一点把巴恩斯坦波尔引向了第四项原则——说谎是最大的犯罪。

克里斯多尔给说谎下的定义范围是很大的，包括对发生的事情描述的不准确，甚至对一件实事的隐瞒也称为说谎。

"哪里有谎言，哪里就不可能有真正的自由。"

巴恩斯坦波尔对这个观点感触很深。他似乎豁然开朗，明白了这句话的真正含义。乌托邦和地球的区别主要就在这一点上，地球上到处都是谎言和虚伪。

巴恩斯坦波尔向克里斯多尔详细地讲述了人类生活中的虚伪

和谎言。在地球上，尽管人与人之间、民族与民族之间、国家与国家之间存在着很大的差别，但有一点是相同的，即都隐藏着谎言。有人在大肆鼓吹君主制，滥用职权，搞冒名顶替；有人借用宗教和道德教育的名义弄虚作假。地球上的人就是生活在这样的社会里，并成为其中的一部分。他受人限制，被迫纳税，忍受痛苦，最后成为这种疯狂、虚伪的牺牲品。"说谎是最大的犯罪！这是多么简单的道理！是实实在在的道理。这个论断是科学社会同以往任何社会最基本的区别。"紧接着，巴恩斯坦波尔又对地球上出版的报纸进行了抨击。他指责地球上的报纸在亵渎真理，歪曲事实。

他对这方面的问题最为了解。伦敦的报业已不再是公正的新闻媒体，他们删除了不该删的东西，稿件也被他们改得支离破碎。他们公开说谎。这样的报纸跟擦脚布没什么两样，甚至还不如一块擦脚布。尽管《自然》这份报刊在报道这一领域的现状和发展时有失准确，但它毕竟是一份纯科学性的刊物，并不报道每天的新闻。他认为，新闻界是现在生活中的盐，如果盐变得一点味道都没有了……

这位可怜的人觉得自己又回到了悉顿汉姆，坐在早餐桌旁，读完一份很糟糕的晨报后，在不断地高谈阔论。

"乌托邦以前的新闻界也是这样，一团糟。"克里斯多尔安慰他说，"但是，要相信一句话，真理最终会战胜谬论的。你不必太伤心，将来的某一天，你们的新闻界也会变化的。"

"你们乌托邦人是怎样看待报纸和评论的？"巴恩斯坦波尔问道。

克里斯多尔解释说，在乌托邦新闻和评论之间有很大的区别。有许多房子——能看到的那座就是——用来当作阅览室。人们可以到这些地方去浏览新闻，可以了解整个星球所发生的事情，有什么被发现了，有什么被披露了，有哪些事情已经做好了，等等。做这些报道是为了满足人们的需要。报纸上绝对没有任何形式的广告。克里斯多尔还说乌托邦的报纸还对地球上的事情做过丰富有趣的报道。他坚持读这些报道，因为他对历史，对地球上的事情很感兴趣。报纸对科学发明报道得很多，以期望能激发人们的想象力和创造力。报纸也有一些固定栏目，专门报道公众感兴趣的话题和事件，还为阿登和格林雷克为之献身的空间研究做出了许多评论性的报道。在乌托邦，一个人死后按风俗习惯报纸要刊登他生前的主要事迹。克里斯多尔答应带巴恩斯坦波尔到一个新闻中心参观一下，让他读一读从地球人那里得到的有关地球上生活的报道。同时，巴恩斯坦波尔希望在那里能看到对阿登和格林雷克的报道，因为他们不仅是伟大的发明家，同时也是一对伟大的恋人。他也希望能更多地了解一些他最钦佩的瑟潘泰恩和塞达这些人的情况。在乌托邦的新闻报道中找不到像谋杀、抢劫这样令人乏味的故事，不像地球上的报纸，到处都是谋杀案、诽谤案、诈骗案、性无知、性泛滥，到处都是对示威游行、股市涨落、体育比赛的报道。乌托邦用生动活泼、独具特色的讨论代替了这类报道，乌托邦的第五项自由原则就是言论自由。

任何一个乌托邦人都可以自由地对世界发生的事情直接或间接地发表评论和提出意见，但绝不能捏造事实。他可以同意别人的观点，也可以不同意别人的观点。他可以对社会上任何不良现象进行抨击，只要他愿意，他可以随心所欲地借助任何一种文学形式来阐述自己的观点，用诗歌、小说，也可用素描、漫画来表达自己的见解，但前提是他不能说谎、作假，这是辩论中必须遵守的原则。他可以把他的观点打印好送到新闻中心，感兴趣的读者可以阅读他们的文章。如果对他的文章没有兴趣，可以置之不理。读者还可以把自己感兴趣的书带走一份。克里斯多尔的手里就有几本有关太空开发很怪诞的小说，这些书一般只有三四十页，上面印有精美的画页，纸张都是由亚麻和芦苇直接加工而成的。孩子们对书中那些富于想象力的故事特别着迷。图书管理员把被借走的报纸和书登记好，然后再在原处放上新的报纸和书。对那些不太受欢迎的书，一般只保留一到两册样本，其余的被送回纸浆厂。著名的诗人、哲学家、小说家的作品很有价值，他们是崇拜者心目中的偶像。

四

"我还有一件事情搞不明白，"巴恩斯坦波尔说，"我在乌托邦没有看到硬币，也没有看到像钱一样在流通使用的货币。从外表看，你们这里很像地球人威廉·莫里斯小说《乌有乡消息》里所描述的共产主义社会。在那个社会里，生活按需分配，物质极大丰富，人们参加工作是为了享受劳动的快乐。我不相信共产主义，因为同你们乌托邦人一样，我也认清了，人的本性天生就是残忍和贪婪。一个人的劳动创造给别人带来快乐，而他自己却得不到回报。对他来说，正义感要比荣誉感更重要。我想，不管怎么说，你们肯定也需要平衡劳动和消费之间的矛盾，你们平时都是怎样做的？"

克里斯多尔思考了一会儿。"在我们的混乱年代末期，我们也有一些共产主义者。他们在我们星球的一些地方强行取消了货币，结果导致了严重的经济混乱，人们的占有欲猛增，生活陷入了困境。直接进入共产主义的尝试失败了——非常惨痛。不过，现在的乌托邦其实也算得上是共产主义社会，除了因为好奇以外，我长这么大手里连一枚硬币都没有过。"

他继续解释说，同地球一样，乌托邦也把货币看成是一个伟大的发明，是体现自由的一种形式。在发明货币以前，人们是用等价物品或劳务做交易，像奴隶一样生活在狭窄的小圈子里。货币的发明给人们提供了自由支配自己劳动报酬的机会。乌托邦用了三千多年才做到了这一点。钱的使用也带来了很多意想不到的后果，钱最能败坏道德，使人丧失理智。乌托邦也有过信贷业务，在此期间出现了滥用资金、投机取巧、制假造假、奢侈浪费、无节制地放高利贷等丑恶现象。经过长达几个世纪的奋斗后，乌托邦才把混乱不堪的经济引到健康有序的轨道上来。在人类社会中，钱是衡量财富的标准，正因为钱的重要性，一些贪婪奸诈的人才不择手段地进行活动以获取更多的钱财。乌托邦同地球一样，经济上也曾经背着沉重的负荷，有寄生虫般不劳而获者，有投机倒把者，垄断市场者，赌博者，还有莎士比亚笔下贪婪恶毒的高利贷商人"夏洛克"之流。他们挖空心思钻货币制度的空子，牟取暴利。经过几个世纪之后，乌托邦才把经济中的垃圾清理干净。只有在乌托邦实行了全球范围内的政治统一，并且在确认自然资源和产品极为丰富的前提下，人类社会最终才能保证公民手中每一分钱的真正意义。这一分钱无论在他的今天、明天或任何时间内都有其稳定的价值。随着整个星球的和平发展和社会的稳定和进步，那种隐藏着危害和动荡的经济利益日益减少，直到最后灭亡。因此，银行不再是银行家赚取利润的机构，而成为一种社会公益事业。"食利者阶级，"克里斯多尔进一步解释说，"不是社会中一个永恒的组成部分，他们仅仅是过渡时期的一个标志，标志着社会从一个动荡不安追求高利润时期过渡到一个完全稳定、不再有利润之争的时期。他们只是社会中一个临时现象。"巴恩斯坦波尔仔细地品味着这些论断。他对这个年轻的乌托邦人关于什么是食利者阶级，食利者阶级在伦理道德上的局限性以及食利者阶级在高科技发展的社会中所扮演的角色等一系列解释感到很满意。

"生活对所有的独立阶级都是不能容忍的。"克里斯多尔又在引用一句格言，"你要么去工作挣钱，要么你去抢劫……我们这里已不再有抢劫之类的事情发生。"

这个年轻人仍然用他从书本学来的知识，滔滔不绝地给巴恩斯坦波尔解释乌托邦是怎样逐渐废除货币的。这是经济体制得到全面改善的必然结果，集体所有制的企业取代了渗入竞争机制的竞争性企业。批发取代了零售。在乌托邦曾经有一段时间，每一次很小的交易和服务都必须用货币来付酬。钱从一个人手里转到另一个人手里，在不断地更换主人。如果一个人想得到一张报纸，一盒火柴，一束鲜花或者在大街上乘坐交通车，他都得付钱。人人口袋里都得装满钱，以随时用来付账。随着科学的发展，国家的经济实力也越来越强大，定期缴费的购物方法越来越被广泛使用。人们可以买随身携带的通行证。有了通行证，便可以乘坐任何交通工具。你可以买一年期的，十年期的，甚至还可以买供终生使用的通行证。国家借鉴俱乐部和宾馆的做法，定期为居民提供火柴、报纸、文具、交通车辆等生活必需品，价格固定不变，年终结账。这种方法可以用于不起眼的小消费和极其重要的消费项目。从住房、饮食到穿衣都可以使用这种方法。国家的邮政部门对每一个乌托邦居民的住址都了如指掌，他们同银行系统联合起来，共同担保公民在各地的信贷关系。人们不再从工作中获取现金。服务、经济、教育、科研等各个行业把个人的收入都划在银行的账下，个人在日常生活中的各种花销和开支都从银行中结算。

"类似于这种方式的信贷关系在地球上也正在开始实行。"巴恩斯坦波尔说，"我们在最后结算时使用货币。我们有很多生意都是通过银行转账来完成的。"

几个世纪之后，政治上的统一和经济上的壮大，使乌托邦的自然资源得到了合理使用，社会更加繁荣和富强。每一个刚出生的小孩都可以得到一笔数目不小的贷款。这笔钱可以支付从四岁到二十岁之间的一切费用，足足可以帮助他完成学业。之后，他可以找一份工作，还清这笔贷款。

"如果他不想贷款呢？"巴恩斯坦波尔问。

"每个人都愿意这样做。"

"假设他不接受这笔贷款呢？"

"他会感到很不舒服，很痛苦的。不过，我还没有听说发生过这种事情。如果真是这样的话，我想，大家会议论他，心理医生会为他做检查……不管怎么说，一个人必须有点事做。"

"但是，假设在乌托邦没有他能做的工作，那该怎么办呢？"

克里斯多尔想象不出那会是什么结果。"反正总有工作可做的。"

"但是，在古时候，乌托邦也曾经有过失业现象的发生，对吧？"

"那是发生在混乱年代，是由欠债造成的。现在，这种现象已经不存在了。在他们失业的同时，他们也缺衣少食，温饱都解决不了。这真是令人难以置信。"

"乌托邦每一个人的收入都一样多吗？"

"有能力、有创造力的人往往需要很多别人的帮助，消耗较多的自然资源，因而他们能获得较高的补贴金。如果一个艺术家的作品很有价值，很出色的话，他们也会很富有。"

"比如说，你脖子上这条金链，你得自己花钱买吗？"

"是从商店里买的，我妈妈给我买的。"

"这么说，你们乌托邦也有商店？"

"有的。你可以到商店看看，人们在那里可以看到新产品和购买让人赏心悦目的商品。"

"要是一个艺术家变得富有了，他会用他的钱干些什么呢？"

"花时间精力，用更好的材料创造出最美好的作品，或者帮助其他艺术家收集、整理他们的作品，也可以从事他所喜欢的艺术教学工作，完善美的真正含义。他可以什么都不做……乌托邦能够负担得起——只要他愿意什么都不做。"

五

"塞达和莱昂对我们说过，"巴恩斯坦波尔说，"你们的政府不是集权制，是分散在那些具有某些特殊知识的人中间。据我们所知，一切权力和利益的平衡都是由心理学家和教育工作者来完成的。心理学家和教育工作者是乌托邦政府的主管人员。刚开始时，我们地球人觉得很奇怪，因为在你们乌托邦找不到一个至高无上的统治者，也就是一个拥有最高统治权的权力象征。这个至高无上的权力象征要么是一个人，要么是一个议会，他的话就是起决定作用的命令。伯利先生和凯思基尔先生都认为人类社会是绝对离不开这种权力象征的。我个人多多少少也有同感。让他们感到费解的是：'由谁来做最后的决定？'他们希望能见见你们的总统，或者参观一下乌托邦国务院一类的权力机构。我想，你们可能多少感到有点奇怪，因为乌托邦没有总统，也没有这样的权力机构。如果遇到需要解决的问题，就把问题交给最知道内情的人来处理，这样一来，问题顺理成章得到了解决。"

"他们也得遵守言论自由的原则。"克里斯多尔说。

"同时，他们自己也应具有极强的责任心和使命感。难道没有人想出人头地——为了虚荣吗？难道没有人想高人一等——出于某种恶意？"

"每个乌托邦人的思想中或多或少都有一些虚荣和龌龊的想法，"克里斯多尔说，"但是，人们说话都很直截了当，提出的批评也非常尖锐。因此，在我们对某人提出表扬或对某事产生疑问的同时，我们必须明确这样做的动机是什么。"

"你们所做的和所说的都必须依据事实，"巴恩斯坦波尔说道，"不能无缘无故地中伤别人，也不能强迫别人接受自己的观点。"

"几年前，有一个人，他是一个艺术家，他给我爸爸的工作带来了很大的麻烦。通常，在我们乌托邦，艺术批评是很激烈的，但是，他的做法有些太过分了。他用画漫画的形式来讽刺我爸爸，还不断地对我爸爸进行诽谤。我爸爸走到哪里他就跟到哪里，千方百计地克扣他的工作材料。然而，他的所作所为都是徒劳的。只有少部分人迎合他，而绝大多数人都对他进行指责、蔑视……"

男孩子停了一会儿。

"后来呢？"

"后来他自杀了。他逃脱不了自己的愚昧。每个人都知道他的所作所为……"

"听说乌托邦过去也有国王、议会和协商会议？"巴恩斯坦波尔又回到了老话题上。

"我从书本里得知这是我们国家发展强大的唯一之路。在那个时期，我们的生活少不了那些形形色色的人，政治家、律师等，他们是政治和社会不可缺少的角色，就像我们需要警察和部队来打击暴力、维护社会治安一样。这些政治家和律师在执行公务的过程中，逐渐认识到他们迫切需要掌握一门特殊知识和技能。如果没有一定的人种学或经济地理学的知识，政治家就无法出色地完成好自己的工作；律师要想掌握别人的意图和愿望就必须了解最起码的心理学知识。如果他们不具备这些基本知识，他们就会在一些场合出丑，闹出笑话来。"

"这就像特里斯特拉姆的教区警察，他们认为在凡尔赛执勤就是在维护世界和平。"巴恩斯坦波尔说。

克里斯多尔有点纳闷。

"这是地球上一个很有名的典故，略微有一点法律常识和懂得政治的人都知道这个典故，这也是我最感兴趣的事情。这种事情在地球上传播得非常快。一些对世界状况了解的人，以及最优秀的经济学家都反对使用政治和法律手段。大多数人从来不进法庭，从出生到进入坟墓，他们连做梦都不想这么做。你们乌托邦政治家和律师最终结局如何？有没有发生过冲突？"

　　"随着信息的增加和知识的普及，他们在社会中存在的必要性也越来越小了。他们要做的只剩下去任命有知识的人做某一方面的评估员。过了一段时间后，他们工作中这项任务也没有了，所以他们只好参与到批评、辩论这样的活动中。在一些地方现在仍然可以看到在过去曾用作为议会大厅和法庭的场所。乌托邦最后一位被选为立法议员的政治家早在一千年前就死了。他是一个古怪、多嘴的老头，也是唯一的一名候选人，但只有一个人投他的票。他坚决要求把他的讲话和他参加的活动用速记的形式记录下来，结果，学速记的学生都要到他那里报到。最后人们只好为他请来了精神病医生。"

　　"乌托邦最后一位法官的情况怎样？"

　　"我一点儿也不知道。"克里斯多尔回答说，"我得去问问我的老师，我想会有这方面的记载。不过，我觉得不会有什么人找他为什么事做出判决，所以他很可能去做一些更受人尊敬的工作。"

六

"我现在才开始对乌托邦的日常生活有了一些了解，"巴恩斯坦波尔说，"乌托邦人过着一种半人半神的生活，非常自由，有着强烈的个性。每个人都有自己的爱好和专长，都在为民族的伟大目标而努力奋斗着。他们光明磊落，生活幸福，品格高尚。在我看来乌托邦社会实际上就是共产主义社会。经过多少个世纪的教育、纪律约束和集体主义准备，通过周密的计划，他们最终把乌托邦引入了这样一个伟大的社会。以前，我从来没有想过社会主义会尊重个人和个人主义，但是，现在，我在乌托邦却清楚地看到了这个事实。在这个幸运的世界里——这个拥有健康和幸福的国度里——没有普通百姓。而在我所居住的地球上仍然有这种人，仍然生活着一大群令人厌烦、卑躬屈膝的普通百姓。他们没有思想，没有个性，像得了传染病。

"克里斯多尔，你从来没见过这种人，在你幸福的生活中你永远也看不到这种人。你从来没看到这种人参加足球赛，参加赛跑，参加斗牛或参加公共演出；你也从来没见过这种人打高尔夫球；你也没有见过他们笑或哭；你也从来没有见过像潮水般的老百姓张着嘴乱作一团，站在大街上仅仅是为了能看一眼他们的国王，或者是为了战争或为了和平在高呼口号；你也从来没有见过这样的人，某些坏人一唆使，他们就会变成暴徒，开始你追我杀。乌托邦就没有这样的人。乌托邦没有草民，没有浪荡公子，没有战争，没有游行示威，没有加冕典礼，没有公墓，没有大型表演，只有一座小型影剧院……克里斯多尔，你太幸福了！你永远也见不到这种人！"

"我见过这种人。"克里斯多尔说。

"在什么地方见过？"

"是在电影中，那是三千多年前拍摄的影片。我是在历史博物馆里看过这个电影，电影中有一个场面是从空中拍摄的，一大群人在运动会结束以后涌向广场聚众闹事。广场上云集了成千上万的人，警察后来把人群驱散了。你说的一点没错，乌托邦不再有这种人了，这种人和具有这种思想的人永远从乌托邦消失了。"

七

几天以后，克里斯多尔返回学校去学习数学了。他的离开使巴恩斯坦波尔感到很孤独。他没有其他伙伴，尽管莉切妮丝总是离他很近，而且随时都想和他在一起，但是在这个以富有知识著称的世界里，由于她对求知缺少兴趣，他确实不想和她待在一起。还有一些乌托邦人来去匆匆，看看他就走了。他们都非常友好，非常客气，对他也很感兴趣。他们出于好奇，向他提出一些问题，问问他的情况，待了一会儿就被人喊走了。

他逐渐认识到，莉切妮丝不是一个出色的乌托邦人，没有什么专长，但极富有同情心。她曾经有两个挚爱的孩子，他们非常可爱，胆子也很大。她以为她的孩子很了不起，就鼓动他们到大海里游泳，没想到，一个突如其来的大浪把他们卷入了大海深处，结果他们被淹死了。为了救他们，他们的爸爸也被淹死了，莉切妮丝也险些丧命，幸运的是她被救了上来。从此以后，她的感情大门就永远关闭了。悲剧一直伴随着她，她不再拥有快乐和幸福，她开始寻找痛苦和悲伤，她终于找回了她已经失去了的同情心。首先，她非常同情自己，然后再去同情那些需要同情的人。她对精力充沛、幸福美满的人不感兴趣，但是她的愿望就是安慰那些需要安慰的人。她要愈合别人心灵上的创伤。她不想给巴恩斯坦波尔讲述乌托邦美好的一面，反而是想让巴恩斯坦波尔给她讲地球上不幸的事和他本人的遭遇。这样的话，她就可以去同情别人。但是，他不会把自己的痛苦和不幸告诉她，因为这是他的个性，他没有痛苦和不幸，只有愤怒和悔恨。

　　巴恩斯坦波尔发觉，她梦想有一天能够来到地球上，把她的善良和温柔带给地球上的病人和穷人。她把心思早已倾注在地球上那些正在忍受痛苦的人身上。她特别向往着有一天能把自己的爱心和安慰带给那些不幸的人……

　　在他觉察到她的意图之前，已经给她讲过许多地球人的痛苦和贫穷，但是，他讲这些事情并非出于同情心，而是出于愤慨，地球上本不该有这一类的东西。当他发觉她对这些事情非常感兴趣时，他就故意停下来，不再继续谈论这类痛苦的事情。相反，他装出很开心的样子，对她说，地球上这些痛苦和贫穷很快就会消失。"但是，他们仍然会很痛苦的。"她说。尽管她就在他的身边，但他却感到她的思绪已经不再停留在乌托邦，而是飞到了地球上。他反复思考着她的同情心、她对生活的怨恨以及她生命的活力。在一个充满了恐惧、软弱、污染、黑暗和混乱的社会里，同情心、慈善、施舍、收容穷苦人，这一切行为都是献给社会的美好礼物。但是，在这个健康美好的世界里，同情心却被人看成是一种恶意。克里斯多尔，这位乌托邦的少年，他的性格就像水晶一样坚强。有一次他在岩石上跌了一跤，划伤了他的脚踝骨。他爬了起来，走路一瘸一拐的，但他还不停地笑。当巴恩斯坦波尔在攀登一处很陡的台阶累得气喘吁吁时，克里斯多尔并没有表现出对他的同情，而是很有礼貌地鼓励了他一下。所以，莉切妮丝找不到同路人和她一起投身到充满悲哀的生活中。甚至从巴恩斯坦波尔身上她也无法施舍她的同情心。从性格上看，他比她更像一个优秀的乌托邦人。他就像一个乌托邦人，把她丈夫和孩子的死看成是一种勇敢、无所畏惧的行为，而不是一个令人悲痛的事件。他们已经死了，但那是一种勇敢、受人赞扬的死亡。大海依旧波光粼粼，阳光依旧绚丽多彩。但是，她丈夫和孩子的死亡也暴露出一些潜藏在她身上的一种根深蒂固的污点，这个污点有着久远的历史，但在乌托邦的社会仍然可以见到它的影子，就像在为死人鞠躬，搞什么宗教祭祀似的。巴恩斯坦波尔感到很奇怪，在乌托邦也能看到地球人身上的本质。

莉切妮丝跟巴恩斯坦波尔谈起他的儿子，可能是因为她失去了儿子，所以她很羡慕他。他的儿子学习不用功，知识面很窄，如果他们能生活在乌托邦，他们的身体会多么结实，生活该有多么幸福，知识该多么丰富！他宁肯冒着把他们淹死十几次的危险，也不愿他们成为受人雇佣的职员。即使按照地球人的标准，他也不是一个好父亲，他为孩子们做得太少了，让生活中很多有意义的东西从他们身边，以及从他自己和太太的身边溜走了。如果他还能回到地球的话，他要抽出时间去教育他的孩子多学政治和科学，不要让他们沉溺于平凡庸俗的郊区生活，不要整天只知道打网球，疯狂地大声喊叫，打情骂俏等。他觉得他的孩子们在本质上是好的，但他把他们扔给了他们的妈妈，他们的妈妈并不会按照他现在的观点和标准去教育和要求他们。他们过着一种庸俗、浅薄的生活，仍然生活在灾难的阴影中，仍然生活在缺衣少食、贫困潦倒的垃圾世界里。他自己的生活曾经也是这样。

悉顿汉姆又开始浮现在他的眼前。"我总是在不停地批评、指责，却什么也改变不了，"他说，"我和佩弗一样坏。我在地球上所起的作用比在乌托邦大吗？在地球上我们都是无用的人……"

他故意避开莉切妮丝，独自在山谷间漫步。他来到一个大阅览室，翻翻那些根本看不懂的书。他又走进一个车间，看到一位艺术家正在用黄金制作一个裸体女郎的雕像。这塑雕像比地球上任何一塑雕像都完善，可这位艺术家仍然对自己的作品感到不满意，把它回炉后重新开始制作。巴恩斯坦波尔一会儿转到公寓，一会儿转到田间。他看到山坡上有一个大矿井，附近还有什么东西一闪一闪地发出奇特、耀眼的光，可遗憾的是，乌托邦人不让他靠近它。他看见了许多他无法理解的东西。他开始感到自己就像地球上的一条聪明的狗，只不过是他没有主人，没有狗那种被人辱骂后仍然可以自慰的本能。乌托邦人白天上班，他们从他身边走时都面带微笑，他羡慕死了！他们才真正属于乌托邦。晚上，他们三三两两一块儿走着，边走边聊天，有时还一块哼上几段小曲，情侣从他身边走过，他们笑得是那么甜蜜，脸紧紧地贴在一起。触景生情，他感到自己是多么孤单。

尽管他在竭力控制自己的情感，但是他还是想在乌托邦得到爱或者能去爱上什么人。他知道，在乌托邦没有一个人愿意给他肉体上或精神上的爱抚，这一点远比他自身的价值更使他感到羞辱。美丽、可爱的乌托邦女人，从他身边走过，有的出于好奇心，看了他一眼，有的对他视而不见，冷漠无情，这大大地伤害了他的自尊心，他觉得在乌托邦再也待不下去了。从这些美丽的乌托邦女人身上，他无形中产生了一种自卑感，一种社会和种族的自卑感。在乌托邦，似乎每一个人都有一个情侣，但是在这里，爱对他来说却是可望而不可即的……

这天晚上，他躺在床上睡不着觉，心中有一种无法用语言描述的沮丧感。突然他有了一个主意，他可以想方设法获得乌托邦的公民身份，这样就可以找回自己的自尊了。

要是这样的话，他们就会主动跟他讲话，会对他感兴趣，会对他产生同情心。

第三章
效力乌托邦

一

经过了解，巴恩斯坦波尔得知要和他谈话的人名叫萨戈尔德。萨戈尔德看上去年纪较大，因为他的眼角和脑门布满了皱纹。他气色红润，满脸络腮胡子，胡子花白，浓浓的眉毛下面长着一双褐色的大眼睛。他的头发稀少，像飘垂下来的马鬃。他显得老练庄重，不失长者风范。他坐在一张堆满纸张的桌子前，正在写什么。他朝巴恩斯坦波尔笑了笑，看样子早就坐在那儿等他了。他用手指了指身边的椅子，示意巴恩斯坦波尔坐下。巴恩斯坦波尔发现萨戈尔德的手上长满了老人斑，但看上去却仍然十分粗壮有力。老人笑眯眯地等着巴恩斯坦波尔开口。

"乌托邦是一个非常成功、让人羡慕的世界，"巴恩斯坦波尔说，"但是它容不下无用之人。你们每个人都是那么幸福、快乐，每个人都……但是，我不属于任何星球。我没有事情做。没有人——没有人愿意和我交往。"

萨戈尔德轻轻地点了点头，示意明白巴恩斯坦波尔的意思。

"对于一个受过教育和培养的地球人来说，要想融入乌托邦世界是很困难的。即使想找一份最普通的工作，或者交几个朋友都是相当困难的，因为你是一个陌生人……但是要想找到自己的位置也不容易。如果你找到了一份新工作，而且和你共事的大部分人你都熟悉，你是这个工作的中心人物，是一名管理者，那么你就会感到自己是一个有用的人，就会觉得自己和乌托邦人一样出色……如果这样，我一定会尽力而为，体现自己的价值。如果你们需要有人去做冒险的事情——探索危险的生命禁区，我会毫不犹豫地效力。我可以做那些不需要任何技术和知识的工作，我会干得很出色，很卖力气。"

巴恩斯坦波尔稍微停了片刻。

萨戈尔德不停地点头，他明白巴恩斯坦波尔的意思。

巴恩斯坦波尔没有再说话，只是看着萨戈尔德。萨戈尔德也没说什么，他在默默地思考。

巴恩斯坦波尔脑子里又涌现出了许多要说的话。

萨戈尔德不知道巴恩斯坦波尔是否了解乌托邦科学发展的程度和进程。他说乌托邦现在已经进入了一个高度发达的高科技阶段。人们都在钻研新知识，开发新领域和新的可能性。所以在这股汹涌澎湃的高科技浪潮面前，地球人显得力不从心，非常痛苦，感到极不适应。即使对于一些落后的乌托邦人来说，也同样感到很困惑。多少个世纪以来，许多哲学家和科学家就发现，早期传统的关于时空和太空关系的理论是错误的。他们对这一时空理论进行了批评和修改，重新大胆地构想了这一理论。他们还重新考证了形式和物质的关系。他们已经找到了一个非常简洁的新方法，并把这种新方法付诸实践，取得了令人满意的效果。看来，不可逾越的太空界限问题也正在变得迎刃而解。不久的将来我们就会把乌托邦星球和宇宙中的任何星球连接起来，我们会在乌托邦遥控所有的星球和远距离恒星……这就是乌托邦目前的基本状况。"

"我想象不出来是什么样一种情况。"巴恩斯坦波尔说。

"你确实想象不出来，"萨戈尔德赞同他的话，态度也很诚恳，"但这些情况都是属实的。你想象不出来这里一百年以前是什么样子。"

"你到过另外一个世界吗？"巴恩斯坦波尔问道。

萨戈尔德想了想，然后说，这种想法是不切合实际的，是暂时实现不了的。但是，如果能实现的话，那将是非常美好的……

"我们乌托邦人的生活已经进入了一个崭新、美好的阶段。我们很久以前就发现了幸福的秘诀。生活在乌托邦是幸福的。你也觉得这里不错吧？几千年前这里就是我们的家园，我们的乐土。但是，我们的生活又有了新的目标、新的追求，我们不安于现状，不满足于眼前的幸福，我们要开创更加美好的未来，开创新的生存空间。大家现在都在跃跃欲试，摩拳擦掌。"

他把手里的纸张放到桌子上，伸出一根手指，详细解释每句话的意思，尽量让巴恩斯坦波尔明白。对于巴恩斯坦波尔来说，好像萨戈尔德说的每一句话都自动译成了英语。不管怎么说，巴恩斯坦波尔还是能听懂他的话。"我们乌托邦星球和你们地球发生的这次冲突是一次很奇特的偶然事件，但并不能算作一个重大事件。我希望你能清楚这一点。你们的星球和我们的星球只是无数个具有万有引力星球中的两个，经过不同的转变和发展，产生了不同的上帝。这两个星球在许多方面都很相似，但是没有任何方面完全相同。可以说，你们的星球和我们的星球碰巧排在了一起，但是严格来说，它们并不同步运行，运行轨道也并不完全平行。它们会逐渐偏离，沿着各自的轨道运行。阿登和格林雷克在做实验时，并没想到实验会涉及你们地球。他们忽视了这一点，他们只是想把我们星球的物质到外面循环一下，然后再把这些物质收回到我们的星球。就这样，你们进入了乌托邦——我们和你们一样感到惊奇。这些实验只是针对我们自己的星球而言。我们不想进入地球，也不希望你们进入乌托邦。你们的长相和我们很像，但是你们地球太黑暗、太邪恶，你们的苦恼太多。你们地球上的传染病太多——而我们不能帮助你们，因为我们不是神仙，而是人。"

巴恩斯坦波尔点了点头。

"乌托邦人能为地球人做点什么呢？我们乌托邦人生来就没

有教训别人或支配他人的本能。这种本能已经被多少个世纪的互相平等和自由合作的精神所取代。对于我们来说，任何人都有自己的优势，不用别人来指导。你们绝大部分地球人都是靠别人才长大的，从小就养成了依赖别人的坏习惯，你们愚蠢的行为会影响我们乌托邦，你们的斗争、嫉妒和因循守旧，你们的国旗、宗教和邪恶会阻碍我们星球的发展和进步。我们应该歧视你们，应该欺压你们，应该处死你们。但是，我们没有这样做。因为你们长得和我们太相像，所以我们没有失去耐心。要想经常记着你们的粗野无礼也是不容易的。我们很早就发现，没有任何星球的人愿意为其他星球的人去卖命。这一点我们是相同的。从我对地球人所了解的情况看，你们太无知、太顽固，所以很清楚，乌托邦人是瞧不起你们的。这种蔑视全都是你们自己造成的。也许最后我们会消灭你们……为什么这么说呢？我们不想再去为你们费心思。我们也不会信任你们……相信我，这是我们唯一的办法。"

巴恩斯坦波尔沉默不语。

"你我之间——我们是两个不同的个体——可以成为好朋友，可以互相理解。"

"你说得对，"巴恩斯坦波尔说，"确实不假。但是正因为这样，我才感到伤心……不过……我想……我至少可以为乌托邦做点力所能及的事情吧！"

"你可以做。"

"怎么做？"

"回到你们的星球上去。"

巴恩斯坦波尔想了想，这正是他所关心的事。但是他还故意说："我会回去的。"

"我想说的是，你这次返回地球是要冒一定风险的，可能会付出生命代价。"

"我什么也不怕。"

"我们想核实一下记载着我们两个星球之间关系的所有资料。我们想重新进行一次阿登和格林雷克所做的实验，想看看能否把一个地球人安全送回到地球去。我们几乎有百分之百的把握。但是，这个地球人必须非常关心我们乌托邦的事情，同时也非常关心自己星球的事情。他回到地球后一定要给我们发回一个信号，告诉我们他已经安全到达。"

巴恩斯坦波尔的声音有点嘶哑，他说："我能做到这些。"

"我们会把你装进一个地球人的机器里，给你穿上原来的衣服。你可以被装扮得跟你离开地球时一模一样。"

"我明白了。"

"因为你们地球人很好斗，很卑鄙，还有许多故作聪明的'能人'，所以我们不想让他们知道我们的存在，更不想让他们知道我们离你们又那么近。我们担心他们知道我们的情况后，会不断地骚扰我们。一旦他们知道我们的存在，你们那些所谓的科学'天才'会带着贪婪的野心，对我们发动攻击，威胁我们的生命和安全，践踏我们的创造力和想象力。如果是那样的话，他们肯定会像老鼠和寄生虫一样被杀掉。"

"是的,"巴恩斯坦波尔说, "在他们来到乌托邦之前,必须得找到通往乌托邦的路。我想,乌托邦只属于那些知道乌托邦大门朝哪开的人。"

他停了一会儿,又开始提了一些问题。

"我到家后,会忘记乌托邦吗?"

萨戈尔德笑了笑,什么也没说。

"我会非常想念乌托邦的,我会很难过的。"

"你要学会控制自己的情绪。"

"回到地球后,我还得重新开始我已经厌倦了的生活,但是——在地球上——我会成为一个地球上的乌托邦人。因为我觉得我已经为乌托邦做了一点事,我已经得到了认可,我不再是乌托邦里的废人。我属于……"

"记住,你现在生死未卜。"

"随它去吧。"

"有骨气,兄弟!"

萨戈尔德友好地拍了拍巴恩斯坦波尔的肩膀,他很高兴。

"你到达地球后,马上给我们发回一个信号,随后,其他地球人也可以被送回去。"

巴恩斯坦波尔非常吃惊,不由得站了起来。"但是!我还以为他们早就死了呢!"

"有几个人死了。当城堡被旋转到空中时,他们有几个人撞到了围墙上，当场毙命。有一个穿着皮衣的人，你们称他为朗——巴罗——"

"是巴罗朗加吗？"

"对，是他。当城堡旋转起来的时候，他还耸着肩膀说：'你们想干什么？'其他人在城堡旋转后就昏过去了，但是并没有死。他们后来被救活了。我们现在不知该怎样处理他们……他们在我们这里一点用处都没有。只会给我们带来麻烦。"

"很明显，是这样。"巴恩斯坦波尔说。

"你们称为伯利的人看来在地球上是一个举足轻重的人物。我们研究了他的大脑和思维。他的信仰太渺小。除了在一个形同虚设的帝国议会里占有一席职位、给人以绅士的感觉以外，他对自己的信仰并不十分相信。他对眼前所发生的一切也不会轻易相信，他还以为是一场富有想象的梦。他对任何人都不会提及这个'梦'，因为他对这个'梦'已经惊恐万分了。在你回到地球后，他也会在几天内被送回地球。他会偷偷摸摸地回到家里。你走后他就会到我这里来。你会看到他重新从事政治活动的。不过，也许他会比以前聪明一些。"

"那太好了。"巴恩斯坦波尔说。

"嗯——鲁珀特·凯思基尔——他的名字怎么读？他也会返回。他会在你们地球人的心中消失。"

"什么办法都不会使他变得聪明。"巴恩斯坦波尔非常肯定地说。

"斯特拉女士也要过来。"

"我很高兴她还活着。关于乌托邦她一个字也不会提，她是一个非常谨慎的人。"

"那个神父疯了。他变得下流、没有理智，精神失常了。"

"他都做了些什么？"

"他做了许多黑色真丝围裙，把围裙套在头上，用猥亵的方式来调戏我们的年轻女人。"

"你可以把他送回地球。"巴恩斯坦波尔想了想。

"但是地球能容忍这种人吗？"

"我们称这种人为清教徒，"巴恩斯坦波尔说，"当然，如果你们想留他……"

"他也要被送回去。"萨戈尔德说。

"其余的人你们可以留着，"巴恩斯坦波尔说，"其实，你们真的应该把他留下。地球上没有人会惦记着他们。我们地球有这么多人口，少几个算不了什么。正因为如此，你们送回去的人越多，越会引起地球人的注意。如果你们把他们送回地球，他们肯定会向当地人打听回家的路，这样就会引起许多好奇人的围观，人们会在梅顿海德路对这些不速之客问这问那。这样他们肯定会泄密……你不要再往回送人了。你可以把其余人送到一个孤岛上，或者送到别的什么隐蔽、荒凉的地方。我希望你能听从我的建议，把神父留下。但是，如果留下他，很多地球人会想念他的，因为失去了，他们会感到很痛苦的。如果他能回到地球，可以借助圣巴纳巴斯教坛来竭力说服自己，见到的乌托邦只不过是一场梦、一种幻觉而已。其他牧师自然会相信他所说的。他会想起乌托邦，如果想起乌托邦，他会把它称作什么呢——道德观念中的一场噩梦。"

二

他俩谈完了，可巴恩斯坦波尔却迟迟不愿离开。

他静静地看着萨戈尔德，萨戈尔德露出和蔼的目光。

"你已经向我交代了我应该做的一切，"巴恩斯坦波尔说，"这是我离开前的最后一段时间，我觉得在乌托邦待一分钟要比在地球上待一天更有意义。因为我很快就要离开伟大、美好的乌托邦，回到我那乱七八糟、乌烟瘴气的地球。如果你愿意，我衷心地希望你能让我心情舒畅一会儿，请简单明了地给我讲讲乌托邦的成就和未来发展的情况。我记得你刚才说过，乌托邦不久就会超越自己的星球，去遥控宇宙中的其他星球，我对此有点困惑不解。可能我不配问这个问题，但是这对于我来说很重要。在地球上有这么一种观点：地球早晚会自行灭亡，因为太阳和行星正在变冷，似乎我们没有逃生的希望。我们生于地球，也会死于地球。这种观点对我们打击很大，我们为什么要为一个早晚会变成冰块、早晚会灭亡的星球去卖命呢？"

萨戈尔德大声笑了起来："你们的哲学家把结论下得太早。"

他把眼前的稿纸一推，一本正经地看着巴恩斯坦波尔。

"你们地球上的科学已经开始了多长时间？"

"二百到三百年。"

萨戈尔德伸出两个手指，说："那么人呢？你们地球上有多少人在从事科研工作？"

"每一代人只有几百个从事科研工作。"

"我们乌托邦的科学研究已经有3000多年的历史，有无数科学天才献身于科学研究。然而，我们知道和了解的东西太少了。在科学研究中，每取得一次成功就要经受无数次的失败。当我们在成功的边缘徘徊时，很多成功的机会都从身边溜走了。我对你们地球科学家的情况略知一二，他们研究的东西都是一些原始、初级的东西，因为我研究过古代乌托邦科学起步时期的情况。我怎么才能解释清楚我们两个星球在科学研究领域的差距呢？后来，我们通过各种各样的途径，经过反复实验，终于对空间的概念有了新的认识。在空间中，时间只是一个特定的形式。在很多方面，我们是无法给你们解释清楚的。因此，有一些在我们看来有点难或有点似是而非的东西——对于你们来说，就是难于上青天了。后来，这些对于我们来说有点难的事情还是迎刃而解了。总之，我很难给你解释清楚。我们把空间和时间这两个概念看成一对不可分割的统一体，但在你看来，这只不过是一个特殊的现象而已。就情感、本能、日常习惯而言，我们也生活在与你们相同的另外一个体系之中，但是，我们的知识和能力都远远超过了我们所在的这个空间。我们的思想已远远地走在了生命的前面——就像你们要做的那样。我们也是有血有肉的人，也有期望和要求。我们也有过徘徊，也在思索，结果把遥远的东西带到了身边。那些难以逾越的障碍在我们面前低头臣服，那些难以战胜的艰难险阻被我们牢牢地控制在手中。"

"从这个角度看，你不认为你们的需求和愿望会结束吗？"

"结束？我们几乎还没开始呢？"

老人一本正经地说着，不知不觉地模仿起牛顿的话："我们就像一群被带到大海边的顽童。从学知识的头一天起，我们所学的全部知识就像茫茫海滩上的一粒沙子，微不足道。

"摆在我们面前的是无穷无尽的知识，我们要学习、学习、再学习，在学习的同时就会取得进步。通过学习，我们的能力得到了提高，勇气得到了增强。我们的青春重新焕发，在某种意义上，我们的星球也变得有活力。而我们的祖先，思维方式简单，思路狭窄，智力很低下。他们的智慧只能给他们带来勉强可以糊口的食物以及繁衍无数后代的本能。他们惧怕新生事物，对新生事物深恶痛绝。我相信，有朝一日，你们地球一定能赶上和超过乌托邦，我们期待着这一天的到来。你们会找到通向我们星球的路——我们会恭候着你们。我们两个星球一定会紧紧地拥抱在一起，去开创更加美好的明天……你们地球人还没真正意识到生活的重要性。我们乌托邦人也一样，没有多少人……但是我们要有充分的思想准备，生活只是一种承诺，仍然会有不幸在等待着我们。

"终究有一天，我们的生活会发出耀眼的光芒。我们的生活一定会像初生的婴儿，每天都沐浴着阳光和雨露，茁壮成长。我们的生活就像早晨八九点钟的太阳，富有朝气。我们会并肩前进，我们的生活充满了希望……

　　"生活只不过刚刚开始，只不过刚刚开始……"

第四章
回归地球

一

　　早晨很快就到了。巴恩斯坦波尔准备最后一次去看看乌托邦美丽的群山，他已经做好了参加实验的准备。他不愿意睡觉，这一夜睡得很少，在黎明前他就要离开这个世界了。他看看身上穿的长袍、脚上的便鞋，这将是他最后一次穿乌托邦的衣服。不久他就要不得不穿上袜子、靴子和裤子，扎上领带，地球人的这些服饰真让人感到纳闷。一想到马上又要穿上那些烦琐的衣服，他就觉得有点喘不过气来。于是，他把两只胳膊举起来，伸向天空，大喊了一声，然后又做了一下深呼吸。脚下的山谷仍然沉睡于绵绵的云雾中。他朝山顶望了望，太阳已经升起来了。

　　他从来没有出来过这么早去欣赏乌托邦的鲜花。美丽的牵牛花还耷拉着脑袋沉睡着，还有许多不知名的花朵也收起了漂亮的外衣，羞答答地挂在枝头。树叶也打起了卷儿，像刚刚孵化出来的柔软小蛾。蜘蛛在匆匆忙忙地织着网。露水打湿了万物。就在这时，一只大老虎突然从路边蹿出来，一动不动地盯着他，大概这时它又想起了已经忘掉的凶野本性。

走了一段路后，他穿过了一个朱红色的拱门，然后登上一段可以早一点儿到达峰顶的石阶。许多色彩艳丽的小鸟，欢快友好地在他头上飞来飞去，有一只竟一点儿不害怕，落在他的肩膀上，等他抬起一只手准备去抚摸它时，它却慌忙地飞跑了。他还在沿着台阶往上走，这时，太阳已经升得老高了，群山好像脱去了身上的柔纱，把美丽迷人的身姿裸露在金色的阳光下。

巴恩斯坦波尔在石阶的一个平台处停了下来。他静静地站在那儿，眺望着脚下云雾迷漫的山谷，欣赏着眼前冉冉升起的太阳。

阳光照射在远处的海面上，海面上碧波荡漾，水波粼粼，景色十分怡人。

二

"这是一个多么宁静的早晨啊！"他自言自语地说，"太美了！大自然的造化是多么和谐啊！"

鉴于作为一名记者的职业敏感性，他开始动情地朗诵起诗来。"富有朝气的平静……迷惑已经过去……一个充满了神灵的

273

世界……像水晶一样透明……"

说这些有什么用呢?

巴恩斯坦波尔静静地站着,一只云雀从斜坡上飞过头顶,然后又欢快地飞向天空,不时地唱着优美的旋律。他陶醉在鸟儿婉转悠扬的歌声中,一直到鸟儿从视野里消失。

乌托邦又恢复了宁静,除了从山下偶尔传来几声孩子们的大笑声以外,一切都是静悄悄的。这恬静的情景使巴恩斯坦波尔想起了地球,同饱受痛苦的地球相比,乌托邦是一个多么宁静、安详的世界啊!这里没有狗的吠叫,没有驴子的哀鸣,没有牛的吼叫,没有野兽的嗥叫;田野上没有喧嚷的吵闹声,没有愤怒的叫骂声,没有嘶哑的咳嗽声和训斥声;没有敲打声,没有拉锯声,没有吱吱嘎嘎的刺耳声,没有机器的轰隆声,没有口哨声,没有火车哐唧哐唧的奔跑声,没有汽车喇叭的嘟嘟声。这里听不到令人讨厌、让人发怵的嘈杂声。在乌托邦,人们所听到的跟看到的一样,都是那样平静。曾经嘈杂纷乱的乌托邦现在已经变得非常宁静。

他的目光又移到了脚下优美的风景,山下的云雾已经散去。水塔、公路、桥梁、楼房、堤岸、果园、花园、水渠、陡峭的小瀑布以及喷泉等历历在目,在枝叶茂密的树林衬托下,形成了一幅美丽、壮观的风景画。

"3000年前,这里原本同地球一样……想一想,一百代人……3000年以后,我们或许也能把地球上的丛林、沙漠、垃圾堆、贫民窟改变成如此美丽、富饶的天国……

"两个星球有很多相似之处，但又迥然不同……

"要是我能告诉他们我在乌托邦都看到了什么，那可真是太好了！

"要是所有的地球人都见过乌托邦该有多好！

"要是我把在乌托邦看到的一切告诉他们，他们能相信吗？他们不会相信的。

"他们会像驴子一样对我嚎叫，像狗一样对我狂吠……他们心中除了地球以外，容不下其他星球。除了他们自己的星球外，如果谁谈起其他星球，他们就会感到非常痛苦。他们无论如何也不肯去做别人没有做过的事。谈论别的星球上的事，他们觉得丢面子……宁愿去死、去受酷刑、让自己变成废人——无论做什么，就是不能丢面子。结果，他们什么也做不了，只好蹲在草堆或粪堆上，边搔痒边吹牛，还不停地相互点头，希望能看到一场激烈的狗咬狗之争，这样就可以幸灾乐祸地观赏他人的痛苦和不幸。这种人过去令人讨厌，现在令人讨厌，将来也必定令人讨厌。令人讨厌的确是件好事，因为天底下再没有什么新鲜事可发生……"

他的思绪被两位年轻的姑娘给打乱了，她俩一前一后朝台阶上跑去。跑在前面的那位姑娘皮肤较黑，手里拿着一束蓝色的鲜花；跟在她后面的姑娘比她小一点儿的样子，长着满头金发。她们无拘无束地嬉笑打闹。前面的那位姑娘由于太专注于躲避第二个姑娘的追赶，直到踏上巴恩斯坦波尔坐的台阶，才发现他的存在。她迅速地瞥了他一眼，把两朵蓝色的鲜花撒在巴恩斯坦波尔的脸上，然后飞快地沿台阶朝上跑去。她身后的小伙伴为了追上她，飞也似的跑了上去。她俩宛如两只黄色和蓝色的蝴蝶在台阶上翩翩起舞。远离巴恩斯坦波尔后，她俩停下来，商量了一下，然后朝巴恩斯坦波尔挥挥手，转眼就不见了。

巴恩斯坦波尔感到很愉快，也朝姑娘们挥了挥手。

三

莉切妮丝指给巴恩斯坦波尔看的那个观察点位于一片巨大的谷地和一座陡峭的峡谷之间的山脊上。他曾经在那片谷地上住了几天。峡谷间的流水奔腾不息，蜿蜒曲折几百英里，最后汇入平原中的大河。观察点位于顶峰上一块向外凸出的岩石上，正好倒垂于下面急流的拐弯处的上方。展现在他眼前的是一幅如诗如画的自然美景。一面是群山起伏，重峦叠嶂；另一面是波涛汹涌，泡沫飞天。巴恩斯坦波尔仔细观察着这个山谷。他下方约五百英尺处，一只兀鹰正在展翅飞翔，他拾起一块小卵石，朝兀鹰张开的翅膀扔去。

他认为山坡上的树林肯定是果树林，但距离太远，不敢断定到底是什么果树。四处都有蜿蜒于树林和岩石之间的羊肠小道。绿荫之间点缀着供徒步旅行者休息的小凉亭。旅行者可以在凉亭里休息一会儿，喝点水，吃点饼干一类的点心；也可以在亭里的床上躺一躺，读读书，看看报纸。乌托邦到处都有供人休息、为人提供方便的小凉亭或遮阴处。

过了一会儿，他来到观察点的边上，凝视着绵延通向大海的大峡谷。毗斯迦山浮现在他的脑海中。他的脚下就是人们期望中的乐土，一个稳定、充满和平、健康、幸福、活力的社会终于建立了起来。地球人梦寐以求的愿望在这里都得到了实现。

还要经过多长时间——经过多少个世纪或几千年——地球人也能站在高处尽望地球上的大好河山和和平安宁的胜利景色？什么时候地球才能永远保持和平？

他把双臂放在胸前，陷入了深深的沉思。

地球上存在的病菌乌托邦也有过，地球人没有使用过的动力乌托邦也没有使用过。但是，乌托邦却消灭了愚昧、黑暗、恶意和怨恨，否则乌托邦同今天的地球就没有什么两样……

为了把地球也改变成乌托邦这样的星球，巴恩斯坦波尔一生都在为之奋斗。如果即将进行的实验能获得成功，如果能活着回到地球，他今后的人生目标将是尽自己的微薄之力，朝乌托邦的方向努力奋斗。在地球上，一定会有上千人、上万人甚至上亿人都想使自己和自己的后代摆脱混乱年代的混乱和耻辱；有无数人在期望战争所造成的荒废和灾难早日结束，受伤的心灵早日愈合，早日受到良好的教育，早日过上幸福的生活。让乌托邦的旗帜早日在地球的上空高高飘扬！

"但是我们未能做到这些，"巴恩斯坦波尔一边来回走动，一边很苦恼地说，"我们的人口如此众多，而我们取得的成绩却如此可怜！差不多地球上每一个年轻人都曾经为改变地球而奋斗过，都曾经有过梦想，让地球变得更好。但是我们遭受践踏和蹂躏。古老陈腐的肮脏东西，再加上偏见、世俗以及背信弃义战胜了我们！"

他又回到悬崖顶端，坐在一个石凳上，胳膊肘顶在膝盖上，手掌托着下巴，凝视着即将离开的美丽世界……

"我们一定能做到！"

突然，巴恩斯坦波尔产生了一个想法，他的灵魂和肉体都属于一场革命，一场大革命。他要献身于这场革命，直到地球成为像乌托邦一样美丽、富饶、和平统一的星球。他清楚地知道，这场革命是地球人生活的开始，是一切邪恶势力的灭亡之时，这种思想在他的脑海中已经根深蒂固。他相信，不久以后，无数的人也会有这种思想，也会朝乌托邦的方向努力。

他站了起来，不停地来回走动着。

"我们一定能做到。"

地球人还没有完全意识到摆在面前的艰巨任务，还没有看到胜利的曙光。人类历史发展到今天，人们所做的事情只不过才刚刚起步，仅仅是从沉睡中醒来，把心中的怨恨累积起来，对生活中的束缚进行抗争。这些抗争、暴力、革命运动在不知不觉中成为即将到来的大革命前奏曲。当初，巴恩斯坦波尔离家开始这次奇特的旅行时，是带着一种非常抑郁、沮丧的心情的。他对地球上的一切事情都感到彷徨、苦闷和痛苦，感到前途非常渺茫。现在，他从乌托邦看到了希望，看到了地球的未来。随着心情的转变，他清楚地认识到，地球人的使命是多么艰巨，地球人必须坚定不移地走自己的路，不怕失败，不怕困难，最后实现目标。他希望在自己的一生中能有机会看到：地球人怎样摆脱君主制度的欺骗和统治，怎样废除教条的宗教制度和道德说教，自尊心如何得到尊重，思想如何得到净化。地球人正在朝博爱努力，正在把经济从虚伪和欺骗中解放出来。在斗争中，我们肯定会经受各种各样的挫折和失败，但是一定要坚定信念，稳步地朝乌托邦迈进……

在前进的道路中肯定会有失误，有挫折，因为革命还处于萌芽状态。去创立一个新世界，所遭受的损失跟所取得的成就一样巨大。无论是胜利还是失败都跟巴恩斯坦波尔息息相关。

那一天已经不远了——当这场最后、真正的革命不再处于启蒙阶段而是处于蓬勃向上的阶段，成千上万曾经分散和无组织的革命者会团结起来，消除分歧，同仇敌忾。人们要合理利用和开发资源，要从被奴役中解放出来，要摆脱愚昧无知的落后面貌，要把剩余的精力全都用于提高知识水平和审美意识，只有这样才能不再受压抑。地球人要走乌托邦人所走的路。地球人也要有健全的法律、义务和完善的教育制度。地球人不久也会对曾经害怕的事情感到好笑。他们会认清一切欺骗和谎言，推翻剥削和压迫。当这场大革命胜利之时，地球的车轮就会驶进光明，人们的痛苦就会消失，勇气会把人们心中的伤痛赶走。地球再也不是一个杂草丛生的荒园，不会再有臭气熏天的茅舍和肮脏的贫民窟。

地球也会像乌托邦一样富饶美丽，生机勃勃。地球的儿女们也会从疾病中解脱出来，轻松、愉快地生活。地球会越来越强大，越来越美丽。地球人会自豪地抬起头，建设美好的家园。

"只要有这个信念，"巴恩斯坦波尔说道，"只要有这个信念，我们的目标就一定能实现！"

四

一阵清脆的钟声从远处传来。

把他发射回地球的时间快要到了。他得马上下山，有人会把他带到实验地点去。

他最后看了一眼峡谷，然后把目光移到宽阔的谷地。他再一次看看周围的湖泊、水塔、洪流、园林、田野、凉亭、繁忙的城市和高高的高架桥，看看乌托邦迷人秀丽的风光。"再见了，乌托邦！"他惊奇地发现自己对乌托邦的感情是那样深厚，那样依依不舍。

"再见了，充满美好和希望的乌托邦！"

他一动不动地站在那里，对乌托邦深深的眷恋使他产生了一种失落感，眼泪也情不自禁地流了下来。

对他来说，乌托邦的精神就像至高无上的神，那么友好、仁慈，而又那么可望而不可即。

他的思绪也停止不前。

"永远不会，"他自言自语道，"对于我……除非努力奋斗……否则……"

他开始沿着台阶往下走，脑子里一片空白。突然，一阵玫瑰花的芳香扑鼻而来。他注意到台阶两边是高大的白玫瑰树，树上还有轻快的绿色小鸟。他停下来，站在那里注视着绿叶和鲜花。他张开手，把一只最大的花往自己的脸上拉，直到花碰到了脸。

五

他们用飞机把巴恩斯坦波尔送到了玻璃路上，他就是从这里进入乌托邦的。莉切妮丝陪他来到现场，克里斯多尔对这项实验很感兴趣，也来凑热闹。

二三十人，包括萨戈尔德，都在等他。在阿登和格林雷克实验室的废墟上又建起了新的实验室。远处的路边也矗立着一些新建成的建筑物。尽管这里发生了一些变化，但巴恩斯坦波尔还是非常容易地认出了这个地方。凯思基尔就是在这个地方遇到了豹子，伯利先生也是在这儿同他搭话的。路边的花坛里新增添了一些新品种的花卉，但最令人着迷的蓝色花朵依然争奇斗艳，娇姿百态。他那辆"黄祸"老爷车像一堆笨重的铁器停在路上。他走到车旁边检查了一下，看来一切都运转正常。不过，车子被重新喷了漆，油箱也是满的。

巴恩斯坦波尔的行李包和衣服放在旁边的一个小凉亭里，衣服很干净，烫过以后叠得整整齐齐。他把衣服穿上。衬衫领口很紧，外套的袖子也短了一截，可能是消毒后衣服缩水的缘故。他把行李包整理好，克里斯多尔帮他把行李放进车内。

萨戈尔德简明扼要地向巴恩斯坦波尔交代了要做的事情。路对面，靠近新建成的实验室旁边，伸出一条细如蛛丝的线。"开上你的车，把线撞断，"萨戈尔德说，"你要做的就是这些。拿着这朵红花，把它准确地放在你的车辙上，这就是回地球之路。"

巴恩斯坦波尔来到车旁。乌托邦人向后退了二三十码的距离，围着他站成一圈，一时间都沉默不语。

六

巴恩斯坦波尔打开车门，上了车，把引擎发动起来。他让发动机空转了大约一分钟，然后用力踩了一下离合器。这辆黄色的小汽车开始向那条细如蛛丝的线驶去。他用一只手向大家挥了挥，莉切妮丝也朝他挥了挥手。萨戈尔德和其他乌托邦人也都朝他做了友好的表示。克里斯多尔却全神贯注地投入到了即将进行的实验中去，一点儿反应也没有。

"再见了，克里斯多尔！"巴恩斯坦波尔高喊了一声，克里斯多尔这才回过神来。

巴恩斯坦波尔加大油门，咬着牙，竭力控制住自己的感情。就在撞上细线那一瞬间，他闭上了眼睛。他紧张极了，仿佛听到了琴弦的断裂声。刹那间，他产生了一种不可抗拒的冲动，想要把车停下来，返回乌托邦。于是，他松开油门，踩了一下急刹车，车朝前滑动了大约一英尺，一下子停了下来。由于惯性，他的胸部重重地撞到了方向盘，顿时，他觉得胸口隐隐作痛。他睁开眼，朝四周看了看。

车停在了一块杂草刚刚被清除的田野里，地上的一块石头使得车身向一侧倾斜了一下。树篱中间的一道黑门把田野跟主干道分开。近在眼前的是梅顿海德旅馆的一个广告牌。路的远处是平整的田地，四周环绕着长有低矮树木的小山。路的左边有一个小酒馆。他抬起头，看到了坐落于长满白杨树的草地边缘的温德塞城堡。这里并不完全是乌托邦人向他承诺的他离开地球的那一点，但那一点离他只不过一百码之遥。

他一动不动地坐在车子里，想想下步该做些什么。他发动着"黄祸"，朝黑门驶去。车穿过黑门后就停了下来。他手里还握着那朵红花，他准备回到重新进入这个世界的那一点，把花放在那里。想确定这一点并不难，只需找到被车轮压倒的草茬即可。他实在不愿意这么做，他想保留这朵花。这是他从乌托邦得到的最后一个东西，也是唯一一个东西。他手里的这朵花散发着一股清香。

很奇怪，他仅仅从乌托邦得到了一朵花。为什么不多带回几朵呢？乌托邦那么富有，那么美丽，为什么乌托邦人什么东西也没给他呢？他确实非常想拥有这朵花。于是，他从身边的树篱里摘了一朵杜鹃花，想用这朵杜鹃花替代那朵红花。可是，他突然想起来了，这朵杜鹃花是地球上的花朵，肯定带有病毒，如果把它发射回乌托邦，肯定会把病毒传到乌托邦。他必须得按照乌托邦人告诉他的那样去做。他沿着车辙走着，不一会儿就走到了车辙的起点。他静静地想了一会儿，然后从红花上撕下一片花瓣，把它小心翼翼地藏在口袋里，又把其余的花瓣撒在车辙中间。他心情沉重地慢慢走回到车边，望着天上闪着红光的星星。

他离开了乌托邦，回到了地球上。此刻，他感到很伤心，心情极为沉重。

很明显，地球上的干旱还在持续，因为田地比他去乌托邦以前看起来更加干裂。由于缺水和长时间受到阳光曝晒，土地已经变成了褐色。每当有汽车从路上驶过，后面就会卷起高高的尘土——他已经忘却的令人不舒服的景象。各种嘈杂的声音和刺鼻的怪味重新回到了他的周围。汽车在大街上跑来跑去，不时传来刺耳的喇叭声，火车轰隆隆地叫个不停，老牛也时而发出饥渴的嚎叫声，这些声音不断地灌进耳朵里，让他感到极不舒服。空气污染也很严重，大街上的灰尘和柏油马路被太阳烤焦后散发出的气味呛得他喘不过气来。沿着黑门顶端和树篱边缘有一条弯曲的电线，他的脚下遍地都是废纸和牲畜的粪便。他驾驶着汽车，那一点被他渐渐地甩到了后面，最后变成了一个闪着红光的小点。

突然，有一个东西飞快地闪现在他面前，好像是一只手一样的东西在他前面晃了晃，夺走了他手里的花。不一会儿，这个奇怪的东西就消失了，紧接着一阵旋风吹来，四周的尘土被卷起了一个旋涡，然后又慢慢落下去……

一切都结束了。

一想到主干道的交通拥挤情况，巴恩斯坦波尔就感到不舒服，他不知不觉地把头稍微低了一下，以便躲过行人的目光。有几分钟的时间，他无法恢复自己的控制力。他只好站在那儿，用手捂住脸，身体靠在那辆破旧的车旁边……

最后，痛苦终于过去了。他钻进了车里，发动着引擎，加大油门，驶进了主干道。

他漫无目标地把车子往东面开。他把黑门甩在后面，门没关上。他慢慢地驾驶着车子，因为到目前为止他还不知道要往哪里去。他想，在我们这个古老的世界里，他很可能是一个被到处寻找的人。一旦被人发现，他就会成为焦点，人们就会问没完没了的问题。如果是那样的话，他会感到很厌烦。在乌托邦时，他还没想到这一点。在乌托邦，他理所当然地以为会不被察觉地回到地球。现在真的回到了地球，想想这种自信是很愚蠢的。他看到前面有一间宽敞的茶屋，觉得应该在那儿下车，到茶屋里喝点茶，看看报纸；了解一下地球上的最新动态，看看他离开这段时间地球上都发生了什么事情，看看别人是否知道他失踪了。

他在窗边的一张桌子旁坐了下来。茶屋中间放着一张大桌子，桌子上面摆着一个绿色的大花盆，花盆里栽着一棵蜘蛛抱蛋花。花盆旁边堆放着一些报纸，这些报纸都是过期的，不过桌子边有一份今天的《每日快讯》。

他迫不及待地拿起这份报纸，很担心报纸上会刊登伯利先生、巴罗朗加勋爵、鲁珀特·凯思基尔先生、亨克、阿莫顿神父和斯特拉女士等神秘失踪的消息。渐渐地，他的担心消除了，有关他们失踪的消息报纸上只字未提！

"但是，肯定，"他自言自语道，"他们的朋友一定很想念他们！"

他通读了一份报纸。在所有刊登出来的消息中，唯一值得一提的是他看到了弗莱迪·穆什的名字。报纸上说：今年的英国文学奖空缺，因为"弗莱迪·穆什先生出乎意料地出国了。"

他不敢相信为什么没有人围着他问这问那，一切都是那么平静。他想起了刚才发生的情景，想起了那枝神奇的红花和那个像手一样的奇怪东西。有了这两样东西，那黑门就会神奇地出现在美好的乌托邦和地球之间，然而黑门又被关上了。这令他迷惑不解。

那个充满了健康和诚实的乌托邦的面积要远远大于地球的面积，这对于他来说永远是可望而不可即的。然而，就像他被告诉的那样，乌托邦只不过是宇宙中无数个星球中的一个，就像一本数不尽的书页中的一页，它是那样渺小，那样微不足道。而每个星球四周都存在着数不清的其他星系和其他维。一个乌托邦人曾经对他说过这样的话："如果我的胳膊可以随意伸长，相信只要我伸一下胳膊，就可以拥抱一千个宇宙。"

一个女侍者端着茶壶走来，打断了他的遐想。

女侍者端上来的茶似乎一点儿味都没有，也不是很干净。他只好抿了一小口，因为实在太渴了。

他把手放进口袋里，无意中发现口袋里有一个软软的东西，这时他才意识到是从那枝红花上撕下的那个花瓣。花瓣的颜色已不那么鲜艳了，有点变黑、变枯萎了，而且味道也不清香了，闻起来有点让人感到恶心。

"很明显会是这样，"他说，"我应该预料到这一点。"

他把花瓣摆到桌子上，又把它捡起来埋在桌子上的花盆里。

他又拿起那份《每日快讯》，看了又看，试图再看看其他消息。

七

他在茶屋里待了很长时间，把那份《每日快讯》翻了又翻。他考虑得太多，以至报纸滑落到地面他都没感觉到。他轻轻地叹了口气，然后喊服务员结账。他知道自己的皮夹子里还有许多钱。"这是我花钱最少的一次休假，"他想，"几乎一分钱也没花。"他问服务员邮局在哪儿，因为他要发一封电报。

两个小时以后，他把车停在了悉顿汉姆的家门口。

他把车门打开——很习惯地把车的变速杆调换到倒车挡上，然后非常娴熟地把"黄祸"巧妙地绕过小花坛，倒进了车库。巴恩斯坦波尔太太出现在了门口。

"阿尔弗莱德！你回来了？"

"是的，我回来了。收到了我的电报吗？"

"十分钟以前收到的。这些日子你到哪里去了？有一个多月了！"

"噢！只不过是到处走走，散散心。我玩得很开心。"

"你应该给我们写封信。你确实应该写信……阿尔弗莱德……"

"我没事。医生说我没事。我告诉你我很好。有茶吗？孩子们到哪里去了？"

"孩子们不在家。我给你沏点新茶吧。"她沏了一杯新茶端过来，坐到他对面的竹椅上，"你回来我真高兴，尽管我还要责备你……

"你看上去气色不错，"她说，"我从来没见过你的皮肤这样光滑有弹性。"

"我一直待在非常清洁的环境中。"

"你是到湖区去了吗？"

"没有，但是我去的地方到处都充满了清新的空气，对健康很有好处。"

"你从来没迷过路？"

"从来没有。"

"我有一种感觉，你走丢了——丧失了记忆，或者发生了诸如此类的事情，是这样吗？"

"我的记忆力很清楚。"

"那么你去哪儿了？"

"我只是到处转转，就像做了一场梦，好像在梦中徘徊了许久。不论我走到哪里我都不问这个地方的名字。我在一个地方待几天，然后又到别的地方。我从来不问去过的地方都叫什么名字。这几天休假，我感觉特别轻松，脑子里一片空白，什么也不去想，什么也不去考虑，尽量放松自己。我对政治问题、钱和其他社会问题一点儿也不感兴趣——这是本周的《自由主义者》吗？"

他拿起《自由主义者》翻了翻，然后把它扔到了沙发上。"可怜的佩弗先生，"他说，"当然，我必须离开这个编辑部，《自由主义者》就像一堵潮湿阴暗墙上的墙报……让我感到头痛。"

巴恩斯坦波尔太太疑惑不解地盯着丈夫说："但是，我却一直认为在《自由主义者》报社当编辑是一份很稳定的工作。"

"我现在不想有一份稳定的工作，我做别的事情会做得更好。在我面前有另外一份工作……不要为我担心，通过这次休假，我对自己有了新的认识，我会把握好自己的……孩子们最近怎么样？"

"我对弗兰克有点担心。"

巴恩斯坦波尔又拿起了一份《泰晤士报》，寻人启事栏刊登的一则古怪的广告吸引了他的注意力。上面写着："伯利，你的失踪让我们感到很焦虑。请告诉我们你想要我们做什么。请详细填写苏格兰的地址。我们会按照你的指示去办。"

"亲爱的，你刚才说什么？"他把报纸放在一边。

"我是说弗兰克好像不想放弃学业去经商，他不喜欢经商。我希望你能和他谈一谈。他现在很苦恼，因为他还涉世不深。他说他想成为理工学校的一名理科学生，想继续学习。"

"噢，他可以成为一名不错的理科学生，他很聪明。我会跟他谈一谈的。他可以学习理科。"

"但是这个孩子得挣钱糊口。"

"不要急，如果他想继续学习就让他学吧！"

巴恩斯坦波尔太太觉得丈夫说话的语气跟以前有些不一样，这种语气很直截了当，很干脆。更让她惊奇不已的是丈夫一点儿也没有觉察到这一点。

他咬了一口手上的黄油面包，巴恩斯坦波尔太太发觉丈夫对面包的味道有点不满意。他用怀疑的目光看了看手里剩下的面包。"当然了，"他说，"这是伦敦黄油，已经过期三天了。真是胡乱往里塞东西，不吃了。一个人的味觉这么快就变了，真好笑。"

他又拿起《泰晤士报》浏览报纸上的其他内容。

"这个世界确实像小孩子一样，"他说，"太像小孩子了，我已经忘了。虚构的布尔什维克情节、新芬党的声明、王子、波兰，虚假虔诚的关于基督教的文章、希契恩谋杀案……哼！尽是些污秽不堪的东西……画家伦勃朗……保险……还有上院议员们关于义务死亡法的信函……糟糕的体育新闻，划船、网球、学生板球运动、哈罗公学的衰败！尽管刊登的这些东西并不重要……可是这是多么愚蠢的做法啊——全都是无用的东西。报纸的内容拙劣，形式呆板，语言俗不可耐！就像一群仆人在争吵，更像一群孩子在吵闹。"

他发现妻子正目不转睛地盯着自己。"自从那天我离开家到今天早晨，我一张报纸也没看。"他解释说。

他放下报纸，站了起来。

巴恩斯坦波尔太太怔怔地坐在那儿，好半天没说话，怀疑自己是否得了幻觉症。不过，她还是慢慢意识到自己并没有得什么幻觉症，一切都是真的。

"是的，"她说，"是这样。不要动！就这样站着。阿尔弗莱德，我知道这很可笑，你比以前高了。我并不是说你的驼背变直了。你确实变高了——噢！至少比以前高出三四英寸。"

巴恩斯坦波尔盯着她，伸了伸胳膊。的确，他的手腕比以前长了。他又看了看身上穿的裤子，似乎也比以前短多了。

巴恩斯坦波尔太太带着崇拜的心情来到丈夫面前，肩膀靠在丈夫的胸前。"过去你的肩膀差不多和我的一边宽，"她说，"可是现在你的肩膀看起来比我的宽多了。"

她抬头看了看他，她看上去确实很高兴。

巴恩斯坦波尔好像又沉浸于思考中。"现在乌托邦的空气一定非常清新。我曾经到过空气最清新的星球……太美好了……但是，我现在已经成熟了。我感到我的身体和思想从里到外都发生了变化，都得到了完善。"

巴恩斯坦波尔太太把茶具收拾好，准备端下去。

"你好像没去大城市。"

"没有。

"我专门走乡间小路。

"实际上……它对于我来说是一个新国家……美丽……奇妙无比……"

他的太太静静地看着他。

"有朝一日你一定得带我去看看，"她说，"我要看看你说的那么好的世界是什么样子。"

H.G. 威尔斯年表

1866 年　9 月 21 日，出生于伦敦肯特郡布罗姆利。

1874 年　进入布罗姆利学院读小学。

1880 年　在温莎一家布店做了一个月的学徒工。

　　　　在萨默塞特一所乡村学校担任很短一段时间的小学老师。

1881 年　在米德赫斯特给一名药剂师当学徒。

　　　　在米德赫斯特语法学校学习。

　　　　在南海镇一个布料市场当学徒。

1883 年　在米德赫斯特语法学校担任小学老师。

　　　　拓宽自学范围，开始广泛学习自然科学和政治经济学。

　　　　为参加全国理科考试做准备。

1884 年　进入伦敦肯辛顿科学师范学校（皇家科学院的前身）学
　　　　习，主修由托马斯·赫胥黎授课的生物学和动物学。

1885 年　在夏季考试中获得一等荣誉，再次获得奖学金。

1886 年　很快对主课失去兴趣，而对文学和政治学兴趣倍增。

　　　　在威廉·莫里斯家里参加社会主义集会。

　　　　撰写有关社会主义的论文并向学校的辩论协会投稿。

　　　　创办《科学学派杂志》（*Science Schools Journal*）并担
　　　　任主编（直至 1887 年 4 月）

1887 年　期末考试地质学不及格，失去奖学金，离开师范学校且
　　　　未能获得学位。

在北威尔士的霍尔特学院任教。

在一场校内足球比赛中遭到撞击，造成肾破碎和肺出血，被迫从霍尔特学院辞职。

全身心投入写作。

1888 年　在伦敦的亨利豪斯学校任教。

《时空长河中的寻金羊毛者》（*The Chronic Argonauts*）在《科学学派杂志》上连载，这也是《时间机器》（*The Time Machine*）的部分初稿。

1890 年　通过伦敦大学的考试，被授予伦敦大学理学学士学位。

获得生物学一等荣誉和地质学二等荣誉。

被选为动物学协会会员。

被大学函授学院聘为生物学专业学生的助教。

1891 年　第一篇学术论文《独特之物的重新发现》（*The Rediscovery of the Unique*）刊登在《半月评》（*Fortnightly Review*）上。

1893 年　出版《生物学教程》（*Text-Book of Biology*），开始职业记者生涯。

肺出血复发，决定放弃教学工作，专攻写作。

开始在伦敦各类刊物上发表短篇故事、小说、剧评以及各类主题的文章。

1894 年　《国家观察家》（*National Observer*）刊登其七篇连载（3 月至 6 月），后整编为作品《时间机器》。

1895 年　《时间机器》在《新评论》（*New Review*）上连载（1 月至 5 月）。5 月，海尼曼公司（Heinemann）将该书出版发行。

出版短篇小说集《与一位大叔的对话选段》（*Select Conversation with an Uncle*）和《失窃的细菌与其他事件》

（*The Stolen Bacillus and Other Incidents*）以及小说《神奇之旅》（*The Wonderful Visit*）。

1896 年　出版第二部科幻小说《莫罗博士岛》（*The Island of Dr. Moreau*）以及家庭小说《机会之轮》（*The Wheels of Chance*）。

1897 年　与阿诺德·本涅特开始了长达一生的通信。

出版《隐身人》（*The Invisible Man*）、《普拉特纳的故事和其他》（*The Plattner and Others*）、《三十个奇怪的故事》（*Thirty Strange Stories*）、《水晶蛋》（*The Crystal Egg*）、《星》（*The Star*）和《某些个人私事》（*Certain Personal Matters*）。

1898 年　见到亨利·詹姆斯、约瑟夫·康拉德、福特·马多克斯·休弗（后称为福特）以及史蒂芬·克雷恩。

出版《世界大战》（*The War of the Worlds*）。

1899 年　出版《昏睡百年》(*When the Sleeper Wakes*)和《时空传说》（*Tales of Space and Time*）。

1900 年　出版《爱情和鲁雅轩》（*Love and Mr. Lewisham*）。

1901 年　出版《月球上的第一批来客》（*The First Men in the Moon*）和社会学著作《预期》（*Anticipations*）。

1902 年　应邀在皇家科学研究所演讲。

出版小说《海上女王》（*The Sea Lady*）和非小说类作品《发现未来》（*The Discovery of the Future*）。

1903 年　加入社会主义团体费边社。

参加了名为"系数"的讨论组。

与乔治·萧伯纳、西德尼·韦博和碧翠斯·韦博兄妹以及弗农·李成为好友。

出版《十二个故事和一场梦》（*Twelve Stories and a*

Dream）和非小说类作品《制造人类》（*Mankind in the Making*）。

1904 年　出版科幻小说《神食》（*The Food of the Gods and How It Came to Earth*）。

1905 年　出版小说《现代乌托邦》（*A Modern Utopia*）和《基普斯》（*Kipps*）。

1906 年　赴美国巡回演讲，见到西奥多·罗斯福、马克西姆·高尔基和布克·T.华盛顿。
　　　　出版科幻小说《彗星来临》（*In the Days of the Comet*）以及非小说类作品《美国的未来》（*The Future in America*）、《社会主义与家庭》（*Socialism and theFamily*）。

1908 年　与萧伯纳和韦博兄妹产生分歧并因此离开费边社。
　　　　出版科幻小说《大空战》（*The War in the Air*）以及非小说类作品《新世界》（*New Worlds for Old*）、《一劳永逸的事物》（*First and Last Things*）。

1909 年　出版小说《托诺·邦盖》（*Tono-Bungay*）、《安·维罗妮卡》（*Ann Veronica*）。

1910 年　出版《波利先生的故事》（*The History of Mr. Polly*）。

1911 年　出版短篇小说集《盲人乡及其他故事》（*The Country of the Blind and Other Stories*）、《墙上之门及其他故事》（*The Door in the Wall and Other Stories*）、小说《新马基雅维利》（*The New Machiavelli*）和非小说类作品《地面游戏》（*Floor Games*）。

1912 年　出版小说《婚姻》（*Marriage*）和非小说类作品《伟大的国家》（*The Great State*）、《威尔斯的伟大思想》（*Great Thoughts From H. G. Wells*）、《威尔斯的思想》（*Thoughts From H. G. Wells*）。

1913 年 出版小说《感情热烈的朋友》(*The Passionate Friends*)和非小说类作品《小型战争》(*Little Wars*)。

1914 年 访问俄国。

出版小说《获得自由的世界》(*The World Set Free*)和《哈曼先生的妻子》(*The Wife of Sir Isaac Harman*)以及非小说类作品《一个英国人看世界》(*An Englishman Looks at the World*)、《结束战争的战争》(*The War That Will End War*)。

1915 年 出版小说《比尔比》(*Bealby*)、《辉煌的研究》(*The Research Magnificent*)以及非小说类作品《世界的和平》(*The Peace of the World*)、《战争与社会主义》(*The War and Socialism*)。

1916 年 出版以第一次世界大战为主题的小说《布特林先生看穿了它》(*Mr. Britling Sees It Through*)以及非小说类作品《世界将要发生什么？》(*What Is Coming?*)和《重建的要素》(*The Elements of Reconstruction*)。

1917 年 暂短的宗教信仰经历促成了小说《一位主教的心灵》(*The Soul of a Bishop*)和非小说类作品《上帝是看不见的王》(*God the Invisible King*)的出版。

1918 年 受聘于英国信息部，从事战争宣传工作。

加入国际联盟筹建委员会。

出版《第四年：展望世界和平》(*In the Fourth Year: Anticipations of World Peace*)和《英国民族主义与国际联盟》(*British Nationalism and the League of Nations*)。

1919 年 出版小说《不灭的火焰》(*The Undying Fire*)。

1920 年 出访俄国，见到列宁、托洛茨基、高尔基、莫拉·巴德勃格。

出版《阴影下的俄国》（*Russia in the Shadows*）以及广受好评的畅销书《世界史纲》（*Outline of History*）。

1921 年　访问美国，参加在华盛顿召开的世界裁军大会。

出版《新历史教学》（*The New Teaching of History*）。

1922 年　出版《世界简史》（*A Short History of the World*）和《世界史纲》（*Outline of History*）修订版。

出版《华盛顿与和平的希望》（*Washington and the Hope of Peace*）以及小说《心脏的密所》（*The Secret Places of the Heart*）。

加入劳工党，竞选国会议员失败。

1923 年　竞选国会议员再次失败。

出版小说《神秘世界的人》（*Men Like Gods*）和《梦想》（*The Dream*）、非小说类作品《社会主义与科学动机》（*Socialism and the Scientific Motive*）、《劳工的教育理想》（*The Labour Ideal of Education*）以及传记《一个伟大校长的故事》（*The Story of a Great Schoolmaster*）。

1924 年　《大西洋月刊》（*The Atlantic*）出版《威尔斯作品集》（*The Works of H. G. Wells*）。

1925 年　出版小说《克里斯蒂娜·阿尔贝塔的父亲》（*Christina Alberta's Father*）和非小说类作品《世界事务预测》（*Forecast of the World's Affairs*）。

1926 年　与天主教作家希莱尔·贝洛克就《世界史纲》（*Outline of History*）发生争论。

出版小说《威廉·克里索尔德的世界》（*The World of William Clissold*）。

1927 年　出版《威尔斯短篇小说集》（*The Short Stories of H. G. Wells*）以及小说《与此同时》（*Meanwhile*）和非小说类作品《遭到修正的民主》（*Democracy under Revision*）。

1928 年　出版《凯瑟琳·威尔斯之书》（*The Book of Catherine Wells*）。

出版小说《布莱沃锡先生在兰波岛》（*Mr. Blettworthy on Rampole Island*）以及非小说类作品《世界的走向》（*The Way the World is Going*）、《公开的密谋》（*The Open Conspiracy*）。

1929 年　在德国议会发表演讲，演讲内容被整理成《世界和平的共识》（*The Common-Sense of World Peace*）并出版。

出版了电影剧本《曾是国王的国王》（*The King Who Was a King*）和儿童读物《托米历险记》（*The Adventures of Tommy*）。

1930 年　与其儿子 G.P. 威尔斯以及朱利安·赫胥黎共同出版教科书《生命的科学》（*The Science of Life*）。

出版小说《帕尔厄姆先生的独裁》（*The Autocracy of Mr. Parham*）和非小说类作品《通往世界和平之路》（*The Way to World Peace*）。

1932 年　出版小说《伯尔平顿沦落记》（*The Bulpington of Blup*）、教科书《劳动、财富与人类的幸福》（*The Work, Wealth, and Happiness of Mankind*）和非小说类作品《民主之后》（*After Democracy*）。

1933 年　出版《科幻小说集》（*Scientific Romances*），收录了其七部最受欢迎的作品。

出版小说《未来世界》（*The Shape of Things to Come*）。

担任国际笔会主席。

1934 年　出访苏联和美国，见到约瑟夫·斯大林和富兰克林·罗斯福。

出版《威尔斯自传》（*Experiment in Autobiography*）。

1935 年　与导演亚历山大·柯达合作，制作电影版《未来世界》
（*The Shape of Things to Come*），1936 年以《笃定发生》
（*Things to Come*）之名发行上映。

1936 年　出版非小说类作品《剖析挫折》（*The Anatomy of Frustration*）和《世界百科全书的设想》（*The Idea of a World Encyclopedia*），小说《槌球手》（*The Croquet Player*）和剧本《创造奇迹的人》（*The Man Who Could Work Miracles*）。

1937 年　担任英国科学促进会 L 分会主席。
出版小说《新人来自火星》（*Star Begotten*）、《布林希尔德》（*Brynhild*）、《剑津之旅》（*The Camford Visitation*）。

1938 年　出版小说《兄弟》（*The Brothers*）、《关于多洛雷斯》（*Apropos of Dolores*）和非小说类作品《世界的大脑》（*World Brain*）。
开始澳大利亚巡回演讲之旅。

1939 年　出版小说《神圣的恐惧》（*The Holy Terror*）和非小说类作品《一位共和激进分子的寻找激流之旅》（*Travels of a Republican Radical in Search of Hot Water*）、《人类的命运》（*The Fate of Homo Sapiens*）、《新世界秩序》（*The New World Order*）。

1940 年　赴美进行巡回演讲。
出版非小说类作品《人的权利》（*The Rights of Man*）、《战争与和平的共识》（*The Common Sense of War and Peace*）、《两个半球还是一个世界？》
（*Two Hemispheres or One World?*），以及小说《黑暗树林中的婴孩》（*Babes in the Darkling Wood*）、《驶向阿勒山》（*All Aboard for Ararat*）。

1941 年　出版最后一部小说《小心驶得万年船》（*You Can't Be Too Careful*）以及另一部作品《新世界指南》（*Guide to the New World*）。

1942 年　出版《科学与世界思想》（*Science and the World Mind*）、《征服时间》（*The Conquest of Time*）和《菲尼克斯》（*Phoenix*）。

　　　　发表题为《论幻觉在高等后生动物个体生命延续中的特质 —— 兼论智人类》（*On the Quality of Illusion in the Continuity of Individual Life in the Higher Metazoa, with Particular Reference to the Species Homo Sapiens*）的动物学博士论文。

1943 年　被授予博士学位。

　　　　出版《克鲁克斯·安萨塔》（*Crux Ansata*）。

1944 年　出版 1942—1944 年的论文集。

1945 年　出版最后两部书《穷途末路的心灵》（*Mind at the End of Its Tether*）和《快乐的转折》（*The Happy Turning*）。

1946 年　8 月 13 日，在伦敦的家中去世。